NADA TE TURBE

NADA TE TURBE

Susana Pérez-Alonso

grijalbo

Primera edición: mayo de 2002

ISBN: 84-253-3684-8
Depósito legal: B. 14.278 - 2002
Fotocomposición: Fotocamp/4, S. A.
Impreso en A & M Gràfic, S. L., Santa Perpètua de Mogoda (Barcelona)

GR 3 6 8 4 8

A todas las Catalinas que son y han sido
A todas las Macarenas que serán

A Ximena y José Luis

Prólogo y dedicatorias a granel

Nunca entendí ni entenderé esas dedicatorias de una sola línea ni de dos. Cada libro que termino, cada libro que entrego al editor, es un plagio de comportamientos de muchas personas. Incluso de perros y otras especies animales o vegetales. Y hay que agradecerlo.

Bubú, el perro de la señora Béjar del Prado, se parece mucho a mi perro, a uno de ellos. Así que mi fiel can es merecedor de una dedicatoria. Por dar saltos de alegría cuando regreso del trabajo, por calentar mis pies las noches de invierno y verano (en el norte son frías), por mirarme con esos ojos tristes cuando las maletas se amontonan a la puerta de casa. Sabe que me voy, sufre y lo demuestra. Mi perro es un buen amigo y compañero. Hay comportamientos animales que algunos seres humanos (hombres principalmente) deberían copiar. Mi familia no es ajena al libro, sin ellos no habría conocido alguna parte de lo que padecen y gozan las Catalinas del mundo.

A Ismael, que padece un ataque de nervios cuando dice: «Esta palabra lleva acento…». Y yo respondo: «¿En qué letra, por favor?». Sé que hace auténticos esfuerzos por no lanzarse sobre mí y darme dos bofetones. Se limita a vociferar la palabra en cuestión acentuada de forma incorrecta para que me dé cuenta de lo burra que puedo ser, según él. Yo, como la Catalina de esta historia, pongo cara de mus ante semejantes agresiones verbales y me encuentro una mujer guay y chachi. Dicen los psicólogos que lo primordial es quererse uno mismo. Yo, últimamente, practico sin parar.

A los empresarios con tendencias globalizadoras y monopolísticas, políticos y demás especímenes corruptos y presuntos delincuentes de altos vuelos que impunemente nos invaden, he de agradecerles su actuación. Me inspiran mucho. Sus trajes, sus corbatas, su ineficacia. Sus mujeres de pechos altos (silicona) y tez morena (Caribe o lámpara), mujeres con pelos perfectamente peinados, mujeres que nunca se dejan despeinar por sus maridos y así les va... Ellos, a mí, deben agradecerme no haber sido fiscal, sería la fiscal más aperturista del mundo. Por la apertura de actuaciones de oficio sin parar, por supuesto.

A Luis Suárez, que me dejó sola antes de tiempo; me está costando perdonarle esa ausencia. Cuando vio mi cara dentro de una toca de carmelita dijo: «Estás loca». Respondí que sí. Meneó la cabeza y volvió a decir: «Estás loca; haces bien». Algunos empresarios no son aburridos ni típicos. Él nunca lo fue.

Cristina Armiñana, Anna Prieto y Marcela Crespo no son ajenas a esto. Sin ellas, Catalina no estaría en las librerías. Detrás de cualquier libro siempre hay personas así. Sylvia de Béjar, buena amiga y camarada de traumas nocturnos en Luz de Gas. Otra mujer valiente. José Luis Fernández Noriega, inspirador del físico del amante de Catalina. Siempre pensé que los subsecretarios eran hombres mayores, vestidos de manera insípida, hombres rudos y de ceño fruncido. El día que lo conocí, esa imagen desapareció de mi mente. Mi cabeza tuvo que hacer un gran esfuerzo para centrarse en el tema del que debíamos hablar. Las mujeres no somos inmunes a la belleza. Puntualizar que sólo inspiró el físico, el resto es pura fantasía. Hay que ser cautos con estas cosas y aclararlas bien, que la gente puede ser malvada.

A Eva, Velaskiyo, Ignacio y Vicente. A Pancho y Alejandra Varona. A Gabriel Castro. A Carmen Gurruchaga. A Rodrigo de la Cruz por hacerme canciones. Me siento musa. A todos ellos por animarme y quererme sin ánimo de lucro.

Gracias a todos. A los buenos y a los malos. Sin ellos no habría novelas. Al final, un libro como éste no es más que un reflejo (muy, pero que muy moderado) de lo que cada día vivimos y vemos muchas personas.

Y a todas las Catalinas que son y han sido. Para ellas está escrito el libro.

Nada te turbe

Nada te turbe,
nada te espante,
todo se pasa,
Dios no se muda,
la paciencia
todo lo alcanza.
Quien a Dios tiene
nada le falta.
Sólo Dios basta.

TERESA DE JESÚS

UNOS BRAZOS LA ENVOLVÍAN dentro de un mar verde como el trigo verde. Un hombre moreno de ojos verdes, seguro que como el trigo verde, la arrastraba hacia la arena besándola, y ella se reía. En la playa, bandejas de limones del Caribe, limas, brevas, higos chumbos, piñas, papayas, melones, cerezas, rodeaban unas hamacas mullidas bajo un toldo de lino blanco. Tres negros mandingas, enormes, con un trozo de tela atado a la cintura, un trozo de tela muy pequeño, escaso, esperaban con una toalla, un vaso de zumo de lima y un peine de carey. Agitó los cabellos. Dejó que envolviesen su cuerpo en la toalla y la peinasen.

El moreno de ojos verdes cogió una lata con refresco de cola y la llevó a los labios ardientes que la habían besado. Unas gotas del refresco se deslizaron por su pecho, y ella las siguió con la mirada, turbia, arrebatada, hasta la cinturilla del bañador. Las gotas entraron justo por el nacimiento del Nilo, el bañador era un enorme mapa de África, y en ese momento ella dijo: Roberto, amor, me gustaría comer aquí... Y él le había contestado: Sí, cielo, no hay problema... Y la había besado antes de caminar por la playa, entre cocoteros, meneando las caderas. Moviendo aquel culo precioso y sin una gota de grasa. Un culo que reposaba en unas piernas largas, morenas, prietas... Caminaba al ritmo de *Stand by me.* ¡Y cómo caminaba y cómo se movía...! Qué bueno era Roberto. Era un amor. La quería tanto. Haría cualquier cosa por ella, sólo tenía que sugerir y él la entendía a la perfección...

¡Catalinaaa! El grito fue seguido de un portazo y el portazo de más ruidos. Catalina Béjar pegó un respingo en la cama, arqueó la espalda, y sin saber cómo, de repente, como en un ataque brutal de algo raro, estaba sentada encima del colchón. Con una taquicardia feroz; con el corazón latiendo desesperadamente.

No había negros de muslos prietos y largos. No estaba el hombre del bañador con el nacimiento del Nilo. No había playa. No había nada. Tenía el pelo seco, y no estaba medio despelotada con aquel biquini color naranja de Wolford. No. Llevaba su pijama de raso rojo, muy pero que muy tapado, muy masculino.

Los pies no tocaron arena. Era lana. Alfombras de nudo español para ser exactos. En la puerta había un hombre. Le hablaba de algo que a ella le sonó a contrato. Era un hombre grande, muy pero que muy grande. No estaba en bañador. No. Vestía un traje gris, camisa de color fresa y una corbata en tonos azules, de Loewe. Zapatos de cordones. Tenía el pelo cano. Gafas de diseño, parecían de titanio. No era feo, no estaba mal, pero desde luego aquél no era Roberto. Claro que ella no conocía a Roberto de nada, creía.

El hombre de la camisa de color fresa entró en la habitación diciendo:

—¿No te da vergüenza? ¡Son las nueve de la mañana y estás en la cama! ¡Catalina! ¡Hace horas que el país trabaja y tú estás ahí metida! ¡Despierta de una vez, necesito los contratos!

¿Contratos? El ruido de la persiana al subir con fuerza, la ventana abriéndose con furia, el aire frío entrando en la habitación, dejaban cada vez más claro que aquello no era el Caribe.

Reconoció a su marido. Era él. Sí. Hablaba de contratos, de

papeles, y ella no quería saber nada de eso. Ella no tenía que estar allí. Ella estaba en la playa.

La realidad se impuso de una manera casi placentera. Antonia traía la bandeja con un buen desayuno. Le pidió que esperase un momento. Entró en el baño. Se lavó los dientes. Regresó a la cama, dobló la almohada y volvió a sentarse. Se tapó y comenzó a beber zumo de naranja, después un mordisco a la tostada y tomó unos sorbos de café.

Entre sorbo y mordisco, conservando la calma, repetía:

—Los contratos están en el despacho *(nada te turbe)*. Al notario se los llevé ayer *(nada te espante)*. Los inquilinos están avisados *(todo se pasa)*. Ya está todo resuelto, Luis.

Luis se levantó del sillón de oreja, la besó en la frente, y sin más frase que: «Pasa un buen día, hoy no vendré a comer», salió por la puerta de aquel dormitorio estilo británico tan poco parecido a una cabaña caribeña.

Dejó la bandeja en la cama, regresó al baño, volvió a lavarse los dientes. Se cepilló el pelo. Se quitó el pijama y se metió en la ducha. Sacó la lengua para probar el agua que caía sobre su cara: no era salada. Bueno, podía estar en una catarata de esas que salen en los anuncios. Ya estaba allí. El agua caía saltando por las piedras. Plantas enormes crecían alrededor de la laguna que formaba el agua al caer. ¡Y estaba caliente! Odiaba el agua fría. Era una laguna de aguas sulfurosas, seguro. Y ella nadaba completamente desnuda. Tranquila, saliendo y entrando para ver las plantas que crecían en el fondo. Nadaba entre matas de plantas suaves que la acariciaban como si fuesen manos, de Roberto suponía. Flotaba en el agua, verde por supuesto, sin esfuerzo. Agua tranquila y silenciosa; sólo el ruido de la cascada, el rumor de un poco de brisa, la justa, y el canto de algún pájaro…

—¡Mamáaa! ¡Antonia no me planchó la camisa de color pistacho y es ésa, precisamente ésa, la que me quiero poner para salir a pasear al perro!

Su hija, ¿qué hacía allí su hija? ¿Qué estaba haciendo allí el forúnculo aquel? No había laguna. No. Estaba en la ducha, en la bañera. Ahora recordaba: no había clase. Por un motivo de lo más ridículo, seguro, ella, la nena, no tenía clase y estaba en casa.

Salió de la bañera, se envolvió en el albornoz y la besó. Su hija retrocedió diciendo:

—Oye, déjame, no soy un oso amoroso, todo el mundo se empeña en pensar que soy como un oso amoroso.

No cedió a la tentación de comentar: Sí eres como un oso, guapa, das zarpazos. Y para no parecerte tanto a semejante animal ¡deberías depilarte el bigote! No hizo eso, fue agradable.

—Buenos días, nena. ¿Cómo estás hoy?

—¡Mal! ¿Cómo voy a estar? ¡No tengo mi camisa! Y ayer esa burra de Carmen Morales se pasó conmigo porque dice que no tengo novio. ¡A ella qué le importa si lo tengo o no lo tengo! Mira, mamá, la gente se pasa un montón con eso…

¡Mamá, la había llamado mamá y no Catalina, era un logro tremendo!

—Y la tía dice —la tía, mi hermana, esa perturbada, a ver qué dice ahora— que es porque esa Carmen no es decente, que yo no me preocupe; no tengo novio por ser decente. Y es mejor ser decente que tener novio…

Dicho esto salió del baño sin escuchar cómo Catalina Béjar murmuraba:

—Cristina es idiota, cada día está peor; un poco de indecencia no está mal nunca… Y cómo se atreve a dar lecciones de decencia, precisamente ella…

Mejor que la nena no la oyese, mejor.

Terminó de arreglarse el pelo, se vistió de ejecutiva, supuestamente ella era eso, y caminó a la cocina para ver cómo estaba la comida. Antonia estaba planchando. Tenía la plancha encima de la tabla. Era una plancha pesada, cara, carísima, de profesional. Hacía meses que Catalina advertía:

—Esa plancha el día menos pensado terminará en el suelo y me dará algo.

Antonia respondía:

—¡No, que no! ¡Que no cae! ¡Ya está bien de decirme cómo tengo que hacer mi trabajo! ¡Ya está bien! ¡Marcha de la cocina, vete a lo tuyo! ¡La plancha no cae, coño!

Normalmente optaba por salir de la cocina. Pero en ocasiones se imponía como un coronel de la legión y recordaba quién ostentaba el mando. Y todos se ponían firmes... durante un segundo. Ese día no dijo nada. Fue hasta el fregadero para beber un vaso de agua. Misión imposible. Estaba lleno de cacharros y ella había recogido todo el día anterior. Cuando se disponía a decir que aquello era una vergüenza, que no podía vivir en aquel desorden, ocurrió lo inevitable.

La nena abrió la puerta de la cocina, y como a cámara lenta, ella, Catalina Béjar presenció el desastre desde otra dimensión. La nena gritó: «¡La plancha!». Y corrió hacia ella. Catalina vio cómo la plancha se deslizaba hacia el suelo. Cómo en la caída arrastraba el enorme depósito de agua al que estaba unida. Cómo su hija intentaba cogerla en el aire. Escuchó unos gritos despavoridos.

—¡No la cojas, déjala!

Era su voz. Catalina Béjar estaba gritando.

Antonia, cual esfinge, no se había movido de donde estaba. Presenciaba la caída en silencio, sin moverse. La nena, que era bruta como un mulo, paró en seco. Con cara de susto. Y al final, la plancha y el depósito se estrellaron contra el suelo. Saltaron piezas, tronó el metal contra la baldosa, y un silencio denso ocupó la cocina durante unos minutos. Las tres se miraban. A la plancha. A las caras y a la plancha otra vez. La nena habló:

—¿Se puede saber por qué gritaste? ¿Por una plancha? ¡No era para tanto, Catalina!

Volvía a ser Catalina. Ya no era mamá. No se molestó en explicar las treinta mil pesetas que costaba la plancha. Ni unas manos. Las manos de una hija, el dolor de una quemadura en las manos de la nena no tenía precio. Para ella una lágrima de la nena, una herida en la carne de la nena, era un puñal en el pecho. Pero no lo dijo. Para qué.

Salió de la cocina diciendo:

—Tenía que pasar *(Dios no se muda)*. Antonia, lleve la plancha ahora mismo al taller *(la paciencia todo lo alcanza)*. Deje de intentar arreglar nada usted y llévela. ¡Ya! ¡Al taller! *(Quien a Dios tiene nada le falta)*. Y tú, vete a estudiar, nena.

Eran las diez de la mañana y un minuto.

Caminó por la calle pensando. En realidad no quería pensar. Pero era una manía tonta la suya. Pensaba siempre. Entró en la agencia de viajes, tenía que pagar unos billetes. Un viaje de Luis y la nena. Y tenía que recoger los suyos, se iría dentro de dos días. Al entrar, la encargada la saludó con un buenos días un poco seco. Le extrañó.

—Catalina, no sé qué clase de gente tienes en el despacho; ayer te llamé para decirte que el hotel que querías no puede ser. No hay habitaciones libres. No me llamaste.

Las diez y veinte minutos. Era esa hora.

—¿Sí? ¿Llamaste? ¡A mí no me dijeron nada! ¿Qué quieres que haga? ¿Que los despida? ¿Que les pegue? ¿Que los mate? ¡Yo ya no puedo hacer más! ¡No, no puedo!

Había levantado el tono de voz un poco más de lo necesario. Mientras decía aquello había sacado la Visa Oro de la cartera, la había lanzado a la mesa de aquella pobre mujer que ahora la miraba asustada. Un cliente, que ocupaba otra mesa de la agencia, la observaba. Era un hombre mayor, con cara de simpático.

—¿Sabes qué quiero? ¡Quiero que me mantengan! ¡No quiero ser tan lista! ¡Quiero ser una barbie! ¡Porque a las barbies las mantienen! Y ellas no se preocupan de nada. ¡Quiero que esta Visa no sea mía, que no esté a mi nombre! ¡Quiero un hombre que me dé una Visa Oro y que me diga: compra lo que quieras, nena! ¡No quiero trabajar fuera de casa! ¡Quiero estar todo el día aburrida, pintándome las uñas de los pies y leyendo revistas de cotilleos, en mi casa! ¡Quiero salir en esas revistas! ¡Que me lleven a cenar y a bailar! Eso quiero. ¿A que usted me comprende, señor? ¡Es que no es vida! Esto no es vida.

Firmó el recibo y salió de la agencia de viajes dejando detrás unas caras más que sorprendidas.

Mientras caminaba hacia el despacho pensó qué poco le servía releer a santa Teresa. Tendría que volver a empezar con más calma.

Pasó junto al banco, iría en otro momento, no tenía fuerzas para explicar una vez más cómo quería que le diesen los extractos. Ya iría al día siguiente. Llegó al despacho, saludó.

—¡Buen día!

Mariana respondió:

—La red de los ordenadores no funciona. A las doce tienes reunión con don Obdulio. La señora Ferrer quiere saber cómo va su testamento. A las dos tienes que estar en la peluquería y por la tarde reunión de la ejecutiva de ese partido tuyo.

Catalina Béjar sólo prestó atención al asunto de la red. Lo otro podía esperar.

—¿Llamaste a Eduardo para decirle lo de la red?

La respuesta fue como casi siempre:

—Sí, pero no me hizo caso.

Catalina no cedió a la tentación de exclamar: *Jamás excusarse sino en muy probable causa*. Pasó ante Alejandro García, uno de los economistas del despacho, y esta vez se limitó a decir hola. Él se apartó de su camino, era muy joven. Uno de esos «bobos» de corbata, que al final no saben descolgar ni el teléfono correctamente. Alejandro ya estaba aprendiendo a distinguir los tonos de Catalina Béjar. Y el de ese momento encendía una luz roja que aconsejaba una cierta distancia.

Entró en su despacho, descolgó el teléfono; siempre marcaba ella, pues hacer esperar a la persona a quien llamaba, le parecía de horteras. Una voz respondió:

—Todos los teléfonos de esta provincia han pasado a tener nueve números...

Colgó de golpe, dijo algo en voz baja y volvió a marcar; esta vez con todos los números requeridos.

—Buenos días, TATO Informática: ¿dígame?

—Buenos días, soy Catalina Béjar. La red de mis ordenadores no funciona, y es la cuarta vez en esta semana. Desde que la reinstalaron no funciona. Quiero hablar con Eduardo.

La voz cantarina al otro lado del teléfono comenzó a explicar, alegremente, que Eduardo estaba en Hacienda, resolviendo unos temas personales. No duró mucho tiempo. Catalina miró el reloj y, respirando profundamente, susurró:

—Señorita, no quiero parecerle maleducada, ni desagradable, ni nada extraño, pero ¿y eso a mí qué me importa? *(nada te turbe)*. Es hora de trabajo, mi despacho está parado *(nada te espante)*. Localice a Eduardo, dígale que me llame inmediatamente. No, mejor que venga inmediatamente *(todo se pasa)*. Le recuerda que aún no le he pagado. Y que tengo pendiente un pedido de la otra empresa —el dinero de Luis imponía— por importe de cuatro millones de pesetas. Y que no firmaré el pedido si no se presenta en diez minutos, ¿lo ha entendido? Buenos días.

Mariana dejó el café sobre la mesa. La miró.

—Yo no puedo hacer eso, ¿no lo entiendes?

Ella no hizo ni caso. Puso música a todo volumen y comenzó a repasar un expediente.

A la una y media salió del despacho. La peluquería no la relajaría mucho, pero tenía que ir. Odiaba las peluquerías. Mientras lo estaba pensando, tropezó con su madre, María del Prado. Se besaron educadamente y Catalina la invitó a tomar un vino; tenía tiempo y quería hablar con ella. Sentadas en una terraza hablaron durante unos minutos del tiempo, de la nena, hasta que Catalina encontró la fuerza necesaria para decir:

—Quería hablar contigo, comentarte algo; es que estoy mal, mamá. No sé qué va a ser de mi vida, yo no quiero esta vida. Voy a cumplir cuarenta años y quiero otra cosa…

María del Prado preguntó:

—¿Has terminado de hacerte la víctima?

Y sin esperar respuesta habló.

—A mí no me engañas, hija. —Ella no sabía en qué estaba engañándola, pero mantuvo la compostura—. Eres rara e inconformista desde que naciste. Quieres tenerlo todo. Y no sé para qué me preguntas nada, nunca me haces caso...

—Es una opinión, mamá, sólo te pido una opinión, un consejo. Los consejos se escuchan, después uno hace lo que le parece, que unas veces coincide con el consejo y otras no. ¿Lo entiendes?

—Por supuesto que lo entiendo, Catalina, no soy idiota. Deja de repetir eso a cada momento. De todas formas esto es igual que aquel día que me pediste consejo sobre los sofás de tu biblioteca —ella estaba hablando de su vida y su madre le hablaba de sofás—: al final compraste los que te gustaban a ti. Como siempre, no me hiciste caso y ahora te arrepientes, seguro que te arrepientes; son horrendos...

Comenzó a pensar en La Habana, era lo mejor. Así no reñiría con su madre. No volvería a contarle nada, eso haría. Se despidieron con otro educado beso. En la peluquería, Juan se empeñó en decir que necesitaba unas mechas, pelo más claro, otro corte. No tenía ganas de discutir. Ni fuerzas. A las cuatro salió de nuevo a la calle. Recordaba a Linda Evans, en el color del pelo, sólo en eso. Parecía un personaje de folletín televisivo. José Luis González, uno de los abogados del despacho, un hombre tranquilo, confirmó sus temores. La mirada no tenía desperdicio.

Mariana movió la cabeza y dijo:

—Antonia al teléfono, está gritando.

Caminó hacia el teléfono arrastrando los pies; al descolgar no escuchó la voz de Antonia. Era Manolo, el fontanero.

—Oye, Catalina, esta tía que tienes en casa está loca. Es una maníaca...

Por un momento pensó que Antonia habría intentado seducir al fontanero; no la veía en el papel de seductora, pero la vida era extraña. Manolo continuaba hablando.

—No limpia nunca el fregadero y tengo que cambiar todo. Hasta el sifón.

Eso más bien era ser guarra, no una maníaca, pero ni discutió. Antonia daba voces por encima de la voz del fontanero. Se limitó a decir:

—Arréglalo y pasa la factura al despacho.

Cuando colgó el teléfono, pensó en la noche anterior. Había llegado a casa a las diez de la noche, cansada de discutir con un cliente, harta de cifras. La cocina estaba inundada. La nena estaba estudiando. Luis, como siempre, tumbado en la biblioteca viendo la televisión. Pedir ayuda fue inútil, como siempre, nadie compartió una tarea doméstica. Intentó desatascar el fregadero. Desenroscar los tubos. Tuvo que ponerse las muñequeras. Eso la hizo sonreír, era un castigo. Había gastado una broma a un amigo con unas muñequeras y desde hacía un mes tenía que ponérselas para todo. Lo suyo era por algo menos placentero que lo de su amigo. Ése era el castigo. Esa noche se acostó sin arreglar el fregadero. Pensó que no merecía la pena. Esa noche fue cuando soñó que estaba en el Caribe. Había sido la noche anterior cuando había pensado que no quería ser tan trabajadora. Tan necesaria. Tan buena. Tan de todo.

Dejó de pensar. La reunión del partido sería dentro de una hora y no pensaba ir con aquellos pelos. Cuando estaba cogiendo el paraguas, Mariana dijo:

—Las plantas, se están muriendo las plantas.

Y emitió un sollozo característico en ella. Metía esos ruidos cuando estaba muy nerviosa. Catalina Béjar la miró con cara de no poder creerlo. La apartó de su camino con una palmada en un brazo. Fue paseando por los distintos despachos. Muertas, estaban muertas. O moribundas. Las plantas que habían plantado hacía tres días estaban muriéndose. Tenía que ser una señal divina. Seguro que lo era. Mariana caminaba a su lado murmurando:

—Yo no fui, yo no hice nada.

Salió a la calle, se tapó el pelo con el paraguas; seguro que parecía una seta. Pero no iba a permitir que la mirasen por culpa de aquel color en la cabeza. Odiaba los paraguas, pero aquel día era útil. Menos mal que llovía un poco: si no habría sido más raro.

Al llegar a casa, Antonia ni la miró. Encima estaba ofendida. La nena salía de su habitación. Con cara de crueldad le espetó:

—Catalina, tu cabeza parece maíz. Y francamente, con esos pelos parece que te chupó una vaca. —Dicho esto continuó su camino pasillo adelante.

Entró en su dormitorio y se tiró encima de la cama. Aquello no era vida. ¿A quién había matado? No podía hacer más. Todos tenían lo que querían. Todos, menos ella. Se acordó de Juan Antonio: «¿Tú qué quieres? No te escondas en lo que quieren los demás. Piensa qué es lo que tú quieres». Había sido una relación tormentosa. Eso decía él. Ella no tenía ni idea de lo que significaba aquello. Pero si él lo decía, seguro que tenía razón, era muy inteligente aquel hombre. Lo malo era que ella no se había enterado. Y una relación tormentosa no debía de ser cosa muy habitual; había sido una pena no enterarse. Se levantó de un salto. No tenía tiempo de pensar en aquello ahora. Mañana. Pensaría en ello mañana. En eso se parecía a Escarlata. Sí, era eso, ella era una Escarlata O'Hara, pero sin todos aquellos hombres persiguiéndola. Siempre le tocaba lo malo. Se lavó y estiró el pelo. Se vistió de progre elegante y salió hacia otra guerra.

—Eso es políticamente incorrecto, no podemos hacerlo.

Intentó no responder. Sintió el pie de Pepa en su pie izquierdo, el de Mauricio en el derecho. Estaban intentando controlarla. Que no gritase. La miraban y le pedían tranquilidad.

—Es que tú no sabes lo que es la política, Catalina, no tienes ni idea.

Después de más de veinte años de militancia tenía que escuchar aquello. El hombre que le hablaba, un maestrillo sin más oficio ni beneficio que el acta de diputado, braceaba al aire. Estaba comenzando a gritar. Se tiraba encima de la mesa con los brazos estirados. Pepa y Mauricio volvían a mirarla, esta vez con miedo. Ella no dijo nada. Hizo. Comenzó a acariciarse el cuello. La nuca. Desabrochó un botón de su camisa. Se abanicó con un taco de papel. Se llevó la mano a la cabeza y comenzó a quitarse los prendedores del pelo. Despacio. Mauricio y Pepa la miraban entre el terror y la risa: sabían lo que iba a ocurrir. Cuando tuvo el pelo completamente libre, movió la cabeza como veía hacerlo a las modelos en la televisión. Sacó una barra de labios. Se los pintó de manera pausada. En ese momento, el maestrillo perdió la calma y comenzó a gritar:

—¿No lo veis? ¡Lo hace adrede! ¡Me distrae! ¡No me deja terminar! ¡No la soporto! ¡O hace esto o me habla del reglamento! ¡No hay quien lo aguante!

Catalina Béjar solía sacar en esos momentos lo que de cada casa había en ella. Los genes, ahí era cuando se mezclaban los genes. Tenía un nutrido surtido de palabras malsonantes. Terribles palabras de sindicato minero de principios de siglo. Seguro que algo tenían que ver las mulas de la mina La Llama y su padre escuchando a los mineros. A eso unía la frialdad y la distancia del vidrio, en apariencia transparente. Era una buena mezcla. Pura alquimia. Pura dinamita.

—No creo haberte hecho nada. Tan sólo me quité los prendedores del pelo y me pinté los labios. —A las miradas de Pepa y Mauricio respondió con otra y con unas palabras misteriosas para el resto—: Ya pasaron los veinte minutos.

»Si no te parece políticamente correcto reconocer que nuestro partido dio una subvención de mil millones de pesetas a un particular que no los merecía, sin pedir una mínima contraprestación social a cambio. Si tú piensas que admitir eso no es correcto, tú estás equivocado, no yo. Puede que me esté haciendo vieja, puede que me haya quedado en la acepción antigua de política, en eso del servicio al pueblo soberano. Pero creo que no. Creo que tú eres un pelanas que te agarras a esto porque no tienes lugar adonde regresar, porque sin el acta de diputado no eres nadie. Y aún con ella no eres nada. Creo que mentís como zorras al amante viejo…

No era un insulto, simplemente lo había definido. Catalina no lograba entender por qué la gente se enfadaba cuando los definían. No pudo continuar. Anselmo Ausente, ex alto cargo apeado del poder por la pérdida de las elecciones, dijo con voz profunda:

—Ya estás como san Ambrosio, dando lecciones desde tu alta moralidad. Crucificándonos a todos. Ya estoy harto.

—Y yo, Anselmo; yo estoy harta. Y como estoy harta me voy ahora mismo. Y de san Ambrosio, tú sabes más que yo. Eres médico gracias a los curas: te quitaron el hambre y te educaron, no lo olvides. Los orígenes son importantes, no hay que olvidarlos, nunca.

Salió de la sala llena de tristeza. Siempre era igual. La misma mierda. Los mismos mandando perpetuamente. Unos pocos siempre manejando a muchos. Miseria y grandeza de una democracia con demasiados miedos, adulterada. Al bajar la escalera tuvo que reaccionar; otro diputado, tan tragón y merluzo como el que estaba en la reunión, subía a saltos los peldaños. No podía permitir que la viese así. No debía.

—Qué, ¿ya reñiste con Carlos?

—No Aurelio, yo con Carlos nunca riño, simplemente lo humillo.

Y continuó bajando escalones con cuidado de no tropezar; estaba mareada, pero por nada del mundo quería caer allí. Ya se desmayaría más tarde.

Paseó un rato por el parque, no tenía ninguna gana de llegar a casa. Ninguna. ¿Para qué? La nena estaría peleándose con el perro. Luis tirado en un sofá dándole al mando de la televisión. No podría contar nada, les aburriría. Le dirían que siempre se quejaba. Necesitaba un reposo. Como en el anuncio, necesitaba un reposo de guerrera. Sentada en un banco sintió el sonido del móvil. Aquel cacharro amarillo que la mantenía siempre unida al mundo real y en ocasiones al irreal. Era su hermana. Había regresado de París aquella tarde. París... ella nunca había estado en París. Nunca había estado en ninguna parte. Nunca había tenido tiempo. Nadie la había llevado a París, y a París tenían que llevarte, si no París no era lo mismo. No tenía el mismo significado. Odiaba ser tan libre. Odiaba ser tan independiente para todo menos para eso: para ella misma. Cristina, su hermana, preguntaba cómo estaba. Contestó que bien, que se iba a casa. No contó más, para qué.

La escena era tal y como ella la había imaginado. La nena y el perro rodando por el suelo en una pelea en la que el pobre animal se defendía. Luis con el mando. Pensó que las cosas no se arreglaban solas. Eso no pasaba. Volvió a ducharse: era maniática del agua, la aislaba de muchas cosas y le acercaba otras. La nena dormía agotada por la escaramuza. Se puso un camisón de seda crema, se vio guapa. Descalza, entró en la biblioteca. Le dijo hola a su marido, que le contestó sin mirarla. Se puso frente a Luis, que ni la vio. Se subió encima de su tripa y dejó caer el pelo en su cara, acariciándolo...

—Aaayyy, ¿qué estás haciendo? ¡Tienes cara de loca! Pero ¿qué te pasa, Catalina? ¡Qué susto me has dado!

Escuchó todo eso desde el suelo. Porque Luis, con el susto, le había dado tal empujón, sin querer, que ella estaba sentada en la alfombra y con el culo dolorido. Demasiado sin querer, demasiado susto había en aquella casa, en aquella relación.

—Déjate de tonterías, anda, vete a la cama y duerme. Estás cansada, seguro que es eso, Catalina.

Se levantó y salió lo más dignamente que pudo. Al deseo le llamaban cansancio. El arrebato conyugal asustaba. Su madre comparaba su vida a unos sofás. Mariana lloraba la muerte de unas plantas. La nena comparaba su cabeza a un objeto lamido por una vaca. Antonia le gritaba. Nunca sería concejal, ni senadora, ni nada. Por hablar. Un amigo le había dicho: tanta honestidad, tanta claridad te impedirán ser hasta presidenta de una comunidad de vecinos. Y debía de ser verdad.

Al final, ¿de qué le servía a ella ser tan clara? En lo esencial no lo era. Era una farsa completa. Ella era una estafadora de sí misma. Se había robado media vida. Nadie le había robado nada. Ella se había dejado. Y ahora sólo le quedaba la cama para soñar. Para huir. Con un poco de suerte soñaría con Roberto, con Carlos, con cualquiera. Y playas. Y limones. Y manzanas. Cerró los ojos y musitó: Nada te turbe, nada te espante, todo se pasa... Con un poco de suerte tendría uno de esos arrebatos que le daban a santa Teresa.

La mutación de la bestia

> Yo me aposté sobre la arena del mar. Entonces vi surgir del mar una bestia que tenía diez cuernos y siete cabezas... La bestia que vi era semejante a una pantera...
>
> El que tenga oídos, que oiga. Si alguno está destinado a la cautividad, irá a la cautividad; el que mata con la espada, a espada morirá.
>
> *Las dos bestias*
> *Apocalipsis*

CATALINA BÉJAR pensó durante varios días en los numerosos frentes que tenía abiertos en su vida: el despacho, el partido, la nena, su marido, sus tías, su madre, Mariana y Antonia; ella misma, los hombres, sus caderas, los narcisos, las rosas, las fiestas, la ciudad provinciana y cobarde en la que vivía, el dolor de espalda, el dolor de muñecas, las varices. Pensó en los hombres de nuevo, en el dinero, en la Visa Oro y el profundo sentido que esa palabra tenía en su existencia. Pensó que cualquier ciudad era igual: grande o pequeña, europea o americana, eso no tenía arreglo, los lugares no importaban. Después de pensar cada minuto del día y durante varios días seguidos en todo aquello, Catalina Béjar llegó a una conclusión: era libre. Era libre de hacer lo que quisiera, pero el problema se agudizaba ante esa alternativa. Catalina Béjar no quería ser libre; quería otro tipo de libertad, una libertad distinta a la que disfrutaba. Catalina quería convertirse en algo que no lograba definir; quería ser ella misma pero de otra manera. Lo que Catalina Béjar quería tenía un nombre y lo vio claro al pasar ante el escaparate de una tienda de muñecas; casas de muñecas con jardines floridos, niños y perros en miniatura. Aquellas muñecas, preciosas criaturas vestidas de forma impecable, trajes almidonados, mirada límpida, mejillas sonrosadas, ni ápice de preocupación en los rostros serenos. Ella quería ser como una de aquellas muñecas del siglo diecinueve.

Quería jugar a las casitas; servir el té en tacitas de porcelana con flores; pasear por un jardín llevando un cesto en la mano; balancear el cesto mientras canturreaba; llenar el cesto de rosas y saludar al jardinero. Quería sentarse en la biblioteca y antes de la cena comentar las noticias del día con su marido; deseaba que fuese su marido quien la informase del cambio de las acciones y la bolsa, y no al revés, como sucedía ahora. Ella asentiría con la cabeza mientras daba puntadas a un tapiz en un bordador como el de la película *La heredera*; tener, tenía uno, pero poco tiempo para utilizarlo. Quería que él, su esposo, supervisase los menús de la semana; decidir, decidiría ella si pescado o carne, pero que él asintiese pensando lo maravillosa que era Catalina. Quería que su marido la llevase al dormitorio subiendo una gran escalera de madera, de huella grande por supuesto, y a la puerta de su cuarto despedirle con un beso y susurrar en la orejita peluda, la de su esposo: me duele la cabeza, querido... Y que él, cabizbajo, caminase hacia el vestidor y durmiese en un sofá estilo imperio, incómodo, por supuesto. Que a la mañana siguiente, mientras desayunaban en el comedor de invierno, él le diese una rosa y casi suplicase que esa noche no le doliera la cabeza.

Quería ver a la nena dos veces al día; verla vestida de lacitos, con eso la nena sería un poco infeliz; y, a ser posible, acompañada de una estricta institutriz, que a la menor señal de que la nena molestaba a la mamá, la llevase fuera del cuarto de costura y le infligiese un severo castigo. Ella, horas más tarde, consolaría a la nena y así quien tendría fama de mala sería la froilan. La institutriz encargada de su educación sería teutona.

De esa manera quería ser y vivir Catalina Béjar, y si no era posible retroceder en el tiempo, se convertiría en una barbie. Ese año la muñequita rubia cumplía cuarenta primaveras, la edad perfecta: las dos tenían la misma edad.

Era una hazaña digna de sí misma convertirse en una barbie; con fuerza, energía y tesón lograría ser como la muñeca: aquél era el camino recto hacia la libertad. No hay mayor libertad, pensaba Catalina, que la idiotez consciente de uno mismo; no había mayor libertad que la otorgada a los idiotas; la libertad que ese estado confiere permite hacerle al prójimo todo tipo de tropelías sin que éste pueda responder con un insulto. Sería complicado convertirse en boba de repente, pero, aun así, lo intentaría.

Desde ese día Catalina tomó la decisión y se puso a trabajar en el cambio; se imponía una mudanza interior y exterior. Comenzó por comunicárselo a su marido; Luis debía saberlo, no sería justo ocultar sus planes a un ser tan querido; y a la hora de la cena, Catalina Béjar habló:

—Tengo que decirte algo, Luis.

Luis Altapuerca no se sorprendió en absoluto. Catalina siempre tenía algo que decir o que contar, y lo peor era que lo anunciaba, como un jefe de Estado o tal vez un oráculo. Por supuesto, no dijo en voz alta lo que pensaba, se limitó a responder:

—Dime, Catalina.

—Creo que tienes derecho a saber que voy a cambiar: desde hoy no seré la misma. Mi vida no es la que deseo, nunca lo fue, así que se impone un cambio.

Su marido, mientras cortaba un trozo de pescado, preguntó con voz calma:

—¿Voy a escuchar por décima vez en veinte años que nos separamos? ¿Qué he hecho ahora?

—Te ruego que me escuches, Luis; no es nada de eso. No quiero separarme, ¿para qué? Sería un desperdicio patrimonial y personal a estas alturas. Y no tengo con quien irme, así que no merecería la pena.

Luis Altapuerca volvió a interrumpir a su mujer:

—No pensarás proponerme una relación abierta, de esas que

tienen los europeos. Sabes que yo soy poco dado a esas modernidades, Catalina. Yo, español hasta la muerte; tú haz lo que quieras, mujer, como siempre, pero no me lo cuentes.

La cara de Luis Altapuerca era de risa, pero Catalina, centrada en su discurso, no lo advirtió y continuó hablando:

—No es nada de eso; yo voy a cambiar, es un cambio mío, los demás podéis hacer lo que queráis, no voy a imponeros nada. Será un cambio profundo, interior y exterior, no seré por más tiempo vuestra esclava, de nadie, no pienso servir a nadie por más tiempo, Luis. Ese período de mi vida ha finalizado; no voy a discutir más de lo estrictamente necesario y cada uno que se apañe como pueda en esta familia. Ya lo decía santa Teresa: *Ya toda me entregué y di, y de tal suerte he trocado...*

Luis Altapuerca comía un pedazo de queso y torcía el gesto: Catalina estaba cada día peor. Ella, la mayor egoísta de la historia, la mayor cómoda y *bon vivant* que había conocido, le decía a él, su marido, que se sentía una esclava. Ella, que vivía como una marquesa; ella, que tenía servicio; ella, que tenía lavadora y lavaplatos; ella, que se pasaba el día al teléfono y taconeando por la calle; ella, que paseaba con sus amigos por donde deseaba; ella, que sin el menor aviso se marchaba cuatro días a ver un museo o a comprar ropa con la disculpa de un trabajo; ella, que ni siquiera iba a la compra del mes, lo encargaba por fax o por e-mail; ella, que arrasaba a cualquiera con su lengua afilada y astuta. Ella decía que no iba a discutir y que era una esclava. Catalina se estaba pasando del límite que la decencia de cualquier marido podía permitir.

—Mira, Catalina, cada día estás peor; vives como una reina, tienes lo que deseas y nadie pone límite a tus actos desmedidos; desmesurados, diría yo. Piensas lo que quieres, lo dices sin problemas y nadie te impide que lo hagas; y ahora vienes con este discurso como si fueses una esclava del imperio romano. ¡Tú lo que eres es una caradura, Catalina, eso es lo que eres! No pienso continuar escuchando idioteces, me voy a ver el telediario. ¡Lo que hay que oír! ¡Que vives mal! Pero ¡hay que tener cara! ¡Y encima hablas todo el puñetero día de santa Teresa! ¡Faltaría más! ¿Cómo ibas a tener tú la culpa de nada? ¡Ni siquiera de tu cambio! ¡Tienes que echarle la culpa a alguien! ¡Y en este caso la culpa es de una santa! ¿Cómo iba a tener la culpa un ser normal? ¡Tiene que ser una santa! ¡Vives en la inopia, te pasas el día en las alturas!

Dicho esto, y ante el asombro contenido de Catalina Béjar, Luis Altapuerca, su marido, dio por terminada la conversación y caminó pasillo adelante, dando por zanjado el tema. Por supuesto, no metió su plato en el lavaplatos ni lo retiró de la mesa. Para qué.

Pensó dos veces Catalina Béjar en dejar las migas en el mantel, los platos y cubiertos en la mesa, las botellas y los vasos en pública exposición. Las consecuencias que para ella tendría el contemplar tal ejemplo de mala curiosidad, esa noche o a la mañana siguiente, la hicieron reflexionar y procedió a dejar cada cosa en su lugar, el lavaplatos funcionando y el fregadero brillante.

Entró en la biblioteca y sin pronunciar palabra cogió una carpeta que había traído del despacho; siempre tenía algún trabajo pendiente al final del día. Volvió a salir en silencio ante la cara de asombro de Luis Altapuerca, que no esperaba tal reacción. Altapuerca pensaba, mientras la oía caminar por la biblioteca, que tendría que huir a la cama para librarse de los reproches acompañados de lágrimas que le haría Catalina. No había sido así, estaba sorprendido. Miró el reloj de pulsera: eran las diez de la noche y la nena no había regresado. Catalina ni siquiera había dado la bulla con eso. Extraño.

Entretanto, Catalina Béjar encendía las luces del salón al otro extremo de la casa. Poner tierra de por medio, se llamaba aquella acción. Puso un cedé de Ekova y abrió la carpeta. *Sucinto análisis financiero de Alpertus S.L.* El pasante que había redactado el informe merecía el despido inmediato. Con leer el título era suficiente para eso. ¡Sucinto!, suspiró Catalina, ¡y Alpertus! Sucinto tenía que ser; Alpertus S.L. era el nombre que un fontanero autónomo le había dado a su empresa; empresa formada por él mismo y su mujer. No había nada que analizar: ingresos menos gastos igual a beneficios o simplemente rentabilidad. Y aquel chaval recién llegado al despacho llamaba sucinto a ochenta y nueve folios perfectamente numerados; eso era sucinto. Cerró la carpeta y estirándose en el sofá intentó concentrarse en su cambio. Cuando se disponía a examinar los puntos cruciales de su mutación, sintió la llave en la puerta. La nena. Catalina miró el reloj, las once menos veinte. La nena había cumplido diecisiete años y aún caminaba por la calle vestida con uniforme escolar; Catalina siempre había pensado que el uniforme imprimía carácter. Pero ahora comenzaba a replantearse el carácter del uniforme de su hija; algunas cosas no le gustaban. La nena pasó ante la puerta del salón y, con gesto desafiante, emitió un sonido que bien podría haber salido de la garganta de un dóberman; Catalina entendió algo parecido a buenas noches.

Luis Altapuerca, entretanto, esperaba oír a su mujer llamar al orden a la nena, así él iría más tarde a consolarla. Le diría: «Ya sabes cómo es mamá, el trabajo, la casa, los cuarenta al caer; tenemos que tratar de entenderla, nena». No escuchó grito ni voz de Catalina, y eso le puso de mala leche; la nena no podía llegar a esas horas un día entre semana sin avisar y que nadie le dijese nada; no era normal. En aquella casa no había autoridad, Catalina estaba haciendo dejación de sus funciones como ama de casa y madre. ¡Era el colmo! Se levantó del sofá con dificultades manifiestas —la edad y la tripa no perdonaban ni a un Altapuerca— y se dirigió al cuarto de la nena.

—No son horas; no son horas de llegar, tu madre estaba preocupada, nena.

Terminó media frase puesto en pie, el resto la pronunció mientras caía de bruces encima de un montón de ropa que la nena había ido dejando caer a su paso. Según se quitaba la ropa permitía que se deslizase hacia el suelo. Allí permanecía hasta la mañana siguiente a no ser que Catalina Béjar la levantase de la cama y, entre improperios, le hiciese colocar cada cosa en su lugar.

Altapuerca, resentido por la caída, comenzó a gritar a la nena; intentaba que sus gritos sobrepasasen los decibelios del cedé que sonaba en aquel cuarto caótico; entre grito y grito escuchó la letra que acompañaba a la música infernal, debía de estar escuchando mal; sí, tenía que ser la rabia, pero no lograba entender qué tenían que ver la rabia y la palabra «chingar». En ocasiones podían ser comparables, pero no en el cuarto de su hija, eso no lo entendía; dejó de gritar, puso atención y lo escuchó claramente: *chinga tu... chinga tu madre...* El cedé repetía aquello de manera machacona y Luis Altapuerca sintió una sensación parecida al vértigo. Buscó el mando a distancia del aparato de música; desde el suelo le dio un manotazo y dejó de sonar aquella indecencia manifiesta a ojos de Altapuerca. En la misma posición, desde el suelo, vio la carátula del cedé; una colegiala dentro de un coche, con las bragas a medio camino de la rodilla y los tobillos; eso vio en la portada del disco de Molotov. Levantándose, se encontró en ese instante en la oscuridad más absoluta, alguien había apagado la luz; gritó el nombre de la nena y, aun así, la luz tardó en hacerse más de un minuto.

—¿Sí? ¿Qué quieres, Luis? —El psicólogo del colegio no servía para nada, continuaba llamándole Luis a él, su propio padre—. Estoy durmiendo y te advierto que estoy borde; muy pero que muy borde, no tengo novio así que déjame dormir. Duermo y olvido la ausencia de elementos masculinos en mi vida. Intenta imitarme, te vendrá bien, siempre haces lo mismo: a las diez en la cama, así no discutimos, lo aprendí de ti.

Y de un manotazo apagó de nuevo la luz.

La próxima estación, en el vía crucis que Luis Altapuerca creía vivir cada día, fue el salón, donde Catalina Béjar descansaba estirada y con los ojos cerrados. Al escuchar los pasos de Altapuerca amortiguados por las alfombras, Catalina se apresuró a poner un cojín bajo el cuello, abrió apresuradamente la carpeta del informe y fingió leer con interés; incluso fruncía el ceño y gesticulaba; aprobación, extrañeza...

Luis Altapuerca entró diciendo:

—¡En esta casa no hay autoridad! ¡La nena llega a estas horas un día entre semana y tú ni siquiera te inmutas, Catalina! ¡Esta hija tuya carece de una mínima disciplina! ¡Tu hija escucha discos absolutamente inapropiados para su edad, son auténticas marranadas esas letras! ¡La nena va a un colegio religioso y me parece inapropiado el comportamiento que tiene últimamente, sólo se preocupa de los hombres! ¡Y la ropa, la ropa está tirada por toda la habitación! ¡Es un desastre!

Envuelta la imponente figura de Luis Altapuerca en un pijama de exquisito tejido color rojo, se asemejaba a un inquisidor en medio de una plaza hablando al populacho. Movía los brazos cual aspas de molino; las venas de las sienes se hinchaban y deshinchaban al ritmo que marcaba el corazón acelerado. Catalina Béjar, la esposa de aquella imagen tan poco hidalga en aquel momento, cerró la carpeta, miró a su marido y le sonrió con ternura.

Nada te turbe, nada te espante, todo se pasa… pensaba Catalina.

—Es una niña, cielo, es una niña. Debemos esforzarnos en entenderla.

La voz de Catalina tenía un tono tranquilo, sosegado, plácido. Esas palabras y ese tono eran los que Luis utilizaba cuando ella reñía a la nena. Altapuerca pareció desenfrenarse totalmente y le gritó:

—Pero ¡qué coño estás diciendo! ¿A qué viene ese tono de voz? ¡Pareces idiota, Catalina!

—No, Luis, no lo parezco. Lo soy, cariño; idiota perdida, porque si no fuese idiota te diría que la nena es de los dos, es hija de los dos, no sólo mía; te diría que si a lo que te refieres es al inapropiado comportamiento que ese colegio religioso está teniendo con la nena, tienes razón y culpa en ello. Jamás vas a las tutorías de la nena. Diría que la nena sí es poco ordenada, un poco; pero tú la ganas en eso, Luis. Cada día recojo del suelo, pegaditos a tu cama, calzoncillo, calcetines y camisa. Y antes de irme a trabajar los llevo a la lavadora para que Antonia no tenga que hacerlo.

Encuentro indigno que ella deba realizar esa tarea; indigno por ti más que por ella, que en el fondo ni le importa. En cuanto al disco, aun siendo idiota, te diré que es mío y no es nada indecente; gracioso, eso me parece. Y lo de los hombres es normal, a su edad yo me acostaba contigo, Altapuerca —ahora el apellido se convertía en insulto—, y parece que lo olvidas. Te diría esto enfadada y en voz alta, muy alta, si no fuese idiota, pero como lo soy, te lo dejo caer así, como quien no quiere la cosa.

—Te estás pasando, Catalina…

—No creo, aún no he comenzado; aún no he logrado ser idiota, idiota total, Altapuerca, aún no. Voy a ser tan imbécil como inteligente fui en el pasado, eso me convertirá en lista, que es cien veces más práctico que ser inteligente. Y te leo el pensamiento, vete haciéndote a la idea. Mientras cenabas pensabas que vivo como una reina, que tengo lavaplatos, lavadora, servicio, plancha de última generación y mil artilugios más que facilitan mi vida. Se te olvidó que facilitan mi vida, la tuya y la de la nena; incluso la de Antonia. Estriba la diferencia en que tú, todo cabeza tecnológica, eres incapaz de poner una colada, y no sabes cómo funciona un lavaplatos. Piensas que te debo la vida cómoda que según tú llevo; me tiras a la cara que haga la compra por mail o fax y es cierto, lo hago; pero yo surto a esta familia de todo lo que necesita. Jamás dejo la nevera o la despensa vacía; tus camisas cuelgan de tu armario con las perchas en la misma dirección, detalle muy importante para que no se arruguen; tus calcetines están en perfecto estado, los calzoncillos y los trajes lo mismo; tu pedicura viene porque yo la llamo, y el jarabe para la acidez estomacal nunca te falta, porque yo me encargo de reponerlo. Cómo lo hago no importa, el caso es que nunca te falta nada, Altapuerca, nada de nada. Y tú a mí, ¿qué me das? No estaría de más que comenzases a pensar en eso, no lo estaría. Sería interesante que algún día te acercases a mí y preguntases: ¿qué quieres, Catalina? Y otra cosa, Luis. Antes dijiste algo muy gracioso: dijiste que yo podía pensar y decir lo que quisiese, que de hecho lo hacía; faltaría más que no pudiese hacerlo, no te debo gratitud por eso, es normal, no algo que debas apuntar en tus haberes. Es un derecho, no una gracia.

Luis Altapuerca había permanecido en silencio, de pie y en silencio; no sabía qué responder a la voz calmada de Catalina; estaba desconcertado, pero como buen varón no quiso pensar en la posibilidad de que Catalina tuviese razón, al menos en parte. Dio media vuelta y dando la espalda a Catalina, murmuraba mientras salía por la puerta:

—No cambiarás nunca. Eres una bestia. Siempre lo fuiste, Catalina.

Catalina sonrío con levedad. Sí, siempre había sido una bestia, había peleado por todo con la fuerza de un animal herido, eso había hecho durante toda su vida: *Dama de monte y caballero de corte*. Todavía se pedía eso a las mujeres como ella. La pareja ideal aún era ésa: una mujer robusta y trabajadora como una mula, y el varón un hombre de mundo y negocios. Ahora las cosas eran más duras, la mujer debía continuar siendo robusta por dentro, exteriormente el canon físico imperante era demencial, y ser una buena ejecutiva. Eso era una mujer como ella: una esclava cultivada y activa. Tenía razón Luis: ella había sido una bestia y ahora tendría que mutar. El cambio la convertiría en un animal aún más peligroso del que había sido hasta entonces. Estaba herida y el dolor aumentaba la rabia.

Colocó los cojines del sofá, apagó las luces del salón, dejó la carpeta en la mesa del despacho de la casa; caminó pasillo adelante y entró en la habitación de la nena. Vio los rasgos de su cara iluminados por la luz del vestidor; dormía plácidamente, su boca preciosa dejaba salir el aliento; las pestañas, largas y tupidas, acunaban los párpados; la nariz chiquitina reposaba en la almohada. Ella entendía muy bien a la nena y sus problemas con los hombres, tendría que ir con cuidado en eso o su hija se agarraría al primer individuo que le dijese cualquier frase bonita. Al fin y al cabo, bajo la apariencia infantil y borde de la nena, se escondía el alma de una mujer asistiendo al espectáculo que la vida estaba dando ante sus ojos; la nena no quería ser mera espectadora; la nena, como todas las nenas, quería participar. Besó la mejilla de su hija y le acarició el pelo; ella abrió los ojos y miró a Catalina:

—Hasta mañana, mamá; duerme bien.

Así era ella, la de verdad, dulce como una ciruela claudia. Así era Macarena. Al igual que Catalina, escondía el miedo ocultando la dulzura. La arropó y continuó la ronda. La siguiente parada fue la biblioteca; revistas tiradas por el suelo, ceniceros con colillas, cojines amontonados. Puso cada cosa en su lugar, tiró las colillas y volvió a dejar los ceniceros de porcelana, limpios, sobre la mesa. Las revistas de Altapuerca tuvieron peor destino: el cubo de la basura. Las arrugó y una vez dentro del cubo les tiró agua por encima; a la mañana siguiente estarían irrecuperables. La culpa sería huérfana.

En el dormitorio, su marido roncaba y dormía. Ella, estirada en su cama, pensó en que Luis no era malo, tan sólo era un cabrón cuando le daba la gana y lo cierto era que tenía esa apetencia muchas veces. Cristina Béjar, su hermana, decía que Luis era un lunático; sería eso, cosa de los planetas y su influjo en la mente de las personas. Pero como a casi todos los desquiciados de la tierra, a Luis no le daba por comer mierda; Luis hacía daño. Queriendo o no, lo hacía. Sobre todo a ella.

Mañana debía seguir firme en el propósito de cambio, debía hacerlo, pero la motivación era importante y no tenía una motivación clara.

Medio dormida recordó algo, un nombre: Rodrigo. Y una frase: *Quiero ser el único que te muerda la boca.* Era de una canción de Los Rodríguez. Acunada por el son de la batería y sedada con el nombre de Rodrigo, no tenía idea del porqué, Catalina Béjar durmió, y esa noche no tuvo sueños de ningún tipo. La bestia que debía mudar a pantera, prefirió por una vez la realidad. Aunque le costase un esfuerzo importante.

Déjame atravesar el viento sin documentos

¿Has encontrado miel?
Come sólo lo necesario,
no sea que harto,
la vomites.

Moderación
Proverbios

RODRIGO ÁLVAREZ DE SEOANE había cumplido años días antes; entraba en esa edad peligrosa que ataca a los hombres como un virus letal. Por eso, Rodrigo se miraba en los cristales del coche; apenas se veía. Intuía alguna arruga, unas cuantas canas y un gesto de contrariedad. La vida, pensaba Rodrigo, la vida era la culpable de aquella imagen. Nunca se le habría ocurrido pensar que la vida tenía poco que ver. Una persona sensata habría pensado en la manera de vivir y no en la vida. Le molestaban aquellas arrugas que no veía, y las canas. Rodrigo Álvarez de Seoane era un hombre guapo al que la forma de vivir había transformado casi en anodino. Carecía de brillo en la mirada; el traje era demasiado perfecto y el pelo demasiado cuidado. En pantalón tejano y camiseta, con el pelo largo y barba, Rodrigo Álvarez de Seoane aún despertaba suspiros y desviaba la mirada de las mujeres hacia él. Hacía años que el pelo no tocaba el cuello de la camisa; la barba la conservaba.

Rodrigo Álvarez de Seoane realizaba una visita oficial a la ciudad que le vio nacer; así decía el primer párrafo de su discurso, releía el texto en el coche oficial que le trasladaba del aeropuerto a la capital de provincia. Rodrigo pensó que era una forma artificiosa de expresarse; parecía que la delicada situación política de la región aconsejaba recordar que él, todo un subsecretario de Estado y probable ministro, había nacido en la capital de la autonomía que visitaba; que el Estado central no dejaba abandonada a su suerte a la comarca, pese a las circunstancias. Las circunstancias tenían nombre y apellidos de mujer, una vez más las tetas habían tirado más que las carretas; algunos hombres eran idiotas, pensaba Rodrigo: una crisis de alcance nacional por culpa de un divorcio y un mal casamiento de un miembro del gobierno. Un gobierno conservador, baluarte de los valores tradicionales; un gobierno azote de morales inadecuadas o dudosas, y todos a una, habían tenido que ir a la puñetera boda que tantos problemas había traído. Los ausentes pagaron cara la huida. Honestidad, integridad, lealtad, habrían dicho otros. Rodrigo pensaba que la mujer causante del desastre ni siquiera era hermosa, pero algo especial debía de tener, si no aquello era más increíble todavía.

Él había ido a la boda, qué remedio. El novio mandaba mucho y podía hundir su carrera para siempre si le hacía un feo. Y, sobre todo, la insistencia de Inés. Su mujer habría sufrido una crisis nerviosa de no haber acudido. Rodrigo, como buen hombre que era, no podía dejar escapar la oportunidad de culpar a su mujer de cualquier hecho vergonzoso en el que él participaba. Habían ido a la boda, la televisión los había enseñado a medio país. Eran una de las parejas más jóvenes del gobierno y modelo aparente de familia centrista; arquetipo de valores. Inés era una mujer guapa, esbelta a fuerza de hambre, gimnasio y masajes; rubia oxigenada. Le estaban saliendo arrugas a Inés, pensó Rodrigo, mientras el coche se detenía ante un semáforo en rojo. No entendió muy bien por qué tenía que parar su coche y el de la escolta en el semáforo, pero la actitud moderada era esencial en aquellos momentos. Esbelta tenía que estar por narices Inesita, pensó Rodrigo; se pasaba las tardes en el gimnasio, y la visera rubia le costaba una fortuna en peluquería: una media de mil duros semanales de peluquería. Calculó mentalmente y dio un brinco en el asiento del coche. ¡La madre que parió a Inés! ¡Eran cerca de trescientas mil pesetas anuales! Eso sin contar tintes ni manicura ni masajes ni tratamientos faciales ni... Dejó de calcular; pensar en eso le haría ponerse de mal humor y necesitaba estar bien de ánimo, el día sería duro. Inés no había sido la mujer de su vida; pensó que estaba enamorado de ella cuando se casaron, pero se equivocó. Después de dieciocho años, lo sabía: no era la mujer adecuada para él. Mala no era, pero tonta sí, y a Rodrigo las tontas no le habían gustado nunca. Además, Inesita estaba siempre cansada a la hora de cumplir con el débito matrimonial —sería de tanta gimnasia—, y cuando lograba arrinconarla contra el colchón, Inés ni se movía; hasta le recordaba que no le machacase el pelo. Eso hacía Inesita, la buena y santa de su esposa, que tenía un trabajo de media jornada y ni siquiera cocinaba; el tiempo no le llegaba a Inesita para trajinar entre fogones.

El coche se aproximaba a su destino, enfilaba la calle principal y estaba a punto de llegar. Se detuvo la comitiva. Le abrieron la puerta. Puso un pie en el asfalto. Un zapato de cordones, un zapato brillante, que reflejó la luz del sol; después otro, y la inmensa figura de Rodrigo Álvarez de Seoane se alzó sobre las autoridades autonómicas, imbéciles, pelotas y resto de especímenes incalificables que le esperaban. Sonrió enseñando los dientes blancos entre los pelos negros de la barba y el bigote; sonrió como un chacal frente a las presas fáciles que tenía ante sí. Rústicos que habían sido incapaces de labrarse un porvenir lejos de aquella tierra inhóspita y provinciana. Con ese pensamiento y después de saludar, mover la cabeza con gesto complaciente a un lado y a otro, Rodrigo se situó ante los micrófonos y comenzó a decir:

—Hoy, alegre de estar de nuevo en esta tierra, que es la mía, la que me vio nacer; alegre de sentirme rodeado de personas importantes, políticos brillantes como ustedes, empresarios emprendedores, personajes excepcionales en todos los sentidos...

Eran las diez y media de la mañana cuando el subsecretario

Álvarez de Seoane se mofaba de manera diplomática de la panda de acémilas que se creían sus palabras y comenzaban a hincharse como sapos.

A esa hora Catalina Béjar caminaba hacia el despacho. Una hora antes había despertado a Marta Guzmán; le había contado todo lo ocurrido la noche anterior y había escuchado cómo una voz somnolienta le respondía con una frase presuntamente destinada a iluminar su camino:

—Sexo, todo cuestión de sexo, Catalina.

Catalina permaneció un rato pensando en eso y acto seguido terminó de vestirse. Y había salido a la calle. Llevaba a Bubú, su perro, atado con una correa de cuadros escoceses rojos, que contrastaba con el negro de su atuendo. Al pasar por los escaparates veía reflejada su silueta y la de Bubú. Hechizo, eso le devolvía el cristal de cada escaparate; Catalina reía mientras pensaba en una frase: *vanitas vanitatis*, y cuando terminaba de pronunciarla, volvía a repetirla y reía de nuevo.

Su primera parada fue la farmacia. Un *piercing*, eso debía hacerse; lo más adecuado sería en la lengua o en el labio inferior. Si la respuesta de Marta era la correcta, eso tendría que hacer; pero sus clientes la mirarían extrañados, y seguro que dolía mucho. El que la mirasen con asombro se asociaría a menoscabo de credibilidad en ella y perdería el cliente. Y, por otra parte, taladrar un labio debía ser angustioso. Se mirase por donde se mirase, sería doloroso. Las orejas: eso era un principio de cambio exterior. Con paso resuelto entró en la botica.

—Buenos días, Rosa, quiero hacerme unos agujeros en las orejas, en las dos.

Rosa, la boticaria, miró a Catalina con un asombro mal disimulado. Catalina era rara desde pequeñita, pero esto de las orejas le parecía a Rosa un exceso hasta en aquella niña de los Béjar. Rosa era amiga de la madre y las tías de Catalina, jugaban a canasta una vez por semana y de vez en cuando viajaban juntas. Rosa optó por la discreción momentánea. Ya despellejaría a Catalina en el hípico. Como quien no quiere la cosa, dejaría caer lo de la mutilación de las orejas. La boticaria llamó a un mancebo para que hiciese el trabajo que ella consideraba repugnante, símbolo decadente y asqueroso de la juventud y la mediana edad con la que ella se veía forzada a convivir. Ella opinar, opinaba eso, pero taladraba las orejas a cambio de un puñado de duros.

Catalina observó la mirada de la boticaria con desdén y la llamó bruja mentalmente; se sentó en el taburete que el mancebo le señalaba y sujetando a Bubú por la correa dijo:

—Me pone tres pendientes en la oreja derecha y dos en la izquierda.

—Tranqui, colegui, que esto no es na de ña, ya verás qué pronto terminamos.

Catalina, mientras aguantaba el dolor en las orejas, pensaba si sería necesario soportar el tuteo de cualquier imbécil que se le pusiese a tiro; pensó si el cambio tendría que tener contrapartida en cosas como aquélla. Decidiría ese tipo de respuestas sobre la marcha, pero que el melenudo de dientes separados la tratase de tú la ponía enferma; no era por nada en especial, pero cosas como aquélla le erizaban el vello de los brazos. Eso sería ser pija, igual era pija y en el fondo no tenía que hacer tanto esfuerzo para el cambio. Taladradas las orejas pagó, y con un buenos días algo más seco que el pronunciado al entrar, regresó al asfalto. Durante el camino hacia el despacho se encontró con personas conocidas. Catalina se tocaba las orejas con disimulo, pero nadie le dijo nada de sus pendientes nuevos; nadie pareció darse cuenta; aquello molestó levemente a Catalina, pero fiel a sus nuevos principios, no dijo nada y aguantó la indiferencia con serenidad y estoicismo. Pasó delante del portal de su oficina y se resistió a entrar; continuó camino a casa de su madre. Nada más abrir la puerta, María del Prado dijo:

—Estoy tomando café. Ojalá te entre una infección en las orejas y se te caigan a pedazos, tendremos que hacerte un trasplante de orejas. Nunca dejarás de dar la lata, Catalina. Ni de vieja.

La puñetera boticaria no había podido resistir la tentación ni esperar al día siguiente; una bruja insatisfecha, eso era Rosa. Catalina respondió al bufido de su madre con un beso en la nuca; fue la única parte del cuerpo de su madre que alcanzó: la señora Del Prado no era dada a gestos afectuosos.

—¡Quieta, Catalina! No me beses ahí, me haces cosquillas. Y dile a tu perro que se ponga en algún lugar que no moleste. Odio a tu perro, lo malcriaste y eso hace que lo odie.

En otro momento de su vida, Catalina Béjar del Prado habría dado unos cuantos gritos, habría dicho en voz alta a su madre que ella odiaba cualquier cosa, que era una insensible y que a Bubú lo odiaba como odiaba a todo lo que no podía entender. Pero ese día Catalina fue un dechado de fineza. Sentada, con la espalda bien recta contra el respaldo de una silla de costura y con Bubú a sus pies, dijo mirando a su madre:

—No son cosquillas. Seguro que es excitación sexual, madre, seguro que es eso, lo del cuello digo.

María del Prado se atragantó con el café y recurrió a la servilleta de hilo para depositar un poco del que había regresado a su boca. Casi no podía creer lo que escuchaba. Catalina estaba loca, cada día peor.

—¿Cómo te atreves, Catalina? ¿Cómo te atreves a decirme eso a mí, tu madre?

—Pues no sé por qué no puedo decirlo; es una reacción física a una caricia, es lo que intentaba decir, madre.

—¡A mí no me pasan esas cosas, Catalina! ¡Y de ciertos temas no se habla!

—Lo siento, madre… —comenzó a decir Catalina.

—Menos mal que demuestras un poco de arrepentimiento, hija, menos mal que aún te queda algo de sensatez y pudor —replicó María del Prado.

—No, pero si no siento lo que dije, lo que siento es que no te pasen esas cosas, que no tengas reacciones físicas de ese estilo, es de lo más agradable. No sé si a tu edad será muy preocupante, mamá, pero creo que tendrías que consultarlo con tu ginecólogo, puedes ser frígida y nunca es tarde para arreglar este tipo de cosas, tú aún estás muy guapa.

María del Prado, con la boca abierta, la taza de porcelana en una mano y el plato en la otra, escuchaba atónita las palabras de su hija; no encontraba frase adecuada, no podía contestar con nada apropiado. Definitivamente aquella chica estaba enferma. Vio cómo Catalina la miraba desde la silla de costura, en aquella postura tan modosa, con la espalda recta, las manos sobre las rodillas y las piernas perfectamente cruzadas y cerraditas. Esa postura no era propia de Catalina, que acostumbraba a dejarse caer de cualquier forma y con las piernas abiertas en paralelo. Catalina se había sentado toda la vida como un hombre. Hoy estaba modosa y hablaba como un villano sin recato. Era una enfermedad mental, ella siempre lo había sospechado; qué terrible desgracia se cernía sobre la familia, pensó María del Prado. No bastaba con que Catalina fuese de izquierdas. Ahora el mal se presentaba con toda su intensidad; pero lo llevarían con dignidad. Si lo pensaba bien, aquello podía servir de excusa a todas las locuras de Catalina. Mental o no, un enfermo era un enfermo, despertaba sentimientos de caridad. María del Prado no estaba muy segura de que la caridad fuese buena, pero en aquel momento sólo podía aferrarse a eso.

—¿Te apetece una tila, Catalina?

—No, mamá, gracias. Me voy al despacho, tengo cosas que hacer, no sé hasta cuándo, así que tengo que aprovechar el tiempo, ya sabes. ¡Ah! Se me olvidaba decirte algo: voy a cambiar. Ayer se lo dije a Luis y hoy quería decírtelo a ti, voy a cambiar y será guay para todos, ya verás. Cuando veas a Cristina, se lo dices, intentaré llamarla pero siempre lleva el móvil desconectado.

Catalina Béjar besó en la mejilla a su madre —no se apartó María, ni fuerzas le quedaban para eso— y caminó hacia la puerta con Bubú saltando tras de ella. María del Prado observó atónita cómo su hija movía las caderas al caminar pasillo adelante; el maldito perro le había torcido las alfombras y la puerta se cerró con suavidad. Tenía que llamar a su sobrino de inmediato. Bernardo sabría cómo actuar.

Catalina Béjar pisó el asfalto a golpe de carcajadas; toda la vida había deseado hacer algo semejante; su madre estaba medio desquiciada sin que ella hubiese dado un solo grito o una mala contestación; con hacerse la idiota había dado un susto de muerte a María del Prado. O muy poco la conocía o ahora mismo estaba marcando el teléfono de Bernardo, de su primo Bernardo. En la mente de María del Prado la iglesia siempre era la solución, el pozo de la sabiduría en el que beber en los momentos de crisis.

Llegó a su despacho. Mariana le dijo:

—No funciona el programa de nóminas.

—¡No me digas, Marianita! Pero ¡qué rabia! ¿Y ahora qué hacemos? Bueno, piensa en lo que podemos hacer, sobre todo piensa cómo vais a cobrar todos si no hay nóminas. Pero ¡qué pena, Mariana! De todas formas no te apures, dice santa Teresa: *Si alguna en el oficio a ella diputado fuere hallada negligente...* Eso es media culpa, no es algo grave. Y tengo para mí, querida Mariana, que eso de arreglar programas o llamar a los técnicos no es cosa mía, así que ya lo sabes: media culpa para ti. No te olvides de llamar a la agencia de viajes, no me voy; ahora no me apetece irme. Que anulen la reserva.

Dicho esto cerró la puerta de su despacho ante las narices de Mariana; puso a todo volumen un disco de Los Rodríguez y con los pies encima de la mesa abrió las obras completas de santa Teresa. No importaba la página, todo servía; en los libros, en cualquier libro, siempre había moralina y moraleja, en aquél más. Y cenizas, Xuan Bello lo había escrito: *En los libros sólo queda, de la vida, la ceniza...*

Ya eran las doce de la mañana y mientras Catalina Béjar leía *Las fundaciones* y canturreaba *quiero ser el único que te muerda la boca,* Rodrigo Álvarez de Seoane daba una conferencia en el paraninfo de la universidad. María del Prado intentaba localizar a fray Bernardo después de tomar dos tilas. Mariana dejaba de lloriquear y se disponía a llamar por teléfono a TATO Informática. Marta Guzmán, recién levantada de la cama, se lavaba la cara y pensaba en la respuesta que había dado a Catalina, realmente creía haber hablado de sexo, pero no estaba segura. Luis Altapuerca paseaba por la calle principal pensando en la conversación que había tenido con Catalina el día anterior. Cristina Béjar defendía a su cliente, un violador reincidente, al que ella misma le habría cortado los huevos de no ser por la existencia de un estado de derecho.

A la una de la tarde, Catalina llamó a Marta Guzmán: quería que comiesen juntas, pero Marta no podía, tenía ensayo. Una pianista de fama mundial como Marta era un ser extraño en aquella ciudad. Cristina intentaba que el violador quedase entre rejas por un tiempo; de manera disimulada hacía dejación de sus funciones defensoras y tampoco podía ir a comer con su hermana.

Cerró el libro de santa Teresa después de haber leído una poesía: *Cruz, descanso sabroso de mi vida / vos seáis la bienvenida...* No entendía muy bien lo que Teresa de Ávila quería decir, pero algo tendría que ver con su destino. Calamaro cantaba *quiero ser el único que te muerda la boca* y santa Teresa hablaba de una cruz sabrosa. Era casi lo mismo, pensó Catalina Béjar. Andrés Calamaro y Teresa de Ávila estaban conectados en la mente de Catalina Béjar. Apagó el cedé, abrió la puerta del despacho y ante el asombro de todo el personal no hizo mención alguna del programa de nóminas; simplemente se despidió con un hasta luego.

No sabía adónde ir, pero a casa desde luego no iría: que Altapuerca se las apañase con Antonia y la comida. Esa mañana ella no había dispuesto menú y la noche anterior no había puesto ninguna legumbre en remojo; Altapuerca no comería caliente en su casa ese mediodía. El pensamiento de un huevo cocido en el plato de Altapuerca, y la cara que pondría ante el ágape, provocó una sonrisa cruel en Catalina y acto seguido masculló entre dientes: «¡Que se joda Altapuerca! ¡Que se jodan todos los Altapuercas de este mundo!».

Y caminó ciudad adelante. El mundo entero estaba en sus manos. Al menos eso creía ella. Uno de esos pensamientos que ayudan a vivir, a soportar la mediocridad del día a día. Una mentira piadosa que cada uno aplica a su manera.

A las dos de la tarde, Rodrigo Álvarez de Seoane, subsecretario de Administración Territorial, salió del paraninfo de la universidad. Breve conferencia, breve despedida y sin comida oficial. El subsecretario había anunciado previamente que deseaba el resto del día libre para efectuar una visita privada a su familia, y su deseo era respetado ante el fastidio de la recua de pelotas y agitadores de la región. La mayor aspiración de un pelota es compartir mesa y mantel con el que manda; da igual que el mandamás, no era el caso de Rodrigo, sea un cerdo en la mesa, que termina la comida masticando un palillo entre los dientes. Eso no importaba, la cuestión era que alguna miga del pan de la autoridad superior rodase a los pies del don nadie de turno, y mejor aún una gota de vino en la americana. Gota de vino que sería la admiración del resto de patanes que no habían logrado un lugar cercano al objeto de pelotería. Rodrigo lo sabía y, a poco que podía, huía de eso. Pasaría la tarde en casa de su madre, en la casa vacía de su madre (estaba de vacaciones) y eso le proporcionaba un placer enorme. Una tarde entera a solas, con sus discos antiguos, con su colección de *TBO*. Andaría descalzo y en calzones; tiraría todo al aire y no tendría que contestar pregunta alguna, ni siquiera de Inesita. Una tarde maravillosa esperaba a Rodrigo Álvarez de Seoane, hasta las nueve de la noche no habría prisa. El Falcón estaba ese día a su disposición. Subió al coche oficial con ese pensamiento, aflojó el nudo de la corbata de seda y le dijo al chófer:

—A casa, a casa de mi madre.

La comitiva volvió a enfilar la calle principal, y Rodrigo contemplaba a los transeúntes que a aquella hora discurrían por allí.

Pocas cosas habían cambiado en su ciudad: algún comercio de prestigio, centenario, había cerrado sus puertas, y una multinacional de la hamburguesa ocupaba su lugar. Tiendas de ropa moderna —más que moderna Rodrigo pensó que excéntrica—; los tiempos, era cosa de los tiempos extraños que le había tocado vivir. Él siempre había sido un poco decimonónico, en todo. Un frenazo lanzó el cuerpo de Rodrigo hacia delante y después hacia atrás; el coche se detuvo completamente y Rodrigo se puso en tensión. A través de los cristales ahumados de la ventanilla vio cómo los escoltas bajaban del coche que seguía al suyo; el que viajaba en el asiento delantero se había apeado casi en marcha. Los tiempos de tregua eran inciertos y se agudizaba el miedo.

Vio cómo los escoltas hacían un círculo alrededor de alguien. Alcanzó a ver una cabeza rubia moviéndose de un lado a otro; después vio un pañuelo de algodón azul que se agitaba al aire entre una mano que no paraba de gesticular. De pronto los escoltas, todos a una, dieron un salto hacia atrás, y Rodrigo se arrugó contra el asiento. Volvió a mirar con cautela y vio el arma mortífera que había hecho que los escoltas reculasen: un perro blanco de un tamaño minúsculo ladraba y mordía las punteras de los zapatos de los policías. Tras el perro, una mujer a la que el moño se le estaba deshaciendo, gesticulaba y protegía al animal de las patadas que los escoltas intentaban propinarle. En ese momento el chófer respiró profundo y dijo:

—Tranquilo, señor subsecretario, es una loca que cruzó el semáforo en rojo.

Rodrigo Álvarez de Seoane abrió él mismo la puerta del coche y con medio cuerpo fuera respondió al conductor:

—No es una loca, López, es Catalina Béjar del Prado, señora de Altapuerca, para ser exactos.

López, que viajaba a cualquier parte del país con el subsecretario, pensó que había metido la pata. El tono de don Rodrigo lo dejaba claro: a punto estuvo de atropellar a un título. Don

Rodrigo parecía impresionado, ni más ni menos que a la señora de Altapuerca; López no tenía ni puñetera idea de quién era ni dónde estaba el señorío, pero como mínimo, aquella menudencia de mujer era marquesa. Don Rodrigo no se dejaba impresionar por menos de eso; al fin y al cabo, él era conde aunque nunca utilizaba el título.

Rodrigo Álvarez de Seoane caminó por el centro de la calle hacia el grupo formado por los policías, el perro, Catalina, un municipal que se había aproximado y varios transeúntes que, parados, observaban la escena. Catalina estaba como siempre. El pelo del mismo color: rubio, con mechones color plata brillando bajo la luz del norte, peinada de una forma aparentemente descuidada. Puro engaño, ponía intención en el desarreglo, sabía muy bien el poder que tenía su pelo. Vio las manos agitarse; las manos largas, extrañamente largas en un cuerpo menudo como el de Catalina; los zapatos negros de tacón alto y ancho relucían; las medias negras sin una sola arruga subían por encima de las rodillas hasta que la falda negra las ocultaba; la blusa de seda escapando por la cinturilla de la falda; la americana, la piel blanca del cuello y por fin los ojos de Catalina. Ella peleaba con los guardias. Rodrigo la oyó decir:

—Es abuso de autoridad, y por mucho que se empeñe Kempis en decir, y tiene razón, que: *Debes estar persuadido de que tu vida debe ser un continuo morir…* no pienso dejarme atropellar ni física ni moralmente por ustedes. El semáforo estaba en rojo para el coche y me da igual de quién sea ese vehículo. ¿Que me quieren detener? ¡Genial, venga, deténganme! No me detuvieron en la dictadura y me van a detener ahora, es toda una experiencia; mañana saldremos en toda la prensa nacional. ¡Ya verá el sujeto ese de la derecha reaccionaria quién es una Béjar del Prado! ¡Se va a enterar de lo que son los derechos ciudadanos!

El sujeto de la derecha reaccionaria pensó que era hora de intervenir. Catalina, siempre Catalina y sus maneras de aristócrata francesa al lado de la revolución. Catalina, quien desde niño le traía problemas, pero a quien desde niño había querido. Era como una droga. Hacía tiempo que no la veía; «desengancharse de Catalina», así llamaba él a la distancia que había puesto entre ellos.

—Catalina —dijo Rodrigo en voz alta y por encima de las cabezas de sus escoltas.

—¡Espera, Rodrigo, espera un minuto que estoy resolviendo un asunto! Tú no te metas, ahora termino y hablamos.

Los escoltas pusieron cara de asombro; el municipal se retiró un poco de la mujer y Rodrigo caminó hasta ponerse enfrente de ella.

—Catalina —volvió a decir Rodrigo.

—¡Por Dios, Rodrigo, que esperes! ¡Siempre te presentas en el momento menos oportuno, al menos podías ayudarme! ¡Estos señores me quieren detener y no haces nada por impedirlo, Rodrigo!

El jefe de la escolta se volvió a Rodrigo y con cara de asombro musitó:

—En ningún momento hemos pronunciado la palabra detención, señor subsecretario; creo que la señora está un poco excitada por el susto, señor.

—¿Excitada? ¡Este individuo es un grosero, Rodrigo! —Cuando pronunció esas palabras, Catalina escuchó entre las suyas, otra: subsecretario. Y su furia se revolvió contra Rodrigo—. ¿Tú eres el jefe de estos abusadores? Bueno, supongo que sí, tú eres eso, eres subsecretario. Mira que estar a punto de matarme, Rodrigo, no pensé que me odiases tanto. Si éstos supiesen por qué me aborreces de esta manera, sonreirían, Rodrigo. ¿Cómo te va?

La verborrea incontenible y furiosa había dejado paso al hablar pausado y melodioso que aún hacía estremecer a Rodrigo Álvarez de Seoane. Catalina, con Bubú a sus pies, era una princesa guerrera rindiendo armas a su caballero. Los escoltas se miraban; el municipal miraba a los escoltas y Rodrigo miraba a Catalina.

—Me va, Catalina, me va. Hasta hace unos minutos mi vida era insípida, casi plácida; hasta hace unos minutos mi vida era vulgar, ahora puede convertirse en algo menos fútil. ¿Quieres que te lleve a algún sitio?

Catalina no dudó ni un instante, Rodrigo estaba allí y era una solución tan buena como otra cualquiera.

—Sí, a comer. Llévame a comer, Rodrigo.

Caminaron juntos hasta el coche. Bubú se coló entre las piernas del escolta que ocupaba el asiento delantero; enfiló de nuevo el coche la calle principal y todos guardaron silencio. El coche se detuvo al poco tiempo. El portal donde vivía la madre de Rodrigo Álvarez de Seoane estaba enfrente del portal de Catalina Béjar, y ella, sin pararse a pensar en nada, sin preguntar, exclamó:

—¡Pero, Rodrigo, te pedí que me invitases a comer, no dije que me llevases a comer a mi casa, no te invité a mi casa! ¡No quiero ir a mi casa! ¡Hoy no!

Rodrigo vio cómo el chófer y el escolta miraban de reojo por el retrovisor; se apuró a explicarle a Catalina que comerían en casa de su madre; no explicó más. Catalina no entendía nada, pero guardó silencio. Pensó en la paciencia, en la mudanza y se dijo a sí misma que dejar que alguien gobernase su vida, al menos por un día, podía no estar mal. Gobernar su vida de aquella manera, de la otra, de una forma más sutil y artera, lo hacía todo el mundo cada día.

El chófer abrió la puerta del coche; Bubú saltó a la acera, descendió Catalina tras Rodrigo cual esclava sumisa hasta el momento en que López, el chófer de Rodrigo, quiso ser educado.

—Pase, señora de Altapuerca…

Catalina Béjar miró a López desde el bordillo, estirando bien el cuello para intentar ponerse a la altura del patán que le recordaba su estado civil. Encogiendo los ojos —eso le parecía que podía impresionar, lo hacía desde pequeña, desde que había visto en el cine cómo miraba Fumanchú—, y con la mirada fija en los de López, dijo:

—Béjar, señora Béjar del Prado. ¿A qué viene ahora recordar el señora de Altapuerca? ¡No le veo yo la gracia, señor mío! ¡Soy una mujer libre! ¡Hago lo que me da la gana y no hay por qué recordarme, precisamente hoy, ese señorío!

López se puso de color grana; no entendía nada. Parecía que a la marquesa la hacía menos libre su condición de aristócrata y él no entendía por qué. Intentó arreglarlo:

—Perdone usted, señora marquesa, no quería ofenderla; en absoluto estaba en mi ánimo recordarle a usted nada que le desagrade.

Catalina, que había comenzado a caminar hacia el portal, paró en seco, dio media vuelta y volvió a encararse a López y a Rodrigo, que no había escuchado nada de aquel absurdo diálogo.

—¡Rodrigo! Pero ¿por qué coño me llama este señor marquesa? ¡Este individuo piensa que soy algo raro —Catalina iba a decir puta pero le pareció un exceso, aunque el tal López la estaba desquiciando— y que ése es mi apodo! Pero ¿por qué me llama así?

Rodrigo miró a López con gesto interrogante, no entendía nada, siempre que estaba junto a Catalina quedaba reducido a un estado de idiotez absoluta; no había oído nada y no sabía de qué hablaba Catalina. López, cada vez más empapizado, contestó a la mirada de Rodrigo con lo primero que se le ocurrió:

—Perdone usted, señor conde, pero es que no entiendo qué le ocurre a la señora marquesa…

—¿A qué marquesa? —preguntó Rodrigo volviendo la cabeza, que estaba comenzando a dolerle, e intentando ver a la marquesa a quien López se refería. No vio a nadie conocido y que ostentase un marquesado.

—Pero ¿qué manía es ésta, Rodrigo? —preguntó Catalina—. Pero ¿a este señor qué le pasa? ¿Por qué te llama a ti por el título y habla de marquesas sin parar? ¡Este señor está loco, Rodrigo! De atar, loco de atar. Claro que siendo conductor de un subsecretario de un gobierno de derechas no me extraña, la falta de democracia interna lo pone así.

Rodrigo, que sentía la cabeza a punto de explotar, escuchaba la voz de Catalina pero no lograba verla. Se estaba mareando.

Una reacción mental, protectora, de eso estaba seguro, hacía que la imagen de Catalina se desvaneciese, pero él la oía. Los escoltas miraban hacia el suelo, López hacia el mismo lugar, y como hipnotizado, Rodrigo siguió la dirección de las miradas de los otros hombres. Catalina no se había evaporado, sencillamente estaba sentada en el bordillo de la acera con Bubú a sus pies y acariciaba suavemente el pelo de su perro mientras hablaba con Rodrigo. A él todo aquello le pareció un exceso, una insensatez. Agarró a Catalina por un brazo y la llevó así hasta el portal; abrió la puerta, y seguido de López y los escoltas, entraron lejos de miradas indiscretas. Ya aclararía después con López quién coño era la marquesa que le había visto en aquella situación tan extraña. No quería ni pensar en quién podía haberle visto de aquella manera.

Luis Altapuerca caminaba por la acera de enfrente; caminaba hacia su casa cuando vio los dos coches aparcados. Un grupo de hombres, con la mirada hacia el suelo, estaban parados, pero Altapuerca no logró distinguir lo que miraban, los coches le tapaban la visión. Creyó ver un perro blanco, le pareció Bubú, pero no podía ser él. De pronto reconoció a uno de los hombres: era Rodrigo Álvarez de Seoane; apuró el paso. No tenía ganas de hablar con aquel trepa de Rodrigo; siempre se pavoneaba ante él como si no existiesen más problemas que los que un subsecretario tiene que resolver. Si se hubiese casado con Catalina ya sabría Rodrigo lo que era tener problemas, eso sí que eran problemas y lo demás idioteces al lado de esa cruz. Entró en el portal pensando en el discurso que Catalina tendría preparado, y que le estropearía la comida, pero todo por la unión de la familia. Con ese pensamiento y cual un reo camino del cadalso tocó el número siete en el ascensor.

Quiero ser el único que te muerda la boca

> Vanidad es satisfacer las apetencias
> de la carne y desear aquello
> cuya fruición ha de reportarnos
> después riguroso castigo.
>
> TOMÁS DE KEMPIS,
> *Imitación de Cristo*

MIENTRAS LUIS ALTAPUERCA ascendía hacia su cadalso, Rodrigo ya era un galeote azotado por el destino, que había puesto en su vida a Catalina. Rodrigo envió a López a comprar hamburguesas y cuando pensó: «asunto resuelto», Catalina habló.

—Yo no quiero comer con estos señores, Rodrigo; tú me invitaste a comer contigo, no con ellos. Si ellos vienen, yo no como, ya lo sabes. Y no creo que Bubú deba subir a casa de tu madre, llenará de pelos las alfombras y ella, a su regreso, sabrá que estuvimos tú y yo juntos en su casa y armará bulla. Así que dile a uno de estos señores que me lleve el perro a casa.

Uno de los escoltas, un hombre mayor que había visto de todo en su trabajo, se apiadó del subsecretario. Aquella mujer parecía sufrir un trastorno mental, más bien retraso mental, y don Rodrigo ya tenía suficientes problemas. El escolta conocía a la esposa de Rodrigo y le parecía un exceso de carga en la vida de un hombre, de cualquier hombre; una era imbécil y presumida, y aquella marquesa, o lo que fuese, era medio idiota. Catalina indicó piso y letra y, con una sonrisa pícara, le dijo al hombre:

—Usted no diga a nadie dónde estoy, sólo deje al perro.

La idiota tenía una sonrisa bonita y contagiosa, como de niña pillada en falta; eso conmovió al escolta. Pobre don Rodrigo, aquella boba podía ser peligrosa. Cruzó el hombre la calle con el perro; López y los escoltas fueron a por las hamburguesas para Catalina y Rodrigo; todo parecía regresar a la normalidad. El escolta que llevaba a Bubú pulsó el timbre del interfono correspondiente al séptimo C; Rodrigo pulsó el número cinco del ascensor y mientras uno con el perro ascendía hacia el hogar de los Altapuerca, el otro lo hacía a la casa que tantas tardes de invierno contempló los juegos y peleas de Rodrigo y Catalina.

—Nunca cambiarás, Catalina. ¿Qué más puedo decirte? Nunca cambiarás.

—Lo que quieras, Rodrigo, puedes decirme lo que quieras. No se me ocurre nada, prefiero no tener que ser yo quien te diga lo que tienes que decirme. —Catalina sonrió—. No estaría mal escuchar algo así como quiero ser el único que te muerda la boca; eso no estaría mal en un día como hoy.

Rodrigo miró a Catalina con asombro: ella nunca le permitía perder la capacidad de asombrarse, y al mirar sus ojos sintió el impulso de abrazarla; hacía tiempo que no lo intentaba. Se acercó a Catalina y, más asombro, Catalina se dejó caer en sus brazos y dejó que la acunase y le acariciase el pelo. La puerta del ascensor se abrió y cogidos de la mano, sin hablar, caminaron hasta la puerta de la casa y la franquearon.

En ese instante, Castaño, el escolta que se había ofrecido a reintegrar a Bubú al hogar, tocó el timbre de la puerta correspondiente al séptimo C. A los pocos segundos alguien preguntó tras la madera y la mirilla de la puerta; había mirilla panorámica en la puerta, pero...

—¿Quiénnn?

Aquella voz imponía, pensó Castaño. Respondió con un nuevo timbrazo y al timbrazo respondió de nuevo el quién, pero en un tono enfadado. Castaño pensó que una cosa era ayudar a don Rodrigo y otra estar con el puto perro en la mano y sin comer.

—Comisario Castaño, señora. Abra la puerta.

La puerta se abrió y una mujer vestida con uniforme de cuadros rojos y negros apareció ante los ojos de Castaño. La mujer lo miró sin hablar; con las manos en jarras lo miraba directamente a los ojos; ponía ceños extraños; fruncía los labios y lo miraba, pero no decía nada. Castaño pensó que debía de ser pariente de la idiota, de la marquesa, una pariente venida a menos a la que tenían de criada en aquella casa. Castaño leía muchas novelas, Marcial Lafuente Estefanía primordialmente, pero en ocasiones y a escondidas leía a Barbara Cartland. La mujer continuó mirándolo y sin mediar palabra ni gesto alguno que delatase su intención, gritó:

—¡La policíaaa! ¡Don Luis! ¡La policíaaa!

Castaño a punto estuvo de poner el cuerpo a tierra. Durante unos segundos dudó entre correr o matar a leche limpia a la rara aquella que estaba en pie ante él, mirándolo sin moverse, después de haber dado aquellos gritos; la mujer continuó en la misma posición, sin hablar, y cuando Castaño estaba a punto de intentar poner orden a todo aquello, unos pasos sonaron en el pasillo. Luis Altapuerca apareció en la entrada de la casa; Castaño no pudo reprimir un:

—¡Me cago en la madre que me parió!

El hombre que apareció ante él llevaba una redecilla en el pelo; una redecilla dorada cubría el pelo canoso que se veía entre la malla; en la mano derecha sujetaba un huevo cocido y en la izquierda una hoja de lechuga. Un babero gigante, un babero de bebé, pero a lo bestia; un babero, con letras rojas y grandes, con la extraña inscripción GUGU TATA, colgaba prendido de su cuello hasta debajo de la cintura. Castaño pensó que todo estaba claro: los aristócratas se casaban entre sí, y tanta mezcla de sangre había creado aquellos esperpentos que se exponían ante él. Cosecha Barbara Cartland. La marquesa era la menos extraña de todos después de ver lo que estaba viendo. El hombre del babero gigante le saludó con un buenos días y le invitó a pasar. Castaño, hipnotizado por las visiones, entró en el salón. La loca de la mirada fija continuaba junto a él, sin hablar; sólo miraba. El de la redecilla le invitó a tomar asiento y Castaño, cual perro obediente, se sentó.

—Usted dirá —dijo Altapuerca.

—La marquesa me dijo que trajese el perro —respondió Castaño, que había hablado sin pensar.

—¿Qué marquesa? —preguntó el del huevo y la lechuga entre las manos.

—La señora de Altapuerca, dice López que es. Esa marquesa.

Castaño respondió sin apartar los ojos del huevo, la lechuga y el babero; en un hombre tan alto aún resultaba más extraño. ¡Y la redecilla en el pelo! Sería un maricón. Todos los aristócratas eran viciosos decadentes, pensaba el comisario. La lectura de *La Pimpinela Escarlata* no había logrado desechar esa idea de la mente de Castaño.

—Ya, la marquesa; ahora Catalina es marquesa. ¿Desde cuándo es marquesa mi mujer, comisario?

Castaño salió del trance y respondió:

—¡A mí qué coño me cuenta desde cuándo es marquesa su mujer! A mí me mandaron traer el perro y lo traigo; yo no sé nada más y no pienso decirle dónde está ella.

—Así que a usted lo para una señora por la calle, le dice que es marquesa, que me traiga el perro a casa, y sabe que es marquesa porque lo dice López, que no sé quién es López; y ahora me dice que no piensa decirme dónde está ella. Bueno, todo es extraño, pero tratándose de ella, de la marquesa, todo es posible. La verdad es que ella siempre fue princesa, así que me sorprende que ahora sea marquesa, y me extraña que usted me diga que no piensa comunicarme su paradero. Cualquiera podría pensar que esto es un secuestro y usted no es policía.

Castaño no aguantó más, de un salto se levantó y gritó:

—¡Soy un policía! ¡Comisario Castaño, y no un cuidador de perros, señor! ¡No acostumbro a llevar perros de locas a su casa! ¡A la casa de sus maridos, para ser exactos!

La casa tenía que ser del marido. En la mente de Castaño aún no había entrado el concepto de bienes privativos, ni siquiera el concepto de gananciales le parecía decente al comisario.

—¡Y menos aún acostumbro a ver cómo los maridos son maricones con redecilla y babero; locos que se pasean con huevo y lechuga en la mano! ¡Y si no fuese por don Rodrigo yo no le habría hecho el favor a esa señora marquesa, princesa o lo que sea!

Luis Altapuerca asentía con la cabeza y sonreía. La mujer de uniforme se había acercado silenciosamente a la espalda de Castaño y se disponía a levantar algo sobre la cabeza del comisario. Luis Altapuerca le dijo:

—Déjelo, Antonia; no le dé.

Castaño se revolvió sobre los pies, y con terror vio cómo la mujer de uniforme tenía en la mano un atizador con el que parecía querer darle en la cabeza. Aquello era demasiado extraño; nadie le creería si lo contaba; nadie creería que había estado en provincias y no resolviendo el caso de *El halcón maltés*; nunca había leído esa novela pero sonaba bien.

Luis Altapuerca continuaba sonriendo mientras decía:

—Tranquilo, Castaño. Antonia es de una fidelidad inquebrantable a Catalina y después de lo que usted ha dicho sobre el paradero de mi mujer pensará que la tiene secuestrada. Es normal, con la marquesa la lógica se resentiría hasta en la academia filosófica más sólida; ella termina convenciendo a cualquiera de que tres y cinco son cuarenta. Quédese a comer conmigo, si no tiene que regresar a proteger a mi mujer y a Rodrigo, quédese y charlamos un rato. Y tranquilo, no soy un maricón, eso puedo asegurárselo y aun siendo homosexual —Luis Altapuerca refinaba—, no me echaría encima, Castaño, antes le preguntaría.

Castaño nunca supo por qué se había quedado en aquella casa, pero disfrutó de la comida. Luis Altapuerca le explicó que el babero enorme era una manía de Catalina, así evitaba que las corbatas de seda se estropeasen innecesariamente; la redecilla evitaba que el pelo se le pusiese de punta, otra manía de Catalina; y el huevo y la hoja de lechuga eran la venganza de Catalina por alguna afrenta que no había existido, seguro que no había existido. Él había llegado a casa y en el plato encontró eso: lechuga y un huevo cocido. Al sonar el timbre de la puerta él se dirigía a la cocina a pedir explicaciones sobre esa comida, por eso tenía en las manos el huevo y una hoja de lechuga. Entre explicación y explicación, Altapuerca deslizaba hábilmente la frase: «Ya sabe usted cómo son las mujeres…».

Castaño miraba con admiración al hombre de la redecilla: era un santo, un pobre hombre dominado por completo por la extraña mujer que comía con don Rodrigo. Mientras Castaño y Altapuerca mojaban pan en los huevos fritos que Antonia se había apiadado a freír para ellos; mientras bebían sorbos de Rioja en una copa de cristal fino, de Bohemia, Castaño pensó que aún quedaban hidalgos en aquel país de comunistas. Para Castaño comunista era un insulto. Luis Altapuerca era un hombre decente, meditó Castaño, que escuchaba conmovido sus explicaciones sobre Catalina. Cuando salió de aquella casa, Castaño se fue convencido del señorío de Luis Altapuerca. ¡Con qué elegancia llevaba su cruz!

Cuando Castaño abandonó su casa, Altapuerca se tumbó en un sofá y mientras veía la televisión murmuraba una y otra vez:

—¡Te jodes, Catalina, comí huevos fritos con patatas y este Castaño se fue pensando que eres una bruja asquerosa! Te salió el tiro por la culata, Catalina bonita.

Con ese pensamiento se durmió en el sueño profundo de la siesta, que tanto aborrecía su Catalina bonita. Era la guerra: guerra sin cuartel.

Entretanto, Rodrigo Álvarez de Seoane había cerrado la puerta con el pie, las manos las mantenía ocupadas sosteniendo a Catalina, que parecía a punto de pasmo; no se fiaba mucho Rodrigo, porque Catalina podía salir del pasmo en un segundo y arrearle un mandoble o una patada en la espinilla, eso le había ocurrido más de una vez durante los últimos cuarenta años de su vida en situaciones semejantes con Catalina. De momento no ocurría nada extraño; Rodrigo apoyó a Catalina contra la pared de madera y continuó acariciándole la cara, y Catalina se dejaba; le quitó las horquillas del pelo y las guardó en un bolsillo del pantalón; dejó que el cabello cayese hacia los hombros y la cara; los fue apartando poco a poco y cuando reunió el valor suficiente para besarla, como ella le había pedido, el timbre de la puerta tronó en la cabeza de Rodrigo. Catalina continuó apoyada en la pared; Rodrigo abrió la puerta y recogió la bolsa que el escolta le tendía.

—Mantendré el móvil conectado, puede irse. —Cerró la puerta y se dispuso a proseguir lo que había comenzado. Sin mirar, sin apenas ver nada, Rodrigo puso los brazos donde suponía estaría esperándolo el cuerpo de Catalina. Con el paquete de hamburguesas estrujado contra un puño, Rodrigo agachó la cabeza y de pronto se dio cuenta de que sus dedos, los de la mano libre, tocaban algo duro: la madera de la pared.

Oyó ruidos en la cocina y sonrió pensando que era demasiado fácil y hermoso para ser cierto; hacía muchos años que deseaba besar a Catalina, demasiados, y nunca lo había logrado: ese día no tenía por qué ser diferente. Catalina colocaba dos platos encima de unos manteles individuales, sacó de la despensa unos refrescos y los colocó frente a los platos.

—No ponemos vasos, bebemos del bote, Rodrigo.

—Sí, Catalina, como quieras.

Dejó el arrugado paquete de papel que contenía la comida junto a un frutero vacío, y miró cómo Catalina dejaba correr el agua del fregadero y abría la ventana que daba al patio de luces. La americana, el bolso y el pañuelo de Catalina reposaban sobre un taburete de la cocina. Rodrigo la miraba sentado en un banco; la miraba ir y venir con un jarro de agua en la mano, regaba las plantas de la ventana, secaba las gotas que caían con un paño y, despacio, con cuidado en no tocar las hojas, Catalina regaba los geranios. Era un espectáculo agradable verla estirarse sobre el alféizar; mirar las piernas enfundadas en las medias de seda y la camisa definitivamente escurrida por la cinturilla de la falda; la escena era digna de un buen cuadro, pensó Rodrigo. Ahora, su amiga, el huracán que había paseado sin piedad por su cuerpo y su mente, la niña de coletas rubias que le golpeaba inmisericorde las espinillas y a continuación ponía cara de santa; la única mujer que le había hecho llorar y a la que nunca jamás se le había escapado una lágrima ante él, ahora esa mujer que podía ser desquiciante, era, en ese instante, la imagen de la paz, de la serenidad.

Catalina dejó la jarra en su lugar; apartó una silla y se sentó; sacó las hamburguesas de la bolsa y colocó una en cada plato; puso las patatas alrededor del pan, abrió los recipientes que contenían la salsa de tomate y dio un toque de color a los platos; tomate de un rojo artificial haciendo dibujos sobre el amarillo tostado de las patatas fritas.

—Así está mejor, Rodrigo; así esta bazofia tiene otro estilo.

—Sí, Catalina, sí.

Y comieron en silencio; sólo las risas de Catalina al ver cómo se les escapaba la salsa de tomate entre los labios, lo rompía. Terminaron de comer y quitaron la mesa; Catalina fregaba los platos, Rodrigo los secaba y los guardaba en su lugar; Catalina dejó el fregadero seco, pasó un paño por la mesa de la cocina y lo guardó. Terminada la tarea ambos permanecieron de pie mirándose. Rodrigo le preguntó a Catalina:

—¿Tienes que irte?

—Tener, tendría, Rodrigo, pero no quiero irme, no tengo ganas; hoy me tomo el día libre y, si me dejas, quiero quedarme aquí hasta que te marches.

—¿Qué quieres que hagamos?

—Echarnos en tu cama, Rodrigo; poner discos, dormir la siesta, hablar; quiero hacer lo que nos dé la gana.

Lo de la cama asustó a Rodrigo; por un momento renacieron el miedo y las esperanzas en él. Cuando Catalina terminó de hablar, lo entendió todo. Era como siempre, lo de siempre, lo de una vida entera: Catalina Béjar aún no se había enterado de que, a cierta edad, un hombre y una mujer tenían difícil ser simplemente camaradas y menos aún en determinadas situaciones. Aquella actitud de Catalina había confundido a los hombres durante años, seguro que aún continuaba haciéndolo; de hecho, ahora mismo Rodrigo había estado a punto de equivocarse. Lo que no entendía era la frase del beso; alguna explicación tendría pero él no pensaba pedirla.

La habitación de Rodrigo continuaba ordenada: los discos y los libros, el tocadiscos antiguo. No había ningún cedé, todo era vinilo. Rodrigo no había llevado ningún disco a su casa, a la que compartía con su mujer y sus dos hijos; temía que Inesita encontrase aquello demasiado antiguo para la casa minimalista que se había empeñado en poner, la última tendencia. Rodrigo estaba agradecido, a poco Inesita instala futones en lugar de camas normales; él no había pasado por ahí, a eso se había negado. Cocinaban en un artilugio extraño, Inés decía que era sano, el cacharro se llamaba *wok*. Rodrigo añoraba las patatas guisadas de su madre y las lentejas estofadas, pero Inesita, que odiaba la cocina, encontraba más práctico el *wok* y pijadas semejantes. Los niños crecían a golpe de comida de marcas extrañas, eso sí, muy publicitadas en televisión y de efectos esbeltecedores y nutritivos, no como las lentejas estofadas, nutritivas pero trabajosas de hacer, según Inés, y Rodrigo guardaba silencio, quería la paz en el hogar; a su edad tan sólo pedía eso. Altapuerca y Rodrigo eran perros de distinto collar, únicamente eso les diferenciaba.

—Dame una camiseta y unos pantalones, Rodrigo.

Catalina Béjar se había quitado la falda mientras Rodrigo pensaba en su casa, en Inesita, en los nenes. Catalina encima del edredón; Catalina con el pelo suelto y revuelto; Catalina con las medias y la blusa de seda. ¡Catalina se estaba pasando! Rodrigo se apuró a sacar del armario un pantalón de pijama y una camiseta. Casi sin mirar, le tiró la ropa a Catalina y permaneció de espaldas. Observaba por el espejo del armario de luna, la veía quitarse las medias y ponerse los pantalones; la veía desabrocharse los botones de la blusa con una parsimonia que, de no haber conocido a Catalina, le habría hecho pensar en una especialista de *striptease*. La vio ponerse la camiseta y notó que algo que debía de estar quieto en su cuerpo se estaba moviendo; aquello no era normal, al menos no era normal que se le moviese con Catalina, no lo era; ya no. Rodrigo Álvarez de Seoane se volvió dispuesto a decirle a Catalina que aquello no era correcto, que él tenía una posición que defender, una vida establecida y reglada, iba a decirle a Catalina que se fuese, pero no pudo hablar, no pudo decir nada. Catalina se metió bajo el edredón, ahuecó la almohada con las manos y le dijo:

—Como no te des prisa, no dormimos, Rodrigo, para un día que tenemos lo estás desaprovechando por completo, eres bobo. —Dio media vuelta y se puso a dormir.

Rodrigo salió de la habitación en silencio, encendió un cigarrillo y fue al cuarto de baño. Sentado en la taza del retrete fumaba y pensaba en Catalina y en Inés, en sus hijos, en el puesto que tenía, en lo poco que le gustaba su vida, en la falta de amor que sentía en su casa, en el aburrimiento. Se levantó y tiró el cigarrillo al retrete; se miró en el espejo y vio a un hombre joven, a un hombre atractivo, vio a un hombre que tenía todas las papeletas del sorteo para ser feliz, y sin embargo, no lo era. Volvió a la habitación, se quitó los pantalones, la camisa, la corbata y se puso una camiseta parecida a la de Catalina. Procurando no despertarla, se deslizó con suavidad entre las sábanas. Aquello había sucedido tantas tardes de verano e invierno, que nada tenía de extraño; a Rodrigo comenzó a parecerle raro el día que María del Prado y Alejandra de Seoane, su madre, habían decidido que los niños no podían continuar haciendo aquello. Como siempre, él había acatado las órdenes; como siempre, Catalina había montado un espectáculo; como siempre, Catalina intentó razonar, pedir un poco de sentido común a las dos viejas, como ella las llamaba; intentó que comprendiesen que no había nada malo en ello; como casi siempre, Catalina había perdido la batalla; los dos tenían dieciséis años y poco derecho a ser respetados por una sociedad civilizada. Pensando en el placer de no ser civilizado, Rodrigo se durmió muy cerca de Catalina; respiró el olor de aquella mujer que debía de haber sido la suya; sopló el pelo de la nuca de Catalina y sonrío al ver cómo ella le daba un palmotazo a una mosca inexistente sobre su cogote. Después de eso, Rodrigo se durmió.

Luis Altapuerca despertó de la siesta justo en el momento en que Rodrigo se dormía junto a Catalina; pensó en dónde estarían los dos imbéciles, Catalina y Rodrigo; pensó que su móvil no había sonado y ya eran las cuatro y media de la tarde; pensó que Catalina era una mala mujer a la que él, un buen hombre, le consentía todo; pensó que unos siglos atrás a Catalina la habrían quemado en la hoguera por bruja; pensó que tenía que estar en el despacho a las cinco y que tenía poco tiempo de pensar. Que Catalina hiciese su vida, la que le diese la gana, él a lo suyo, que era ganar dinero y mantener aquella casa de locos.

Altapuerca pensaba, como casi todos los hombres del planeta, que era pilar y pared maestra en la casa. No recordaba algunas malas rachas en las que su negocio no iba tan bien como ahora y el sostén, de una u otra manera, había sido Catalina, eso se perdía en la memoria de los tiempos en la mente de Altapuerca. Eso nunca había ocurrido cuando se creía coloso del hogar que habitaban. Como muchos hombres, y muchas mujeres, Luis Altapuerca pensaba que la felicidad residía en la tranquilidad a la hora de comer, en la economía desahogada, en la ausencia de discusión; ninguna persona parecida al marido de Catalina Béjar se para a pensar en que todas esas carencias, las ausencias de… y el equilibrio económico podían conducir al aburrimiento y, éste, a lo que presumiblemente se quiere evitar: la ruptura.

Con la idea del sostén de la familia en su cabeza, Luis Altapuerca salió a la calle, miró con disimulo hacia el portal de Rodrigo y vio a dos individuos paseando por la acera. Estaban allí:

Catalina y Rodrigo continuaban escondiéndose. Pensó en cruzar la calle y llamar al interfono, eso chincharía a Catalina. A punto de cruzar vio a la nena caminando hacia él. Altapuerca puso cara de cariño paterno, pero al momento se le borró tal expresión: la nena arrastraba los pies por las baldosas de la calle y meneaba la cabeza de forma extraña, de un lado a otro, parecía víctima de un alelamiento, de una enfermedad nerviosa; Altapuerca pensó en algo terrible, enferma no estaba, así que no podía ser más que una cosa: ¡droga! La nena caminaba balanceándose y agitando la cabeza cada vez con más fuerza; la mochila saltaba en su espalda; de pronto, Altapuerca vio la cabeza de la nena, eso confirmó sus temores: la cabeza estaba llena de coletas; pelo e hilos de colores se entrelazaban entre sí y hacia arriba; la nena parecía un ser extraterrestre con la cabeza llena de antenas coloreadas. Altapuerca, que se había quedado en la primera parte de *Los invasores*, ignoraba que en la actualidad los marcianos eran gelatinosos y sin antenas. A punto de pasar a su lado sin verle, la nena sintió una fuerza extraña sobre sí, abrió un poco más los ojos y supo de dónde provenía la fuerza: la mirada de Altapuerca.

—Hola, padre, ¿cómo va el día? —Mientras hablaba arrancó de las orejas unos auriculares mínimos, que en la distancia Luis Altapuerca no había divisado. La edad hacía estragos en su visión.

—¿Qué es eso, nena? —preguntó Altapuerca.

—Creo que en lengua lo llaman pregunta retórica, pero no me hagas caso, no estoy muy segura; ya sabes que no doy una yo en esto del lenguaje, padre; disléxica como mi madre, se heredan las peores cosas. En román paladino se dice pregunta, se le llama pregunta cortés y correcta a un padre cuando lo encuentras por la calle.

—El aparato, nena, el aparato que llevas en los oídos y que te dejará sorda; ¿de dónde lo has sacado? —Altapuerca estaba más tranquilo, era música, no droga; malo era malo, pero menos, pensó, y acto seguido respiró hondo.

—Me lo regaló la tía Cristina el domingo; te lo enseñé pero

estabas concentrado en tu nuevo ordenador; es un minidisc, está muy bien, es cómodo. —La nena desenganchó el minidisc de la cinturilla de la falda y se lo alargó.

—Bueno, ya lo veré más tarde, no llegaré a mi cita, era a las cinco. No busques a tu madre en casa; está en la de enfrente, con Rodrigo.

—Bien, me parece bien y no me extraña, Luis, no me extraña que se marche con quien sea, con alguien que la escuche; tú ni lo intentas, el día menos pensado y por culpa de los dos, pero tuya principalmente, seré hija de un hogar destrozado; viendo el interés que pones en lo mío, no me extraña lo que Catalina dice y piensa de ti.

La voz de la nena dejaba salir el resentimiento que provoca una mano extendida en el aire sosteniendo el minidisc, o cualquier cosa que se enseña con ilusión y ni siquiera es observada; dejaba salir el desencanto de cualquier joven del mundo ante padres tan ocupados y en guerra o silencio permanentes. Luis Altapuerca continuó camino adelante, no pensaba discutir: aquella hija suya terminaría siendo igual que su madre y él no podría impedirlo. La nena cruzó la calle y cuando se disponía a entrar en el portal, uno de los dos hombres que paseaban acera arriba, acera abajo, le preguntó adónde iba.

—A ver a mi madre.

—¿Vive aquí? —preguntó de nuevo el hombre.

—No, vive en aquel portal. —Extendió el brazo y señaló enfrente.

—¿Por qué la vienes a ver aquí?

La nena estaba a punto de perder los modales, sabía que aquel hombre sería un escolta de Rodrigo; ella no tenía por qué explicar nada de su vida a un tío así, pensó. Volvió a pensar y cambió de opinión. Decidió explicarse. Cuando la nena se explicaba podía resultar tan peligrosa como su madre.

—Es que no sé si decirlo; si lo digo puedo meter a mi padre en un problema.

Al hombre que había preguntado se unió otro y después otro más que caminaba por la acera con un palillo en la boca: Castaño.

—Vengo a ver a mi padre, realmente vengo a verlo a él; mi madre está con él en casa de la madre de mi padre, de mi padre de verdad, en esta casa, en el quinto; pero es que si se entera mi otro padre, el de mentira, el que vive con mi madre en la casa de enfrente, pues me mata por venir; no dejan que nadie nos vea juntos.

La nena paseaba la puntera de un zapato por la acera, la arrastraba mientras hablaba con la cabeza baja; López, el chófer, que venía de tomar un café, escuchó la última parte de la conversación y quedó tan perplejo como el resto. La nena continuó explicando a quien tanto quería saber.

—Ahora, mi padre, el de mentira, se ha ido al despacho y por eso aprovecho, son pocas las veces que los tres nos vemos a solas. ¿Saben si mi madre y mi padre, el de verdad, están juntos?

López tenía ganas de llorar; Castaño pensó en la maldad de aquella falsa marquesa, y una vez más se admiró del talante y la hidalguía de Luis Altapuerca, un buen cristiano que cobijaba a una bastarda y a una pecadora bajo su techo; y aun así cedía a las presiones de aquella Magdalena poco arrepentida y vestía el babero y la redecilla para complacerla.

—Sí, hija, están arriba; ahora mismo llamamos y subes —respondió Castaño en nombre de todos, para eso era el jefe.

La nena pensó que era el momento de retirarse. Podían partirle el alma por aquello y no estaba dispuesta a morir joven por una recua de payasos. Con voz cansina, entristecida, la nena dijo:

—Mejor no. Pensándolo bien, mejor no subo: la semana que viene mamá y yo nos vamos de compras, eso es lo que diremos, y estaremos con papá, el de verdad, me lo han prometido; y hoy les gustará estar solos, así que mejor me voy a casa. Pero muchas gracias, no le digan a mi padre que he venido, se pondría triste, le veré desde la ventana cuando salga, ustedes procuren no ponerse delante de él para que pueda verle. ¿Lo harán?

Con el corazón en un puño cuatro cabezas contestaron afirmativamente; Castaño pensó en que aquella niña era como su padre, el de mentira, tenía suerte la pobre bastarda de don Rodrigo. ¡Y él que admiraba a don Rodrigo! Cómo podía haberse dejado engañar por un vil canalla como aquél; claro que la rubia algo tendría que ver; bien pensado, la culpa era de ella, que dominaba a los hombres por algún motivo que Castaño no alcanzaba a comprender.

La culpa, como la histeria, invariablemente tenía nombre de mujer.

La nena se dispuso a cruzar la calle y todos a una, los tres escoltas pararon el tráfico: no merecía menos aquella pobre criatura; caminó con la cabeza baja hasta llegar al portal y nada más entrar soltó una carcajada.

—Hola, Porfirio —saludó al portero.

—¿Cómo le fue el día, señorita? —Porfirio era muy mirado para el trato.

—Hasta ahora bien, a partir de este momento puede pasarme cualquier cosa.

Entró en casa y gritó:

—Dame la merienda, Antonia, por favor, que ser malvada provoca hambre.

Carpe diem

Guárdate de juzgar las cosas según
la impresión del momento,
y si te ocurre alguna desventura,
de cualquier parte que te sobrevenga,
no debes tomarla tan a pecho,
ni recibirla de tal modo como si
ya no hubiera esperanza alguna de remedio.

TOMÁS DE KEMPIS, *Imitación de Cristo*

MIENTRAS LA NENA Y LOS ESCOLTAS hablaban en el portal de la casa de Rodrigo, mientras Luis Altapuerca caminaba hacia el despacho, Catalina Béjar despertaba hecha un ovillo al lado de Rodrigo. Había dormido el subsecretario profundamente, sin sueños ni sobresaltos. No parecía un jaguar; dormido, el temible subsecretario parecía un oso peludo, un gigantesco oso de peluche; los labios entreabiertos asomaban entre el pelo del bigote y la barba. Catalina pensó que Rodrigo siempre había sido guapo, muy guapo; parecía un caballero medieval. Alto, fuerte, y tenía los ojos verdes como el hombre de su sueño y movía el culo al caminar. Aún no se había sumido en ese desánimo, en el sentimiento de que ya todo está hecho o no vale la pena intentarlo, que lleva a los hombres a dejar que la tripa caiga sobre el cinturón y los pantalones. Intentando no despertar a Rodrigo, Catalina fue al baño; bebió un vaso de agua y regresó a la cama. Rodrigo estaba despierto y la miró ir hacia él, le hizo sitio y cuando Catalina se enroscó de nuevo entre las sábanas, Rodrigo preguntó:

—¿Eres feliz, Catalina?

—No lo sé, Rodrigo, no lo sé. Creo que no soy feliz, tengo demasiadas cosas en mi contra, la peor de ellas soy yo misma.

Luis no es mala persona, pero se pasa el día trabajando o descansando en el sofá, dándole al mando a distancia; nunca quiere ir a ningún sitio, no le gusta, nunca le gustó. Pensé que eso cambiaría, me esforcé en hacerle la vida agradable, pero cuantas más cosas hacía, más me pedía él y no me daba a cambio nada. Aguantarme, eso dice que me da; ahora quiero cambiar esto, no quiero continuar así. Marta me dijo que todo era cuestión de sexo, pero no sé yo, no lo entendí muy bien, puede que tenga razón. Y tú, ¿eres feliz?

—Me temo que como tú: no lo sé, y creo que si no lo sabemos es porque no somos felices. Inés no es mala madre, es casi buena esposa, se queja poco; no protesta cuando llego tarde o tengo reuniones en fin de semana; trabaja media jornada; va a un gimnasio casi cada día; merienda con las amigas; va a conciertos. Ella sí debe de ser feliz, pero yo creo que no. Yo no lo soy, Catalina.

—Si tú no eres feliz, ella no puede serlo a tu lado, Rodrigo, de eso puedes estar seguro, ella sobrevive como puede. A mí tu mujer nunca me agradó, creo que es un exceso de comodidad teñida de rubio y que te cazó al vuelo, pero en el fondo me da pena si no es feliz. Ninguno de los dos lo sois.

—Ella hace lo que le da la gana, Catalina, seguro que es feliz; y a mí tampoco me agradó jamás tu marido, así que no juzgues a Inés de esa manera, no tienes ningún derecho.

—No juzgo nada, te digo lo que pienso, nadie cambia un gimnasio, una peluquería o conciertos por un buen abrazo de su hombre. Yo al menos no lo haría jamás; así que o no es feliz o es una caradura que vive a tu costa y muy bien acomodada; en el fondo todos hacemos lo mismo, incluso yo: la diferencia es que yo lo sé y por eso sufro más, creo. Pero pienso cambiar; voy a ser como Inés, puede que así sea más feliz, si me convierto en idiota perdida puede que aumente mi cuota de felicidad terrenal. Ahora leo a santa Teresa casi todos los días y podría hacer una tesis sobre cómo se parece su obra a la de César Vallejo o a las canciones de Calamaro: amor, desamor, pasiones, cruces de madera o carne, conventos, casas, hijos o monjas del carmelo. Todo es lo mismo, Rodrigo: buscar algo con desesperación casi enfermiza. Si no lo haces, si no buscas ni te das cuenta de que algo te falta, hay dos posibilidades: eres feliz o idiota.

Rodrigo, apoyado sobre un codo, miraba a Catalina.

—¿Qué fue de los sueños, Catalina? ¿Dónde los dejamos? ¿Te acuerdas? Tú siempre quisiste visitar Albania, los demás queríamos ir a París o Londres, pero tú no, tú tenías que ir a pasear por Tirana. Ahora vives aquí, cerca de todo lo que fue la vida que odiaste durante otra media vida, enganchada a un hombre como Altapuerca, luchando por ese partido tuyo que cada día va peor. Un día te lo dije, siendo como eres jamás harás carrera política, ni siquiera presidenta de tu comunidad. O te amoldas o te hacen desaparecer, Catalina.

—Me lo dijiste y tenías razón, Rodrigo; razón a medias, mi partido no se diferencia en nada del tuyo. Todo es igual, todo es lo mismo, el aparato no perdona, pero el día que personas como yo no demos la lata, será aún peor. Luis no es mala persona y lo sabes, sólo que es así y yo muy diferente a él; los hombres no entendéis muchas cosas, Rodrigo. A ti con Inés te ocurrirá lo mismo; ella es más dócil, aparentemente más serena que yo; no habla, pero actúa; una mujer como Inés, por mucho que te odiase, jamás se separaría de ti mientras puedas ser ministro, presidente de las pocas empresas públicas que tu gobierno está dejando o cualquier otro cargo bien retribuido, jamás lo haría. Ni aun viéndote con otra mujer en una cama lo haría, Inés cerraría la puerta y no se daría por enterada; esa noche cenaríais juntos y no diría ni una palabra. Yo te sacaría los ojos, si te quisiese, lo haría; con mis propias manos te los arrancaría para que jamás pudiesen mirar a otra mujer; bueno, no sería tan bruta pero lucharía sin desmayo por un hombre como tú, sin importar el cargo ni el dinero, sólo por quererle, por sentirme querida. ¿Lo ves? Digo sólo por quererme, como si eso en el fondo no fuese todo, Rodrigo.

—Sé que lo harías, Catalina, tú sí lo harías, pero no por mí; nunca hiciste eso por mí. Te casaste con Altapuerca a la primera oportunidad que tuviste, no me dejaste acercarme a ti, me rechazabas sin parar.

—Me casé para escapar, Rodrigo. Quería ser libre y lo fui, mucho más de lo que nunca lo había sido; no podía esperar por tu eterna y maldita seguridad, por la que te empeñabas en darme siempre, la económica, ésa yo no la necesitaba. Y nunca lograste besarme, Rodrigo. Ponías más empeño en tu doctorado en la Sorbona que en besarme, siempre hiciste eso. Tenías miedo de todo y de todos; hasta a mí me temías. Yo necesitaba respirar y Luis era un balón de oxígeno respetable. Es cómodo, me apoya en casi todo, me quiere a su manera, y frente al mundo es un paredón en el que chocan las críticas que la gente me hace; por eso continúo a su lado. No debemos mirar hacia atrás, Cristina siempre dice: *Carpe diem*. Debemos hacer eso, Rodrigo, no hay retorno, ya no lo hay. La única solución sería quererse tanto, querer algo de tal manera, que esa fuerza fuese mayor que cualquier cosa que nos ata. Amor, pienso que yo, y a estas alturas, sólo rompería mi vida actual por amor, sólo por eso.

Rodrigo se había levantado de la cama, buscó un disco, luego otro y fue poniéndolos en el tocadiscos que una vez fuera modelo de modernidad y admiración de sus amigos, podían colocarse varios discos a la vez, y al terminar uno, el siguiente caía sobre el plato, la aguja regresaba al vinilo y la música comenzaba de nuevo, era casi una joya. Sonaron las voces de los Platters y *I'm Sorry* llenó la habitación justo en el momento en que Rodrigo regresó a la cama. Rodrigo Álvarez de Seoane no supo si lo que estaba sintiendo era amor ni le importó; supo que deseaba besar aquella boca de la que salían sonidos llenos de pasión y tristeza. Su amiga, la mejor amiga que nunca había tenido lloraba sin lágrimas, y esta vez él estaba allí y deseaba secar el llanto silencioso.

Catalina Béjar del Prado escuchó: *Quiero ser el único que te muerda la boca* mezclada con la canción de los Platters. Escuchó esa frase y a continuación sintió que alguien lo hacía, alguien mordía su labio inferior, alguien llenaba su boca con otra boca; sintió las manos de Rodrigo quitándole la camiseta; ella misma se quitó los pantalones del pijama y los arrojó lejos; ella misma le quitó la camiseta a Rodrigo; sentados en la cama y mirándose. Catalina y Rodrigo se besaron como jamás habían besado a nadie; se acariciaban la cara y se besaban como podrían haberlo hecho dos niños que aprenden un nuevo lenguaje. Catalina paseó su boca por el cuerpo de Rodrigo; después él hizo lo mismo con la piel de Catalina. Descubrieron juntos mil olores que jamás habían descubierto el uno en el otro y mientras Rodrigo la besaba, mientras Catalina arqueaba la espalda contra su cuerpo al son de *What a Wonderful World*, mientras Catalina se movía y emitía sonidos roncos como la voz de Louis Armstrong y al mismo ritmo, Rodrigo vio por primera vez lágrimas en los ojos de Catalina. Por primera vez en cuarenta años Rodrigo vio llorar a Catalina.

Pasaron el tiempo enganchados uno al otro; abrazándose, mirándose, reían y sonreían sin parar. Por primera vez en mucho tiempo ninguno de los dos pensó en nada más que no fuese otra piel. La política y el mundo quedaron al margen de sus vidas, no importó nada más que el tiempo; aquel tiempo que era suyo. Rodrigo, esa tarde, comprendió un poco mejor al alto cargo que había estado a punto de desmantelar todo un gobierno. Catalina, por primera vez en su vida, no se molestó en comprender ni racionalizar nada, sólo puso empeño en sentir.

—Tirana está aquí, Rodrigo; París es esta habitación. Quien sea incapaz de saber y comprender esto puede dar la vuelta al mundo mil veces, de nada le servirá.

Rodrigo no quiso pararse a pensar en el fondo exacto de la frase de Catalina, prefería no pensar en eso ahora. Eran las ocho y debían irse; no había tiempo para más, no aquella tarde. Catalina no pensaba en nada; un magnífico vacío llenaba su mente. Cada uno, y a su manera, había logrado lo que deseaba sin poner más reglas que esa palabra: deseo. Al menos, Rodrigo Álvarez de Seoane cerró la puerta de la casa materna con ese pensamiento: Catalina Béjar era otra cosa.

. Aún había tiempo de dar un paseo; Catalina tranquilizó a Rodrigo:

—¡No seas lerdo! Estas cosas no se notan en la cara, Rodrigo, y no matamos a nadie. ¡Fue amor, no un crimen!

La palabra amor hizo que el corazón de Rodrigo palpitase desacompasadamente, no a causa de ese sentimiento: el corazón de Rodrigo latía con fuerza por una sensación extraña que nada tenía que ver con amar o no; era confusión y casi miedo. Él no creía estar enamorado de Catalina. Lo había estado, pero, lo sucedido en casa de su madre, él no lo definiría como amor. Oyó decir a Catalina:

—Rodrigo, vamos, aún te da tiempo. Y escucha esto: *Lo que te atormenta es una simple tentación; es un vano temor lo que te turba. ¿De qué te sirve afanarte por lo que puede suceder en el futuro sino para acumular tristeza sobre tristeza? Bástale al día su afán*. Es de Kempis y tiene razón. No creo que sea nada malo lo que hicimos. Eso no es malo, Rodrigo, en serio que no.

No estaba muy seguro Rodrigo de la bondad intrínseca o extrínseca del hecho ni de que no se notase en la cara. Mientras Catalina Béjar no sentía el menor temor ni remordimiento ni sensación de angustia, Rodrigo comenzaba a pensar que todo había sido un error, un terrible error que tardaría mucho en reparar, un error de consecuencias incalculables. No era lo mismo una aventura a media tarde con una compañera de trabajo —subordinada habría sido más exacto— que haberse acostado con Catalina. Definitivamente no era lo mismo, y lo que había sentido Rodrigo era muy diferente. Pensó en una palabra: adicción. Catalina se la había provocado durante toda la vida; después de esto, podía ser peor. Tenían que romper todo tipo de relación entre ellos, pensaba Rodrigo. Interrumpió el pensamiento al llegar al portal. Allí estaban los escoltas y López. Se notaba en la cara, estaba seguro de que se notaba en la cara lo que habían hecho. Castaño lo miraba de una forma torva; López ponía cara de circunstancias y los otros escoltas desviaban los ojos. Castaño, con la mirada fija en Rodrigo, le dijo:

—Vino la niña: la hija.

Rodrigo quedó esperando una aclaración que no obtuvo y se vio forzado a interrogar.

—¿Qué hija, Castaño?

—La hija, vino la hija. La de la señora de Altapuerca. La hija del señor Altapuerca. La hija.

La palabra hija, Castaño la pronunciaba de forma casi amenazante, la masticaba y sus ojos se fijaban en la expresión de Rodrigo cada vez que la decía. Rodrigo entendió que la nena de Catalina había estado allí, que podría haber subido a su casa. Y eso hizo que la expresión se le descompusiese. Castaño entendió aquel gesto como culpabilidad, como asunción de falta del amor paterno que le negaba aquel pelanas a la sangre de su sangre. ¡Mucho título, mucha chulería pero una falta total de cojones tenía aquel subsecretario!, pensó Castaño.

Catalina, que escuchaba junto a Rodrigo, exclamó:

—¡Estuvo aquí la nena, Rodrigo! Es una pena, podría haber subido y estar un rato con nosotros.

—¡Coño, Catalina! —respondió el subsecretario ante la mirada inquisitiva de los escoltas y López.

Castaño pensó que la mujer aún tenía sentimientos. A esas horas él ya se había hecho su propia historia, había colocado los hechos de tal manera que todo cuadraba a la perfección. La tal Catalina, que era medio tonta, había sido seducida por Rodrigo. Aún era joven, así que la nena habría nacido cuando los dos lo eran; el cabrón que ahora era subsecretario se había escapado del problema sabría Dios con qué excusa y Altapuerca, que ya era un hombre mayor, se había hecho cargo de la criatura desesperada que debía ser en aquellos momentos Catalina. Altapuerca era un hombre de los que ya no había: valor, coraje, resignación… Lo que no entendía Castaño era cómo podía consentir que se viesen aún; él tenía muy claro lo que habría hecho: descerrajar dos tiros a Rodrigo. Muerto el perro se acabó la rabia, pensaba Castaño. Catalina reclamó en esos momentos su derecho al paseo y, sin pensar en el improperio de Rodrigo, abrió la marcha. Rodrigo a su lado, en silencio; los escoltas y hasta López, que no quería perderse nada, los seguían. Saludaron a las personas que los saludaban, Rodrigo volvió a ser un subsecretario de Estado y Catalina estaba volando, paseaba entre las nubes. Marta tenía razón, era cuestión de sexo, pero a Marta se le había olvidado añadir otra palabra: amor. Ella estaba un poco enamorada de Rodrigo, seguro que era eso. Rodrigo era el hombre de su vida, siempre lo había sido, y ahora se daba cuenta, nunca era tarde; ahí estaba la respuesta correcta, ya tenía un motivo para el cambio.

Castaño observó acercarse a Luis Altapuerca; venía en dirección contraria. Por un momento se vio poniendo su pistola en manos de aquel pobre hombre. Contuvo el impulso de hacerlo al pensar que los jueces de hoy en día no eran como los de antes: no entenderían la palabra honor y encima encerrarían al pobre Altapuerca en la cárcel. Luis vio acercarse a Rodrigo y a su mujer; no tenía ganas de saludar al imbécil de Rodrigo, pero no tenía escapatoria.

—Mira, Rodrigo, ahí viene Luis —dijo Catalina, sonriente.

—¡No me jodas, Catalina! —Aquella tarde el subsecretario estaba especialmente malhablado y Catalina no entendía el motivo.

Como estaba feliz, Catalina olvidó, de momento, su enfado con Luis y los improperios de Rodrigo; nada lograría apartarla del camino que se había trazado; no deseaba más que la dicha, un estado beatífico casi permanente y lograría esa meta. Cosas más difíciles había conseguido. Saludó Catalina a su marido y Luis a Rodrigo; Castaño apretó los puños y López observaba cual corneja. Rodrigo quería desaparecer a toda costa, Luis Altapuerca deseaba que Rodrigo desapareciese y Catalina estaba encantada con los dos hombres de su vida tan cerca. No quería pensar que tendría que decidir; no quería pensar nada. Algún día tendría que decirle a Luis que se iba con Rodrigo. Ya tendría tiempo, cualquier día se lo explicaría. Luis era muy bueno y lo entendería sin problemas. Catalina Béjar no sólo tenía una motivación importante para el cambio, estaba convencida de que había encontrado el amor; pensó que alguien la quería apasionadamente; pensó Catalina que mil luceros habían alumbrado a Rodrigo en su vida equivocada; pensó Catalina Béjar que la vida era magnífica; porque, a los cuarenta años, era aún medio imbécil en el peor sentido de la palabra; Catalina Béjar aún confundía amor y pasión; de haber sido más vulgar, habría exclamado meses más tarde: «¡Pensé que amor y pasión iban en el mismo lote!». Por supuesto jamas exclamó eso; era demasiado Del Prado para hacerlo.

Luis y Rodrigo hablaban del tiempo; de pesca, cuestión de la que ninguno de los dos sabía nada; volvían al tiempo y pasaron a los hijos, tema socorrido en estos casos. Luis habló con orgullo de la nena, de lo bien que le iba todo en el cole; de la medalla que había ganado en un campeonato de esquí; Rodrigo habló de sus hijos con una pasión mal disimulada y Catalina escuchaba.

—A la nena no le va tan bien; no tiene novio, así que tan bien no le va, Luis —rezongó Catalina.

Por una casualidad extraña, como todas, Luis y Rodrigo preguntaron a la vez:

—¿Y para qué quieres que tenga novio?

—Pues no sé para qué quiero que tenga novio, no lo sé. Lo encuentro más seguro y, como dice Marta, el sexo es importante, y la nena...

Catalina no pudo concluir; dos voces, entremezcladas, las de Luis y Rodrigo, la interrumpieron.

—¡Catalina, no hables de sexo, ahora no, un poco de recato no está mal hasta en ti! Y esa Marta siempre fue una libertaria descastada.

Eso lo dijo Rodrigo presa del pavor.

—¡Siempre estás con lo mismo, Catalina! ¡Lo tuyo es obsesión! Sí, Marta es una descarada, siempre lo fue. Tienes razón, Rodrigo.

Eso lo dijo Luis, presa de enfado.

—Bueno, a mí no me parece insano hablar de sexo, lo encuentro algo natural, como el comer; el sexo relaja mucho. Y Marta es mi amiga; curiosamente es un punto de encuentro entre vosotros dos, estáis de acuerdo en algo por primera vez desde que os conozco; en política estáis en el mismo lado, del lado de la reacción; pero lo de Marta es nuevo.

Se lanzaba Catalina Béjar a una de sus peroratas infernales cuando de nuevo las dos voces masculinas gritaron algo muy varonil:

—¡Tu mujer nunca cambiará, Luis!

—¡Tu amiga, Rodrigo, tu amiga no cambiará nunca!

Una vez más y ante un problema común, algo, en este caso alguien, era propiedad del contrario. Catalina sonrió sin que nada le importase; había aprendido muchas cosas; la más interesante era que Rodrigo la quería; la más aprovechable era la nueva arma que tenía en sus manos: el sexo. Curiosamente ponía nerviosas a personas tan distintas, incluso distantes, como Rodrigo y Luis, y hasta a su propia madre.

Castaño, fiel observador de la realidad, la que él había creado, lo tenía cada vez más claro: la Catalina era una gata caliente que paseaba por dos tejados, quién sabía si por más; y era tonta de remate, eso sí que era innegable. Altapuerca, un consentidor resignado, y Rodrigo, un hombre dominado por la pasión de la idiota: los tenía encoñados a los dos, eso era. Y la pobre niña en el medio; al menos el subsecretario había tenido un poco de cabeza y sentimiento paterno cuando la loca habló de novios y de sexo: aún le quedaba algo de decencia al degenerado aquel.

Rodrigo se excusó como pudo, tenían que irse; Catalina lo besó y él casi la empuja; aun así, tuvo que contenerse mucho para no besarla en la boca, para no morder sus labios. Luis Altapuerca dijo adiós a Castaño con una palmada en el hombro y un «Cuídese, Castaño»; éste respondió con un marcial «A sus órdenes, don Luis». Rodrigo pensaba que Castaño era imbécil, no tenía que estar a las órdenes de Luis Altapuerca, sólo le faltaba aquello para rematar el día.

Catalina y Luis cruzaron la calle sin hablar; Catalina saltaba al caminar y Altapuerca la miraba con fastidio; no sabía por qué tenía que estar siempre tan contenta Catalina. Entraron en la casa y él preguntó:

—¿Qué tal el día con tu subsecretario?

—Bien, un día completo; he comprendido muchas cosas que servirán a mi cambio. Ha sido un día completo el de hoy, Luis; algún día sabrás cuánto.

Luis Altapuerca ya se estaba arrepintiendo de haber preguntado a su mujer, ella comenzaría a contar cada detalle del día: sería un martirio tener que escuchar las explicaciones de Catalina, no lo soportaría y de nuevo se gritarían. Ante su sorpresa, Catalina guardó silencio y su boca dibujó una sonrisa misteriosa acompañada de un suspiro.

Antonia saludó con un hola rayano en la agresividad; la nena salió de su habitación y se lanzó a los brazos de Catalina gritando: «Lo vi, lo vi...». Catalina supuso que se refería a alguno de aquellos amores por los que Macarena suspiraba; Bubú mordía los tobillos de la nena en un intento vano por separarla de Catalina. Sí, fue un día completo para la madre de la casa. No había reñido con nadie o casi nadie; el amor entraba en su cuerpo con el olor de las mimosas de la primavera temprana; y la nena la abrazaba. ¿Qué más podía pedir a la vida? Se odió por hacerse esa pregunta, porque inmediatamente se contestó ella misma: que Luis me quiera un poco más; que yo lo note.

Esa noche se durmió pronto mientras recordaba —no tuvo necesidad de soñar esta vez— el olor y la boca de Rodrigo.

El objeto del recuerdo de Catalina aterrizó en la capital con la sensación de que sus escoltas y López, por una razón que desconocía, lo miraban de forma diferente: López casi con admiración; Castaño con desprecio. Pero no se preocupó Rodrigo de eso, no le importaba; su atención estaba puesta en Catalina. La quería, la quería mucho, pero no estaba bien lo sucedido. Con ese pensamiento entró en su casa; con la imagen de Catalina en las pupilas besó a Inés; con las manos de Catalina en su cintura se quitó la americana y los pantalones; con desgana y fastidio Inés los recogió, algo tenían en común Inés y Catalina, recogedoras de prendas masculinas; con impaciencia, Inés procedió a colgar los pantalones en una percha, con hastío vio cómo de uno de los bolsillos caía algo al suelo; con verdadera desgana se agachó a por ello. La cara pasó de la impaciencia al estupor; horquillas del pelo; horquillas rubias. Ella jamás las utilizaba. Las apretó contra la palma de la mano hasta casi hacerse sangre. El cilicio surtió el efecto deseado: espabiló Inés y salió del pasmo. Buscó en los bolsillos y cuando estuvo segura de que ni un prendedor más quedaba en ellos, continuó su tarea colocando la ropa de Rodrigo. Con las horquillas en la mano se dirigió a la cocina, abrió el cubo de la basura y las tiró con rabia. Rodrigo era imbécil, poner en peligro toda una carrera por una zorra; siempre había sido idiota Rodrigo. Si no hubiese sido por ella, dónde habría quedado su carrera. Ella le había dado demasiadas cosas al cabrón aquel y no estaba dispuesta a tirarlas a un cubo de basura. Nadie debía saber lo que había sucedido, ni a ella misma le importaba, sólo esperaba que Rodrigo fuese prudente aquella vez; no quería escándalos. Rodrigo ya estaba en la cama e Inés se acercó a él con la insana intención de seducir al hombre que despreciaba, pero con la idea clara de que un buen ministerio consorte bien valía un mal y agotador rato de sexo. Esa noche, como otras muchas noches en las que ella encontraba rastros de infidelidad en Rodrigo, él le respondió que estaba cansado y le deseó buenas noches con un beso en la frente. Inés respiró aliviada, dio media vuelta y dejó que la rabia saliese de golpe; se durmió. La rabia tenía efectos sedantes en Inés. Rodrigo dormía acunado por la voz de Louis Armstrong y sedado por el perfume a mimosas que los poros de Catalina habían dejado en su piel.

Catalina Béjar no tenía demasiadas cosas en común con Inés. Ella habría clavado una a una las horquillas en el cuerpo de su marido, de haber sabido que con aquello recuperaba su amor. No lo habría dudado ni un solo instante. De no querer recuperar nada, Catalina se habría separado inmediatamente del infiel. A los ojos del mundo, el comportamiento de Catalina habría sido estúpido y poco inteligente; a los ojos del mundo, lo que Inés hacía era lo correcto, lo habitual, lo cómodo.

Catalina y Rodrigo, sin saberlo, se habían convertido en dos pañuelos. Moqueros mutuos, habría dicho Marta Guzmán; lo diría, no tardando mucho tiempo, lo diría.

Los enemigos del alma: el mundo, el demonio y la carne

> *El mundo:* Son los hombres mundanos, malos y perversos.
> *El demonio:* Un ángel, creado a imagen y semejanza de Dios, se rebeló contra Él y por ello se precipitó a los infiernos.
> *La carne:* Es nuestro mismo cuerpo con sus pasiones y malas inclinaciones.
>
> *Catecismo del padre Astete*

Al día siguiente a la partida de Rodrigo; el día después en que la escolta y el chófer del subsecretario descubrieron —más bien creyeron hacerlo— secretos inconfesables en la existencia de su jefe, la vida continuó, aparentemente, como de costumbre. Al menos cada uno de ellos amaneció en la cama que desde hacía años compartía con otro cuerpo. Las almas estaban ausentes.

Rodrigo acudió al ministerio; Catalina a su despacho; Luis al suyo; la nena al colegio. Antonia preguntaba el menú, pan nuestro de cada día por más que Catalina lo apuntase semanalmente en unas hojas primorosamente encuadernadas, por más que le explicase la importancia de las estaciones en la comida, Antonia no se daba por enterada. Mariana continuó quejándose del programa de nóminas; Marta decidió que llamaría a Catalina, mejor iría a verla para aclarar la frase del sexo; Cristina iba a lo suyo, como siempre; María del Prado intentaba localizar a fray Bernardo, que estaba en Asís de peregrinación, e Inés, señora de Álvarez de Seoane, fichó en su trabajo a primera hora de la mañana y a continuación —era funcionaria— se fue a que le diesen un masaje y le pusiesen algunas mechas en el pelo. Para olvidar, Inesita se teñía el pelo, iba a un gimnasio, hacía yoga y algunas noches, de tapadillo, bebía vodka.

Todo parecía igual y no lo era. O sí. Puede que todo fuese igual que el día anterior, igual a tantos días; cambiaba el fondo, la forma de mirarse, de mirar a los demás. Era un escalón superior para todos ellos. Nada ocurre sin que después las consecuencias alcancen a los protagonistas de los hechos, directa o indirectamente. Y una vez más el esquema de la vida se repitió ese día y muchos otros.

Rodrigo se encontró pensando en Catalina sin que hubiese ocurrido un desastre en su ciudad; habitualmente pensaba en ella cuando ocurría una catástrofe o un hecho insólito en la provincia lejana. Rodrigo pensaba en Catalina y sonreía; al momento se daba un manotazo en la cabeza para alejar aquella imagen. Imágenes, lo terrible era el plural: ahora Rodrigo se veía perseguido por un montón de imágenes y olores. En el pasado Rodrigo recordaba a Catalina de una forma casi fraternal. Los recuerdos, los de antes, hacían que la cabeza reposase entre las manos, sonriese y fantasease con lo que podría haber sido y no fue su vida con aquella loca de Catalina; aroma del café y la cocina, aroma de lluvia y asfalto; Catalina de catiuscas; meriendas en tardes húmedas; hasta ese día era el recuerdo a Heno de Pravia, el aroma de su hogar. Hoy, aquella mañana, el recuerdo era distinto: los dedos de Catalina, los dedos largos y suaves de Catalina paseando por su piel; los ojos de Catalina cerrándose y volviendo a la luz entre las pestañas tupidas, mientras él la besaba; los dedos de Catalina desabrochándose la blusa de seda; la boca de Catalina y su boca; la humedad tenía ahora connotaciones diferentes; hasta pensó en el culo de Catalina, y el manotazo que se dio en la cabeza fue aún mayor esa vez. Tenía que borrar esa imagen o moriría de angustia, y si no moría de angustia haría algo peor: irse con Catalina Béjar, echar por la borda toda una vida de esfuerzo y trabajo. Las imágenes que venían a su mente ese día se parecían a tórridos romances bajo el sol; veía a Catalina caminando hacia él vestida con ropa interior de blonda; a Catalina ofreciéndole su cuerpo bajo una cascada; aquello era un anuncio con otro aroma: Limones del Caribe. Llamaría a Catalina y le diría que todo había sido una equivocación. Eso haría; la llamaría.

Entretanto, Catalina paseaba por su oficina y regaba las plantas, plantas nuevas, sustitutos fáciles de las que habían muerto por falta de cuidado días antes; paseaba por los despachos como quien lo hace por el salón de una casa, supervisando flores y admirando la limpieza de la plata. Catalina representaba el papel de mujer del diecinueve, variaba el escenario pero estaba convencida de que casi era lo mismo. Dejó la botella de plástico en el baño, no era una regadera de tubo largo y latón como habría sido procedente en el estado de Catalina y su imaginación, y sentada a la mesa del despacho, pensó en Rodrigo; los expedientes podían esperar. Pensaba que Rodrigo la quería y en lo que estaba dispuesto a dejar por ella; a Catalina no le parecía mucho un posible ministerio, ella era más interesante que una cartera ministerial, de eso estaba segura, pero aun así era de agradecer. Pensó en las manos de Rodrigo, en el olor de su pelo; pensó en el culo de Rodrigo al caminar; recordaba el culo de Rodrigo las tardes de verano; el culo de Rodrigo enfundado en los tejanos; el pantalón entrando por las posaderas y marcando aquella parte del cuerpo; sonrió con ternura y abrió un expediente, más tarde llamaría a Rodrigo.

Luis Altapuerca trabajó; tomó varios cafés y al mediodía un Martini. Luis hizo eso. No pensó ni un solo momento en Catalina ni en la nena ni en Rodrigo; no pensó en nada. Todo eso era estable. Todo estaba bajo control y pensar en ello no proporcionaba beneficio alguno, así que Altapuerca no pensó en nada que no fuese vital. Para él, vitales eran otras cosas; mientras todos estuviesen en su sitio y con buena salud, no había de qué preocuparse.

Esa mañana la nena lo pasaba mal en el colegio; a la imbécil de latín se le había ocurrido que declinar era importante y estaba intentando machacar sus neuronas con algo que a ella le importaba un bledo; ¡qué más le daba a ella lo del *bonus*! Pero la idiota, con cara de serlo aún más de lo que su comportamiento delataba, insistía y la nena tuvo una idea. En su colegio, las ideas, los pensamientos, debían compartirse con todos —compartir formaba el espíritu de equipo, decían las monjas—, y la nena decidió que aquella mañana tenía algo que compartir. Con voz profunda y sin previo aviso se levantó de su asiento y expresó:

—Ayer fue un día especial en mi vida…

La cara pasmo de la profesora la miró fijamente sin entender, o no queriendo hacerlo, el motivo y propósito de aquella repentina necesidad de compartir que le había entrado a la nena de los Altapuerca. La nena era Altapuerca, los apellidos maternos no contaban a la hora de pasar lista: demasiada saliva derrochada en recordar la figura de la madre. La nena, puesta en pie, no hizo caso de la malévola mirada de la tarada que le enseñaba aquella lengua muerta, y prosiguió:

—Ayer me enfrenté a un problema yo sola y lo resolví; la policía intentó detenerme al entrar en mi casa, decían que mis pelos no eran habituales en mi barrio, decían que yo era una intrusa; no cedí y fui conducida a un calabozo; casi era mazmorra, no había ventana…

—¡Altapuerca! Déjese de decir imbecilidades, está interrumpiendo la clase con un fin claro y transparente para mí: no quiere usted declinar y hace esto para librarse del castigo que supone una mancha en su expediente académico.

Indiferente a las necias palabras de la declinadora oficial del colegio, la nena puso cara de sorpresa y de un salto —ostentoso salto el suyo— giró hacia la puerta y miró en aquella dirección. La clase entera reía con las manos tapando las bocas; la maestra intentaba entender qué miraba Altapuerca y ella misma dirigió la mirada hacia allí sin ver nada. Presa de santa cólera, como correspondía a su condición de monja con poca vocación, vocación tardía —las vocaciones auténticas no suelen indignarse ni siquiera santamente—, la maestra elevó la voz de manera peligrosamente suave y preguntó:

—¿Se puede saber qué mira, Altapuerca?

—Sí, hermana, claro que puede saberse, espero a mi padre, estoy esperando a que mi padre entre en la clase, he pensado que ya estaba aquí.

—¿Su padre va a venir? —preguntó la religiosa.

—No que yo sepa, hermana, no que yo sepa; pero como usted lo llamó; como usted invocó su nombre, pensé que estaba aquí, eso creí, hermana.

—¡Yo no he llamado a su padre, Altapuerca!

Una vez más la nena saltó y miró en dirección a la entrada de la clase y las manos volvieron a tapar las bocas; ruidos guturales se oían por los pupitres y la hermana Rogelia estaba a punto de gritar.

—¡Déjese de hacer el idiota, Altapuerca! —gritó al fin sin poder refrenarse.

La Rogelia estaba perdiendo el control, pensó la nena. Ella ya lo había perdido por completo, estaba harta del latín, del griego, de la física; estaba harta de todo aquel paripé, de todas las clases desganadas que recibía, de la falta de entusiasmo en la forma de enseñar, estaba hasta los cataplines la nena y saliendo al pasillo de la clase, caminando entre los pupitres mientras las manos de sus compañeras se apartaban de las bocas y la risa dejaba paso al asombro, incluso al miedo de lo que se anunciaba en la mirada de la nena, llegó a la tarima. Cuando estaba cerca del encerado paró en seco y mirando desde la altura a la hermana Rogelia —la nena había salido a su padre en la estatura física— le dijo en voz alta y clara:

—Macarena Alfonsa Enriqueta Asunción Bernarda María de Todos los Santos Altapuerca Béjar. No número 7; no Maca; no Altapuerca. Macarena Alfonsa Enriqueta Asunción Bernarda María de Todos los Santos Altapuerca Béjar; o Macarena si usted lo prefiere; o Altapuerca Béjar si usted lo desea. Tengo nombre y tengo madre, ¿sabe usted? Y sí, es cierto, sí que tengo algo que compartir con la clase; quiero compartir que estoy harta de estados místicos que le impiden enseñar en condiciones a usted y a unas cuantas más de este colegio; comparto que no tiene usted ni idea de latín ni de griego ni de inglés; comparto que estoy cansada de tanta disciplina inútil, disciplina que ni siquiera lo es, sólo fachada; comparto que me harta esto: la falsa disciplina y la falsa libertad de compartir. Y comparto una cosa más con la clase y con usted: Rogelia, *quo usque tandem abutere patentia nostra? Quam diu etiam iste furor tuus eludet nos? Ad quem finem audacia effrenata iactabit sese?* Eso, hermana Rogelia, eso es latín, me lo enseñó mi madre; desde hace dos años mi madre me enseña latín porque usted se quedó en el puto *bonus* hace exactamente dos años y yo me aburro; usted me aburre de una manera que no puede ni imaginarse. Esto es lo que deseaba compartir con la clase.

Macarena Altapuerca Béjar regresó a su asiento con los ojos llenos de lágrimas. Nadie las vio. Los párpados de Macarena parecían tragarse las lágrimas antes de dejarlas deslizar por sus mejillas. En eso se parecía a su madre.

La hermana Rogelia salió apresuradamente de la clase, lloraba y gritaba algo que las niñas no entendían; el silencio se hizo en el aula y Macarena esperó cual reo que viniesen a buscarla. No tardarían.

Se acercaba fin de mes y uno de los empleados preguntó a Mariana:

—¿Está arreglado lo de las nóminas?

—¡A mí qué coño me preguntas! ¡No doy abasto!

—¿A quién se lo pregunto? Tú eres la responsable; el jefe lo dijo ayer.

Mariana intentó comenzar a emitir los gemidos que caracterizaban sus crisis nerviosas, pero en ese momento, Catalina, que lo había escuchado todo desde la puerta, sonriendo, le dijo a Mariana:

—Ni lo intentes, Mariana, ni lo intentes; tú arregla el programa de las nóminas y piensa en mí; piensa en cómo me siento yo cada día; ponte en mi lugar, yo no gimoteo. Decía santa Teresa: *¡Qué trabajo es contender con muchos pareceres…!* Ése es mi trabajo y es un horror; desde ahora delego parte de esto en ti; desde ahora tú tienes que asumir tu responsabilidad entera, Mariana. Va en tu sueldo, no en el mío, y ni un día más pienso arrogarme funciones que te corresponden a ti; demasiado esfuerzo, ya estoy mayor para eso.

Mariana estuvo a punto de gritarle que estaba harta de la santa aquella; que le estaba hartando aquella manera extraña de hablar, casi antigua; que estaba harta de todo, incluido su marido, pero bien pensado, aquello no era cosa de Catalina y menos aún en horas de trabajo; estaba a punto de gritar al mundo entero que estaba hasta los cojones de la vida; por una vez Mariana sintió ganas de gritar. Y lo hizo.

—Buenos días, TATO Informática, un segundo, ahora le atiendo. —Acto seguido, el vacío llenó el oído y el cerebro de Mariana.

Mariana miró el auricular con cara de odio; de un manotazo colgó; pulsó la tecla de rellamada y nada más oír la señal de que alguien estaba al otro lado del teléfono dijo sin dar lugar a saludo tópico alguno:

—Hola, yo soy Mariana; Mariana de Béjar S.L.; la encargada del despacho; la que está hasta los cojones de que la hagas esperar por atender otra llamada; la que se lleva las broncas de su jefe porque sois unos inútiles; Mariana, la que está hasta las diez de la noche trabajando porque vosotros no venís a la hora que se os llama; Mariana, la que al llegar a casa pone la lavadora y espera a que termine para tender la colada; Mariana, la que deja la comida hecha el día anterior para que el mierda de su marido coma decentemente; Mariana, la que padece de bulimia y engorda cada día medio kilo por todas estas cosas. Ésa soy yo. Y si tú, voz de pito, no lo entiendes, es que estás liada con el mamón de tu jefe y por eso tu vida es más feliz que la mía y eres culpable de la mala hostia con la que vivo cada amanecer, y por eso te odio. El programa de nóminas, ése es el que hoy no funciona; se lo dices a Eduardo: que venga ya, ahora, en diez minutos; si no viene, le puedes adelantar algo de lo que ocurrirá: por mí pasan las facturas de Béjar y Altapuerca; en realidad yo decido las fechas de pago, si se pagan o no; por decidir, decido hasta los pedidos nuevos de las dos empresas, lo que necesitamos o no necesitamos; le recuerdas a Eduardo que lleváis el mantenimiento de las consejerías, y le preguntas que si sabe lo que es una corbata colombiana, todas esas cosas puede perder si no viene ya; le aclaras que la corbata colombiana tiene que ver con perder los huevos.

Marianita veía series amables, pero no renegaba de las películas de malos que daban en la tele. Lo de la corbata colombiana le había parecido un horror cuando lo vio en una película de cuarta categoría, mucha sangre, mucho sexo, pero ahora venía que ni al pelo. El tartamudo aquel de TATO tendría una buena cagalera de pensar en eso, y lo de las consejerías había sido un golpe maestro; el burro del informático se preguntaría qué tenía ella que ver con esos contratos y no lograría dar con la respuesta. Mariana sonrió cruelmente; a ella al menos le pareció que lo hacía. Rodrigo era mucho Rodrigo, y ella sabía dónde había estado el jefe el día antes. Rodrigo era un as en la manga de Mariana. Castaño y Mariana habrían sido felices juntos, su imaginación no tenía fronteras, al menos no más que las de Marcial Lafuente. Los guionistas de la televisión y otras figuras similares marcaban sus vidas anodinas.

Presa de una excitación que hacía años no sentía, Mariana colgó el teléfono; el empleado que le había preguntado por las nóminas la miraba con asombro; Mariana se dejó caer en una silla y respiró profundamente; giró la cabeza y vio cómo él la miraba; volvió a respirar profundamente y con los ojos entrecerrados musitó:

—No sé qué coño estás mirando, chaval, pero sí sé que puedo jorobarte un montón; puedo decidir que te quedes conmigo a terminar las nóminas, así que ¡deja de mirarme y ponte a trabajar! Antes tráeme un café, que me apetece a mí un café esta mañana.

Mariana, encumbrada al poder por el destino, estaba comenzando a ejercerlo; el chaval —último mono de la oficina, sería la definición exacta— no dijo nada, dirigió sus pasos a la alacena de las tazas, sacó una y preguntó:

—¿Solo o con leche?

—Solo y con azúcar, mucho azúcar —respondió una Mariana exultante.

Mariana saboreó el café pensando que ni Catalina Béjar en sus peores momentos de furia lo habría hecho mejor; de continuar así, ella, Mariana López, sería aún peor que su jefe. Estaba satisfecha.

Cristina Béjar se estiró entre sábanas de satén color morado; las encontraba horteras, pero a él le gustaban. Estaba en la cama con Julito Torrevieja. Hacía meses que dormía con Julito; más que dormir agitaba las neuronas y los poros de Julito y de paso movía las suyas; eran algo necesario aquellas sesiones de sexo mañanero. En realidad, Cristina lo hacía por higiene y por salud; lo que no tiene uso se estropea, pensaba Cristina, y así se lo había hecho saber su ginecóloga: tenía que tener relaciones sexuales de forma regular o podría convertirse en una menopáusica precoz; podría padecer tremendas congestiones pélvicas y eso agriaría su carácter. Cristina Béjar no tenía tiempo para casarse, el matrimonio la deprimiría, de eso estaba segura, pero debía atender a su salud; el negocio era el negocio y no podía permitir que una cosa de aquellas raras de las que le había hablado la ginecóloga pusiese en peligro su actividad profesional. Por ello, desde hacía meses, compartía cama con Su Señoría. Julito Torrevieja era magistrado, divorciado sin hijos, un buen partido; quería casarse con Cristina, pero eso no entraba en los planes de la insigne abogada. De momento, Julito debía conformarse con ser utilizado como genérico, placebo o como quisiera denominarse él mismo, ése no era el problema de Cristina.

Mientras estiraba los brazos, Julito besó a Cristina en la mejilla y ella de un empujón lo apartó:

—No queda tiempo, Julito, presides dentro de media hora y yo ejerzo la acusación popular en esa vista, así que no te me duermas en los laureles, que desde hace unos días estás como tonto; a ver si repasas un poco la jurisprudencia, no das una. Y no me des la lata o la próxima vez se va a poner estos ligueros rojos tu tía Custodia. Por cierto, hace tiempo que no veo a tu tía en mi casa.

Julito Torrevieja, temido juez donde los hubiere, magistrado implacable y tenaz, censor y martillo de penados y delincuentes de guante blanco o manos negras —no importaba más que la justicia—, se levantó de la cama y dijo:

—Sí, cielo, tienes razón.

Y, cual tierno cordero, caminó hacia el baño del apartamento que utilizaban cuando Cristina Béjar tenía a bien considerar que necesitaba tratamiento.

Fray Bernardo del Prado descendió por las escalerillas del avión vestido con el hábito de franciscano —una lata, pensaba Bernardo mientras recogía el paño vil para evitar pisarlo—; en la bolsa de mano llevaba unos tejanos, un polo y unos mocasines de ante. El franciscano era un hombre elegante, y a ojos de algún fraile de su orden, poco cumplidor de los preceptos de la misma. Iría a los servicios y se cambiaría en el mismo aeropuerto. Caminando hacia la terminal vio cómo una mujer agitaba un pañuelo al viento, lo hacía desde la pequeña terraza del aeropuerto; la mujer llevaba un pañuelo en la cabeza y agitaba otro con una mano. Eso y unas enormes gafas de sol le daban un aspecto singular. Bernardo sonrió pensando que aquello era un *remake* de alguna película que de niño había visto; siempre salían aeropuertos y mujeres de aire misterioso agitando pañuelos al viento.

La mujer no dejaba de hacer señas y Bernardo miró hacia atrás; no le seguía nadie, había sido el último en abandonar el avión, y delante ninguna persona respondía al saludo. La mujer gritó y a él le pareció escuchar su nombre, le pareció escuchar el nombre de Bernardo deslizándose por el aire. Se fijó con atención, pero a él ninguna mujer iba a recibirlo al aeropuerto —hacía años que ninguna lo hacía, volvió a pensar y a sonreír—; Catalina lo esperaba en la estación del tren cuando volvía de Roma, y una vez fue al aeropuerto con una pancarta enorme; recordaba ese día. Marta Guzmán y Catalina habían ido a esperarlo y él quiso correr de nuevo al avión, quiso esconderse, la pancarta no tenía desperdicio: «¡Viva Bernardo y la teología de la liberación! ¡Olé al franciscano más guapo del país!». Bernardo miró de nuevo a su espalda y en ese instante sí escuchó su nombre con claridad. Las sandalias eran poco apropiadas, comenzaba a chispear y los pies se le mojaban, aquella mujer tendría que esperar, fuese quien fuese, lo haría. Caminó por el aeropuerto hacia los servicios y de pronto la mujer de la pañoleta en la cabeza se interpuso en su camino. Bernardo, poco dado al miedo, Bernardo, que había empuñado un fusil en la Amazonia, Bernardo, que no temía ni al poder del papado, tembló en ese momento. Su tía estaba allí; María del Prado se interponía en su camino y eso era más peligroso que un cacique del Amazonas o que un monseñor de la curia romana. Sin darle tiempo a reaccionar, María del Prado cogió una mano de Bernardo, la llevó a los labios y la besó mientras musitaba algo que no logró entender. Apartó la mano, la sacudió en el aire y con furia mal contenida le dijo a su tía:

—¡Coño! Pero ¿cuántas veces tengo que decirte que no me beses la mano, tía María? ¡Qué manías te dan! ¡Déjalo ya!

—Te ruego que no digas palabras, Bernardo, que el Señor nos escucha en cualquier sitio; no está bien que digas palabras, hijo, no está bien.

No sucumbió fray Bernardo a la tentación de preguntar a su tía cómo pensaba que podía comunicarse sin palabras; para ella palabras, y en aquel momento, eran sinónimo de pecados. Para María del Prado era más pecaminoso una película erótica o una palabra malsonante que contemplar en directo, y mientras merendaba café y pastas de mantequilla en tazas y platos de porcelana, cómo las bombas caían sobre una ciudad sitiada en África o cómo los buitres comían carne humana convertida en carroña. Ante eso, María del Prado y sus amigas decían: qué pena; ante una escena de sexo decían: qué asco; y no había forma ni humana ni divina de hacerlas cambiar. Así que Bernardo esa tarde añoró la paz de Asís y el Amazonas y se dispuso a llevar a cabo todos los preceptos que su orden le había enseñado: lo primero, humildad ante aquella mente retorcida y más bien poco lúcida de su tía.

—Tengo que hablar contigo, Bernardo, me dijeron que regresabas hoy y vine yo misma a buscarte.

Bernardo comenzó a preocuparse, algo grave debía suceder.

—¿Todos están bien en casa, tía María?

Y ante el asombro de Bernardo, mientras María del Prado lo conducía a la salida del aeropuerto, sin darle tiempo a cambiarse de ropa, su tía le dijo:

—No, no estamos bien, Bernardo. Catalina está enferma. De la mente, Bernardo; muy enferma; ayer tenía alguna duda pero a última hora de la tarde ya no pude aferrarme ni siquiera a eso. Catalina está enferma de verdad: ayer tarde se escondió con Rodrigo en casa de su madre, pasaron la tarde juntos. Macarena de Todos los Santos los pilló; la nena me lo dijo.

María del Prado abría en ese momento la puerta de su coche, empujó a Bernardo hacia el asiento; corrió a saltitos hacia la puerta del conductor, la abrió y se puso al volante. Bernardo no hablaba, el pavor se lo impedía. No le preocupaba la enfermedad mental de Catalina ni el posible adulterio de su prima; le preocupaba su propia integridad física; se abrochó el cinturón de seguridad e hizo la señal de la cruz sobre su pecho. Desde pequeños, Catalina y él querían morir jóvenes, como Alejandro

Magno, siempre les había parecido una forma bella de morir; bonitos cadáveres, decían riéndose. Él había estado a punto de conseguirlo en alguno de los destinos que la orden le había encomendado; pero encontraba que morir en una autopista y a manos de su tía era un desperdicio, por eso rezaba mientras María del Prado adelantaba camiones pegándose a sus ruedas, mientras invadía el carril izquierdo sin mirar si algún vehículo estaba en su trayectoria. Bernardo rezaba y no respondía a su tía, su mente recordaba *Diálogo de carmelitas*; por mucha fe que tuviese, el miedo a la muerte y las dudas estaban presentes, y encima sería una muerte poco heroica la suya en aquellas circunstancias.

María del Prado adelantaba camiones, coches, hablaba y miraba a Bernardo a cada frase que salía de su boca; Bernardo se agarraba al hábito marrón y al crucifijo del rosario. Esos gestos dejaron satisfecha a su tía: Bernardo se estaba preocupando, ella tenía razón, era grave el padecimiento de Catalina; Bernardo se agarraba a la tela del hábito y a la cruz para no dar una opinión precipitada sobre Catalina y sus problemas; pero estaba irritado, eso se notaba, pensaba sin cesar María del Prado, alegrándose de no estar equivocada.

—La nena me lo dijo, llamé y le pregunté dónde estaba su madre y la pobre criatura respondió: en casa de Rodrigo, abuela; lleva ahí toda la tarde. La niña tenía voz de pena, Bernardo. Y Antonia me dijo que un policía había estado en casa y comido con mi yerno; puede que no fuese policía, Antonia no se entera, seguro que era un detective privado; uno que contrataría Luis; porque estoy convencida de que Luis quiere divorciarse de Catalina, no la aguanta, no sabe entenderla y ella no sabe manejarle; Luis tiene una amante, también estoy segura de eso, hasta sospecho quién es. Ahora, si Luis sabe que Catalina está loca y que vive con Rodrigo una aventura, aprovechará el momento y pedirá el divorcio. Ya verás, Bernardo, lo hará y Catalina se quedará sin nada; la dejará en la miseria; esta hija mía siempre nos dio disgustos, nunca fue normal, nunca lo fue. Ahora, Altapuerca será el dueño de la mitad de nuestro patrimonio, nos lo quitará todo y ella irá presa por adúltera. La única defensa es su locura. Sólo nos queda eso, Bernardo.

Bernardo, entretanto, se preocupaba por la salvación de su alma; la del cuerpo no tenía remedio; se veía destrozado contra un pretil de la autopista. No entendía nada de lo que su tía estaba diciendo, ni le importaba; le sonaba a culebrón sudamericano, pero ni se molestaba en razonar aquella palabrería, quería apearse de la máquina de matar que era el coche de María del Prado. En voz alta, aferrando con fuerza las cuentas de su rosario, Bernardo musitó:

—*Esto mihi in Deum protectorem, et in locum refugii, ut salvum me facias. Deus, in te speravit: Domine, non confundar in aeternum…*

María del Prado escuchó todo aquello como quien asiste a una revelación sagrada; las manos de Bernardo agarradas al rosario y sus palabras no dejaban lugar a dudas. Estaba satisfecha, ella tenía razón. Bernardo estaba indignado por el comportamiento de Catalina, Rodrigo y Altapuerca; todo aquello le indignaba. María del Prado, que de latín no entendía ni la salve que rezaba con la secta extraña a la que acudía de retiro espiritual una vez al mes, confundió *locum* con «loca» y asentía con la cabeza. La frase «oh, Dios, en ti espero» quedó registrada en su mente como: «era lo esperado».

Cuando aparcó el coche en su plaza de garaje, María del Prado vio confirmados sus peores temores: Catalina estaba loca; Rodrigo era un sinvergüenza que se aprovechaba de la debilidad mental de su hija; Altapuerca un indecente que no sabía llevar con dignidad la desgracia de su esposa, y Bernardo pensaba, como ella, que Catalina estaba demente y que lo sucedido era lo esperado. Él lo había dicho, en latín, pero ella lo había entendido todo.

Bernardo se lanzó fuera del coche. Sudoroso, recordó que no había recogido el equipaje en el aeropuerto y dejó escapar un sonoro «¡La madre que me parió!». María del Prado no hizo alusión a las palabras, asintió con la cabeza.

—Sí, hijo, sí; es muy gordo. Pero hay que llevarlo con dignidad y resignación cristiana; es otra prueba en nuestras vidas, Bernardo.

Bernardo dio gracias a Dios por estar vivo después de aquel viaje y la única salida que se le ocurrió para escapar de todo aquello fue ir a ver a Catalina. Se despidió de su tía y caminó dando saltos entre los charcos.

Catalina estaba a punto de marcar el número de Rodrigo Álvarez de Seoane, cuando su móvil emitió una señal de llamada; era Rodrigo. Respondió con voz suave y melodiosa y cuando Rodrigo estaba a punto de aclarar lo sucedido el día anterior, la puerta del despacho se abrió sin previo aviso y Mariana apareció sonriente:

—Te llaman del colegio de la nena, dicen que es urgente.

La sonrisa de Mariana provenía de la satisfacción; aquello era indelegable. Catalina tendría que responder ella misma, no podría decirle: «Hazte cargo, Marianita». Aquello sería personal e intransferible. Seguro que lo era.

Rodrigo esperaba al teléfono; la puerta se cerró y Catalina respondió a la llamada del colegio; cuando estaba a punto de entender lo que le explicaba la hermana Rogelia la puerta se abrió de nuevo y Catalina vio ante ella una visión: un hombre con el pelo rubio y revuelto; un hombre con la barba y el bigote goteando agua de lluvia; un hombre vestido con algo semejante a un hábito marrón y calzado con sandalias. No distinguía casi nada, se negaba a ponerse gafas, la presbicia podía esperar; Catalina tuvo claro que la visión era uno de los defendidos de Cristina, un penado, un loco. A punto de informarle de que aquél no era el despacho correcto, el hombre habló.

—Catalina…

Rodrigo y la hermana Rogelia escucharon al unísono un grito, y a la vez retiraron el auricular de la oreja:

—¡¡¡Bernardooo!!!

A continuación del grito, Catalina le habló a su móvil:

—Tengo que colgar, Rodrigo, un beso, ya te llamaré.

Después habló al teléfono fijo, al del despacho:

—En media hora estoy ahí, hermana Rogelia.

Y colgando los teléfonos corrió hacia los brazos de su primo que esperaba en la puerta. Dejó que el franciscano la abrazase y le diese vueltas en el aire.

—No te reconocí con la barba, Bernardo, pero llegas justo a tiempo, te necesito. Vamos, la nena tiene problemas.

A los veinte minutos, Catalina aparcaba el coche delante del colegio de Macarena; Bernardo pensó que aquél era su día de suerte; el Señor le ponía a prueba de todas las formas posibles. Su tía, su prima, la hija de su prima y la hermana Rogelia, a la que Bernardo consideraba poco digna de confraternización. No habían hablado mucho durante el trayecto; Catalina mascullaba frases, Bernardo pensó que insultantes, contra el colegio; contra Altapuerca, que había respondido a la llamada de la monja diciendo que llamasen a su esposa, ella tendría menos que hacer; contra el tráfico. Catalina mascullaba y preguntaba a Bernardo sin pararse a escuchar la respuesta a ninguno de sus interrogantes.

Bernardo, mientras caminaba tras Catalina por los pasillos del colegio, pensaba en la tranquilidad de los claustros, en lo apacible del sol africano aun en medio de las guerras tribales, en la serenidad que el Aconcagua debía proporcionar a quien vivía a sus pies y con un trozo de planta por todo alimento. Bernardo siempre pensó que él no pertenecía a la extraña familia a la que el destino le había unido. Seguro que le habían cambiado en la maternidad; desgraciadamente ni ese consuelo le quedaba: su madre lo había parido, con dolor por supuesto, en casa; no había posibilidad de equivocación. Su cara era la de Catalina; y la cara de Catalina la suya. Sin la barba eran iguales.

Llegaron al despacho donde los esperaba la hermana Rogelia acompañada de sor Hilaria; las dos estaban serias: el gesto arrugando la nariz y frunciendo los labios. Cara de gravedad solemne, impropia de seres tan místicos, pensó Catalina. A continuación se fijó en la boca de sor Rogelia: tenía bigote. El hábito no estaba opuesto a la higiene, volvió a pensar Catalina.

—Buenos días, hermanas. Mi primo Bernardo. —Catalina señaló levemente con la mano al franciscano que aún desconocía el motivo de su presencia en aquel centro y menos aún en aquel despacho.

Sor Rogelia y sor Hilaria, tras un momento de vacilación, se lanzaron a la mano derecha del franciscano que reculó presa del susto. Una y después otra, le besaron la mano a Bernardo y lo llamaron padre.

No se molestó el franciscano en aclarar que no era un padre; no se molestó el franciscano en rogar que no le besaran la mano; simplemente la agitó al aire en cuanto pudo y se quitó a las dos monjas de encima con una sonrisa que no era precisamente beatífica.

Educadamente tomaron asiento; Bernardo y Catalina juntos en un sofá; las monjas en otro justo enfrente. Catalina no habló, esperó. Las monjas carraspearon; costumbre utilizada cuando se tiene poco que decir o se ignora cómo empezar una conversación embarazosa y, al fin, sor Rogelia dijo:

—Es la niña; es indómita; se enfrenta a todas nosotras; no podemos con ella; no pone interés; no le gusta nada de lo que le ofrecemos. Hoy ha dado un espectáculo en clase… tenía visiones, hacía como que se le aparecía su padre, señora de Altapuerca. Eso hizo su hija, señora de Altapuerca…

—Catalina, Catalina…

—Eso no es importante, señora de Altapuerca. —La hermana Rogelia pronunció esas palabras entornando la cabeza a un lado; ladeándola para acentuar una determinada entonación: de la caridad al desprecio, como en una escala musical.

—Para mí sí la tiene; soy Catalina, Catalina Béjar, no señora de nadie. Al menos si lo soy, usted jamás podría imaginarse de quién, sor Rogelia, ni se lo imagina. Ni de quién ni de qué manera señoreo yo.

Bernardo miró a su prima. Sor Rogelia y sor Hilaria se miraron. Catalina Béjar estaba haciendo un chiste de algo que nadie entendía. A Catalina le aburría todo aquello, y estaba comenzando a pensar en Rodrigo y en cómo ella se había adueñado un poco de él. Continuaría haciéndolo, era entretenido aquello y a Rodrigo parecía gustarle. Volvió a la realidad al escuchar a sor Hilaria murmurar entre los dientes separados y con necesidad imperiosa de una buena ortodoncia:

—Es igual que la niña, son las dos iguales; de niña ella era igual…

—No es extraño, sores, es mi hija; cuestión de genética lo llaman, así que no le den esa entonación, no me está gustando nada. ¿Qué hizo Macarena? ¿De qué se acusa a mi hija esta vez? ¡No me pises, Bernardo!

Las dos monjas miraron hacia el suelo. El franciscano retiró apresuradamente el pie del de su prima y puso expresión ausente. Sor Hilaria hizo un informe extenso de la actuación de Macarena, y Catalina comenzó a mirarla fijamente. Metía sus ojos en los de sor Hilaria y sor Rogelia; escudriñaba las pupilas de ambas en busca de algo que no veía: caridad, comprensión… Por más que miraba, Catalina no vio nada de aquello. Por ver no vio ni verdad en las palabras que aquellas dos mujeres pronunciaban.

Catalina miró al suelo, dejó pasear la puntera del zapato por el terrazo y a los pocos segundos alzó la vista. Las dos monjas la miraban y Bernardo miraba a Catalina; no le gustaba la mirada de su prima. Catalina pensaba que su felicidad duraba poco: de nuevo tenía que enfrentarse a un problema que ni siquiera lo era. Una vez más nadie se daba cuenta de nada; nadie analizaba y ella odiaba analizar. La monja aquella, las dos mujeres sentadas enfrente no se paraban a pensar en el motivo de la reacción de Macarena. Como siempre, la culpa era del débil. Catalina respiró hondo y sintió cómo la ira iba llenando los pulmones y salía en forma de palabras.

—Macarena no ha actuado correctamente. No ha sido consecuente con la educación que estamos dándole.

Las dos monjas permanecieron con la mirada fija en Catalina: primero sin poder creer lo que escuchaban y a continuación dejaron escapar una sonrisa de complacencia. Iban a hablar cuando Catalina las atajó.

—Un momento, sores, un momento. Macarena no ha actuado correctamente ni ha respondido a la educación que le estamos dando en casa; aquí de eso no enseñan, ni yo envío a mi hija aquí para eso. Lo doy por perdido; la educación, en casa. Macarena no ha sabido poner en práctica la máxima de aguantar con su buena educación la mala de los demás y yo la entiendo. A mí me ocurre, la mayor parte de las veces no puedo hacerlo y actúo como Macarena. No suelo arrepentirme y espero que mi hija no esté arrepentida de lo que ha dicho o hecho. Macarena tiene razón.

Las dos monjas intentaron protestar sin resultado alguno; Catalina atajó la protesta con un gesto de su mano derecha.

—Quiero terminar de hablar, sores, quiero terminar de hablar y quiero irme de aquí con mi hija a casa. Lo del *bonus* es cierto, sor Rogelia. No tiene usted idea de latín, lo olvidó en esos cursillos de pedagogía moderna a los que asiste de vez en cuando; cursillos en los que pierde el tiempo y las niñas en vez de latín tienen hora de estudio. Del inglés, al parecer, Macarena no ha hablado del inglés y le voy a hablar yo. De moderna que se está haciendo esta comunidad y la pedagogía de los colegios nos estamos pasando. Hace un año que vine a verla por el tema del inglés que usted enseña a estas pobres niñas. A ritmo de Michael Jackson, a ese ritmo. Me explicó usted que era inglés americano. Por respeto a mi familia y lo que este centro representa para ellos, guardé silencio entonces, fui cobarde y guardé silencio. El inglés que mi hija habla y escribe es el de Oxford, el que todo estudiante debe hablar. Me parece mal ejemplo el Michael ese, un señor que se toca sistemáticamente los huevos mientras canta, mal ejemplo de higiene y otras cosas me parece a mí. Pero usted les pone el disco y así ellas, las niñas, entre baile y baile la dejan a usted descansar en la silla poltrona que la orden parece haberle otorgado. Yo no le otorgo poder alguno a quien hace eso; falta la *autoritas*, sor Rogelia, falta la autoridad moral e intelectual.

Atajó Catalina el intento de hablar de sor Rogelia y sor Hilaria con un nuevo gesto y volviéndose hacia su primo dijo:

—Termino ahora, Bernardo, ahora termino. Bien, si damos por buena la existencia del inglés americano que usted dice enseñar a golpe de obscenidad, vamos a dar por buenas más cosas: en clase de lengua española propongo poner culebrones hispanoamericanos; al cambio es lo mismo. Y canciones de La Polla Records. *Lo estás haciendo muy bien* sería adecuada, es de Semen Up. En francés, vamos a tomar por ejemplo el de Marsella, el de los muelles y como nota musical gala *Je t'aime moi non plus*. Al final, el individuo ese de la mascarilla dice las mismas cosas, un poco más suaves, pero los gestos son los mismos. A mí no me timan ni usted ni el resto de seres cómodos, acomodaticios, como usted y sor Hilaria; a mí no me tima la mentira, la estupidez y otras cosas. Hoy, Macarena ha sido mala, mala, mala. ¿No lo era hace tres meses, cuando mi familia reparó el órgano de la capilla? ¿Lo era la semana pasada cuando la pista de tenis la arregló la empresa de mi marido sin coste alguno? Si es que mi hija es una mala alumna, un ser perverso hoy, hace un mes no lo sería menos. Si lo era, ¿por qué aceptar esos bienes materiales de semejante ser? Mi familia ha comprado voluntades desde que tengo uso de razón; quien se deja comprar debe joderse. Castellano antiguo, viene en el Diccionario de la Academia y no hay de qué asustarse; el de la mascarilla también lo dice, sor Rogelia. El problema es que usted no se entera porque ni siquiera lo entiende; ni el inglés americano entiende usted. Y lo del *bonus* es cierto: estamos hartas, mi hija y yo del puto *bonus*, nosotras estamos traduciendo Catulo y Cicerón. Hoy, Macarena vendrá a casa conmigo, mañana regresará al colegio y en el mes de mayo se irá de este centro a la universidad. Espero haber sido suficientemente clara: Macarena no tendrá más problemas ni los dará, eso corre de mi cuenta; pero en el mes de mayo mi hija aprobará y directamente a la universidad, sin trabas, sin pegas, sin coacciones. En román paladino, en castellano de La Mancha, esto se llama hacer valer los favores hechos; chantaje en cine negro, así se llama. *Quid pro quo*. De no ser así, el Ministerio de Educación tomará cartas en el asunto; el dinero de becas que mis empresas aportan a este colegio se trasladará a otro centro y la general de la orden recibirá un informe con todos los detalles que mi conciencia considere necesario para la mejora de esta institución que de docente tiene poco. Es una mujer joven, de mi edad. Si no recuerdo mal, usted nos dio clase a las dos, sor Hilaria. María Cuadrado es una de mis mejores amigas, supongo que lo recordarán las dos. Espero haber sido clara en todo lo que he dicho; si tienen alguna duda, me lo preguntan ahora, no voy a volver al tema nunca; lo doy por zanjado y ésas son mis condiciones para no tomar medidas más drásticas.

Las dos monjas miraban a Catalina sin pronunciar palabra; Bernardo tenía la mirada fija en un tronco que el cristal de la ventana dejaba ver, un tronco lleno de hojas verdes; pensaba de nuevo en la serenidad del Amazonas.

Catalina se puso en pie y los tres la imitaron. Salieron las monjas en busca de Macarena. Cuando regresaron, Bernardo pasó el brazo por el hombro de la hija de su prima. Y con la cabeza baja, asida a la cintura de Bernardo, Macarena Altapuerca caminó hacia el coche. No se encontraba bien, con razón o sin ella no le gustaba lo que había hecho. Era demasiado parecido a la forma de actuar de su madre y eso no le gustaba.

—Levanta la cabeza, Macarena; levanta esa cabeza. No quiero que nadie piense que te arrepientes. Asume lo que has hecho. Levanta la cabeza, no dejes que esas dos te vean hundida, estarán observando desde la ventana. Tiempo tendrás a llorar en casa; en público jamás; no lo olvides nunca.

Catalina Béjar repetía los mismos esquemas de su madre. Catalina repetía lo que había odiado toda su vida.

¿Cómo puede amarse la vida?

Y ¿cómo puede llamarse vida
cuando engendra tanta muerte y pestilencia?
Y, sin embargo, los hombres la aman y muchos
ansían gozar de sus delicias.

TOMÁS DE KEMPIS, *Imitación de Cristo*

QUÉ TE PASA, CATALINA? ¿Qué te atormenta de esta manera? ¿Qué buscas con tanta desesperación?

Sentado frente a su prima, Bernardo la miraba y preguntaba. Habían pasado horas desde el altercado en el colegio de monjas. Macarena paseaba con sus amigas; Altapuerca se había quejado amargamente ante Bernardo del carácter de Catalina; Catalina había bajado la cabeza ante Altapuerca y había llorado en silencio. Antonia insultó entre dientes al señor de la casa; mascullaba sin parar:

—No te enteras de nada, Altapuerca, no te enteras y terminarás más solo que la una...

Ante ese panorama, Bernardo optó por llevar a su prima al pequeño apartamento que conservaba en la ciudad. El voto de pobreza no había cegado la mentalidad práctica de fray Bernardo: los genes podían más que la fe. En ese momento estaba contento de no haber cedido a la tentación de venderlo y donar el importe a la orden; Bernardo tenía motivos para buscar un lugar de retiro que no fuese un monasterio. Había regresado para comunicárselo a su familia y se encontraba, como casi siempre, con que el resto del mundo tenía problemas y él no lograba contar los suyos a nadie. Sensación habitual en personas con el carácter del fraile.

—¿Qué te ocurre, Catalina?

Catalina Béjar miraba al vacío y no respondía. Volvía a llorar en silencio. Se limpió los mocos con la palma de la mano y apartó con rabia una lágrima de los ojos.

—Nada, no me pasa nada y eso es lo peor. Bueno, puede que hace días me ocurriese algo nuevo, pero ni siquiera sé qué fue: nada, posiblemente no fue nada, Bernardo. Un nada más en mi vida, eso es lo que pudo haber sido.

—Rodrigo. Supongo que la nueva nada es Rodrigo.

—¿Cómo lo sabes? ¿Cómo sabes eso, Bernardo?

—Tu madre es la fuente de información. Me contó una historia insólita de pasiones turbulentas en esta ciudad, Catalina; eso me contó tu madre. Tú, Rodrigo, Luis y una mujer con la que supuestamente tiene un lío; que estás loca, que perderás el patrimonio; todo eso creí entender. Supongo que algo será cierto y el resto adornos literarios de tía María, al parecer algo de cierto hay en esta historia. Siempre suele haber algo de cierto en las historias, Catalina; incluso en las de tu madre.

—Mi madre no sabe nada, Bernardo. Mi madre no quiere saber nada que no le halague el oído. Mi madre nunca quiso saber nada. Nadie quiere saber nada. Todo el mundo se queda en lo aparente. Por eso cada día me cuesta más vivir en esta nada, soportar tanto vacío. Viven para la calle; viven para tener pensiones dignas que al final ni disfrutarán: morirán antes de un infarto; viven para matar la ilusión y para imponer la norma. Viven matándose ellos y matándome a mí. La última vez que le hablé a mi madre de estas cosas ella me habló de los sofás de la biblioteca. Se empeña en que una opinión ha de seguirse, que cuando yo le pido opinión o consejo lo que ella dice ha de hacerse. Luis no tiene ningún lío, tan sólo pasea con esa rubia nueva de su empresa para pavonearse ante sus amigos; a mí me da igual, Bernardo, no daña a nadie. Ella le alegra la vida un poco, no creo que se acueste con ella; ni siquiera eso: tiene miedo de no estar a la altura de las circunstancias. Así es Luis. Así somos todos.

—¿Y tú? ¿Dónde estás tú, Catalina?

—Aquí, Bernardo. Yo estoy aquí. Como siempre, sola; como siempre, hablando de idioteces sin tener el coraje de decir la verdad, la mía; cada vez que la digo asusta y la respuesta es aplastarme, intentarlo al menos. Aquí, viendo cómo todo por lo que peleé se viene abajo. Viendo cómo la política termina siendo el arte de comer de unos pocos; viendo cómo Marta y Cristina tienen miedo al compromiso y se lanzan al mundo, a comérselo, pero con mucho cuidado de no comprometerse a nada que pueda ser duradero. Y yo miro cómo mastican los bocados, yo miro; miro sin parar, Bernardo, y no entiendo lo que hacen; me parece que buscan algo incompleto, quieren una parte, nunca se arriesgan a por el todo. Eso hago yo: veo cómo pasa la vida ante mí sin atreverme a tirarme de lleno en ella; cada vez que me lanzo, mil huesos se quiebran. Participo en inútiles guerras que nunca ganaré; negando la evidencia día tras día, así vivo yo: intentar convencer sin vencer nunca mientras otros se aprovechan de todo, mientras ponen cara de risa; entre risa y risa de chacal llenan el bolsillo y compran voluntades y placeres y, yo, miro. Al final, lo único que deseo es cariño, un poco de comprensión que jamás encontré; termino quedándome con la copla de que ser malo es rentable, que la honestidad está pasada de moda y eso me mata, Bernardo, esa rebelión ante lo aparentemente inevitable me mata. Cocino potajes cuando todo el mundo come hamburguesas y comidas orientales. Esto podría resumirlo todo; es estúpido el resumen pero real como la vida que vivo y no quiero vivir. Se alaban las chirlas en ensalada escocesa o atrocidades similares y mis almejas a la marinera con sus ajos, su perejil y la cebolla bien pochada están pasadas de moda. Así es la vida. Cristina se acuesta con un magistrado y nadie dice nada; mi madre lo sabe pero otorga; yo paso una tarde con Rodrigo y todo es sucio, miserable y lleno de perversidades. Estoy casada, ésa es la razón; nadie me pregunta ni se pregunta por qué lo hice, nadie se plantea que Luis no gusta de la vida conyugal sana. —Catalina sonrió a Bernardo—. Y si pudiese practicarla mediante mando a distancia, lo haría; será feliz cuando se acueste la gente de esa manera virtual de la que hablan ahora; cuando eso ocurra, yo moriré, Bernardo, moriré sin remedio. Nunca me abraza, nunca me dice que me quiere, nunca nada, Bernardo. Al parecer esto les ocurre a muchas parejas, al parecer esto le sucede a la gente: a mí no me importa lo que haga el resto del mundo, no quiero esa mentira cómoda en mi vida, no la quiero aunque eso sea lo aparentemente normal, lo es por norma, por costumbre no por racional; yo quiero compartir todo con el hombre que duerme a mi lado y él no se entera. Necesito pasión hasta cuando cocino; sin pasión, sin ganas, no puedo ni quiero vivir. Bien, el monólogo ha sido un exceso de incontinencia verbal, Bernardo, pero tú preguntaste.

—Debería no haber preguntado, es verdad. Deja de mirar ya, Catalina, deja de mirar y vive. Métete dentro del mundo y rueda con él. Tienes todo lo que mucha gente envidia y no lo disfrutas, lo dejas pasar; estás haciéndote vieja sin vivir y eso terminará destrozándote, aniquilará tu alma y te convertirás en lo que odiaste siempre. Intenta convencer a Luis de que vuestro matrimonio no funciona como debiera, de que no es tu idea de una pareja la que tenéis ahora, vete de viaje con él. ¡Haz algo! ¡Tú logras siempre lo que quieres y esto puedes hacerlo! Y si no quieres estar casada con Luis, vete. Eres joven y nada te ha de importar lo que digan los demás; nada te importe eso, Catalina. El mundo, tu mundo, sólo ve la cara que enseñas y ésa es la de felicidad completa. La gente no va a vivir tu vida, Catalina. Cuando seas vieja, cuando la pelea te aburra nadie va a consolarte.

—Hablas como un cura, Bernardo. Una parte es de cura y otra de amigo. No es tan fácil: el trabajo, Macarena, mi madre…

—Macarena se irá un día, se irá pronto y tú quedarás sola, Catalina. Piénsalo. ¿Y Rodrigo, qué pinta en todo esto nuestro ilustre amigo el trepa?

—Creo que me quiere.

Bernardo encendió un cigarrillo y miró a su prima. Catalina loca no estaba, pero continuaba siendo medio lela para la vida diaria. Eso pensaba Bernardo en aquel momento. Dejó que su prima le explicase por qué Rodrigo la quería; que él supiese no era nada nuevo, el cachorro liberal no tenía motivos para odiar a Catalina, pero no lograba entender qué motivo había para que Catalina dijese aquello ahora. Catalina estaba poniendo una cara rara y Bernardo comenzó a inquietarse.

—Bueno, sé que me quiere, eso lo sé, sólo puedo decirte eso, Bernardo. Me quiere diferente.

Catalina ponía cara de traviesa idiota, una cara poco apropiada a una edad madura, pensó Bernardo atento a cada palabra, expresión y gesto de Catalina.

—¿Qué coño es eso de que te quiere diferente? ¡Siempre fuiste diferente, así que no entiendo esa expresión ni esa cara rara que estás poniendo, Catalina!

—Sexo, Bernardo. Ahora Rodrigo quiere sexo…

Bernardo del Prado se atragantó con el humo del cigarrillo, aplastó la colilla contra el cenicero y por un momento quedó sin habla, sin palabras. Catalina Béjar aprovechó el momento y se lanzó a una nueva explicación.

—Sexo, eso quiere Rodrigo; o eso quiero yo, no lo tengo muy claro; el caso es que ahora me quiere con sexo, así que me quiere diferente. En las novelas se dice: «Me desea». En las canciones dicen: «Estoy por ti»; nunca lo había entendido y me parece una ordinariez, pero puede que así lo entiendas mejor: Rodrigo está por mí. ¡Suena horrible! Pero ésa es la verdad: ahora Rodrigo me desea. Supongo que se divorciará de esa rancia y me pedirá que me case con él. Inés es un monstruo, una cretina que vive al cobijo del cargo de su marido, me temo que hasta el trabajo que tiene es fruto de eso. Y ahora Rodrigo me quiere de esa manera, que a mi entender es completa: le gusta mi cara y le gusta mi cuerpo. No pienso ser más explícita, Bernardo.

En esos momentos Bernardo del Prado no era precisamente

un modelo que tomar como referente de castidad ni lucha contra la concupiscencia; pero fray Bernardo era hombre y carne de la carne de Catalina. Por esos motivos poco razonables, Bernardo del Prado sufrió un ataque de moralidad súbita y gritó:

—¡¡¡Encoñamiento!!! ¡Eso es lo que es! ¡Rodrigo es un cabrón!

Siguió un silencio al grito; Catalina se retiró el pelo de la cara, miró fijamente a Bernardo, encendió un cigarrillo y dijo:

—Puestos en este plan yo diría: ¡¡¡aburrimiento!!! Pero has de saber que santa Teresa dice en los *Avisos*: *Nunca afirmes cosa sin saberla primero*. Y más adelante: *No pienses faltas ajenas sino las virtudes, y tus propias faltas*. Así que un poco de moderación no estaría mal, Bernardo, nada mal por tu parte.

Fray Bernardo mudó la expresión y tuvo miedo. Catalina sabía algo; había dicho lo de faltas ajenas mirándolo fijamente. Su prima lo sabía y como estaba loca —ahora él se escudaba en lo mismo que su tía María— Catalina no dudaría en contarlo.

—¿Cómo lo sabes? ¿Quién te lo dijo? ¡Dime ahora mismo cómo coño puedes saberlo, Catalina!

—¡Lo leí! Lo sé porque lo leí, lo sé de memoria; la letra estaba muy clara, Bernardo. ¡Por eso lo sé! Sabía bien lo que decía quien escribió eso.

Bernardo del Prado no salía de su asombro: ¡un anónimo! Alguien había enviado un anónimo a Catalina, alguien se lo había contado a su prima; estaba perdido, no habría forma de dar marcha atrás.

—Sí que sabía lo que decía esa mujer; todo el mundo está en contra de que yo repita sus palabras, pero me da igual: la verdad es la verdad y no hay por qué ocultarla; sois todos unos hipócritas, incluido tú.

Bernardo del Prado respiraba con dificultad, se desabrochó un botón de la camisa que por fin había logrado ponerse; le molestaban los pantalones en la cintura, le impedían respirar; sudaba y Catalina no dejaba de acelerar las pulsaciones de su corazón.

Catalina volvía a repetir las mismas cosas una y otra vez sin darle tiempo a serenarse.

—Bernardo, entiendo que tú, siendo cura, no logres comprender esto, pero al menos inténtalo. No sé lo que pasó ni sé qué nombre darle, simplemente pasó y no pienso disculparme por ello, Bernardo; no pienso hacerlo. Todas las cosas tienen un motivo y no suceden porque sí; no es justo que intentes hacerme sentir culpable; como te he dicho, santa Teresa lo escribió claramente; esa mujer era sabia. Ni yo misma sé por qué sucedió, lo único importante es que ahora, en este momento, tengo un motivo de alegría en mi vida; algo que hacía años no pasaba; estoy feliz, muy feliz. A mis años alguien valoró mi cuerpo y eso es importante; dejé de ser una mente y fui un trozo de carne. Por una tarde alguien valoró más mi cuerpo que mi mente y eso es estupendo; más aún si alguien valoró las dos cosas. No pienso permitir que me juzgues, no voy a permitirlo. Tú nunca has sentido esto, lo admito y lo respeto, aunque me parezca antinatural vivir como tú: sin pasión, sin sexo, sin una mano a que agarrarse. Yo nunca quise ser monja, así que no me juzgues.

Bernardo del Prado sintió dos emociones diferentes: alivio y arrepentimiento. Alivio al comprobar que su prima no sabía nada del problema al que él mismo se enfrentaba, y arrepentimiento por la pronta respuesta y la forma de juzgar a un alma. Bernardo sintió ganas de llorar; había sido injusto teniendo motivos suficientes para ser totalmente comprensivo con Catalina. Genes y religión habían guiado la respuesta de Bernardo, no la dulzura ni la razón.

—Perdóname, Catalina; perdóname. Tienes razón. Nada es fácil, no deben juzgarse las cosas de esa manera, no hay nada que justifique mi juicio pronto y sí que puede haber causas para tus actos. De todas formas, no creo que Rodrigo y vuestra tarde en común sea la felicidad que buscas ni la solución a tus problemas. Y eso de que va a separarse de Inés me parece una creación tuya. Veremos. Estoy cansado, Catalina. Mañana hablamos, ha sido un día difícil para todos; volver aquí es como caminar por la selva: jamás sabes lo que te espera.

Se despidieron los dos primos con un abrazo. Catalina caminó hacia su casa y al llegar al portal miró al de enfrente. Rodrigo: aún guardaba su aroma en la piel. A Catalina le pareció cursi el pensamiento e intentó apartarlo de la cabeza. Ahora tendría que enfrentarse a Luis Altapuerca y ese hombre, en aquel momento, la ponía enferma.

Bernardo del Prado colocó los cojines, vació los ceniceros y abrió la ventana del salón; el orden era vital en los miembros de la familia Del Prado. La inflexibilidad en el juicio era otra marca registrada en ellos. Bernardo apagó las luces y se tumbó en la cama. Pensaba en Catalina y en la pasión. Catalina era pasión y libertad, sin eso no podría vivir. Pensó en Cecilia, la dulce Cecilia. Se arrebujó contra la almohada y pensó en ella. La amaba, amaba a esa mujer sin que le importase ninguna otra cosa. Italia la había puesto en su vida. Aquella mujer de la Toscana parecía una santa y en principio Bernardo creyó ver en ella a un diablo. Cecilia no era ni santa ni diablo; Cecilia era una mujer, una dulce mujer a la que Bernardo amaba y por la que iba a dejar una vida entera. Nada importaba lo que su familia dijese; nada importaba lo que opinaban sus superiores, Cecilia le había dado más paz en un año que cualquier claustro que hubiese conocido, y ninguna guerra le proporcionó el sentimiento de pasión que ella provocaba en Bernardo. Ambos eran católicos y ambos provenían de familias conservadoras; ambos tenían la suficiente fortaleza para afrontar lo que se les venía encima. Y lo más importante, pensó Bernardo, el dinero suficiente para aguantar sin ayudas miserables ni caritativas. Se reprochó el pensamiento al instante, pero casi a la vez volvió a decirse a sí mismo que podía ser una villanía pensar de aquella forma, pero no por eso menos veraz: hay villanías que son veraces e inamovibles por mucho que duelan, pensó Bernardo. Catalina, ella sí que le preocupaba; se había casado con Altapuerca buscando una seguridad que nunca había tenido. Fue un desastre, el matrimonio había sido un desastre; otra mujer y otro hombre habrían estado encantados con aquella unión, pero no era el caso de Luis y Catalina; de continuar así terminarían odiándose, aborreciéndose. Altapuerca estaba cómodo, estaba bien con Catalina; con una mujer que lo cuidaba en los mínimos detalles cualquiera estaría bien, pensaba Bernardo. Altapuerca era huésped de un hotel de lujo; era buena persona pero no lo que Catalina necesitaba. Posiblemente Luis sí necesitaba a Catalina; aparentemente no era así, pero Bernardo conocía a fondo el matrimonio de su prima: un tormento, para ella lo había sido desde siempre. No había violencia física, ni ella ni su familia lo habrían permitido, pero sí que la había psicológica, esa violencia tan difícil de explicar, que se mastica en el aire o ni siquiera se deja ver: la palabra humillante y a destiempo; la ausencia de caricias, la falta de alabanza al trabajo de Catalina, que siempre era escaso y malo; ni una sola vez Luis Altapuerca tenía una palabra amable para su mujer; se daba por supuesto que simplemente cumplía con su deber. Catalina siempre esperó que eso cambiase —Macarena era la excusa—, pero pasaban los años y nada había cambiado. Como siempre, Catalina estaba sola. Pensando en eso y en cómo explicar su decisión de abandonar la orden y unirse a Cecilia, Bernardo se durmió soñando con la Toscana.

Catalina Béjar entró en su casa como quien pone un pie en una mazmorra; Luis estaría dándole al mando de la televisión y Macarena torturando a Bubú o hablando por teléfono. Como era de esperar, nadie salió a recibirla. Las luces estaban apagadas. Nadie quería hablar de lo sucedido, ni la propia Macarena, pensó Catalina mientras se desvestía en silencio. Silencio, ésa era la clave, demasiados silencios en sus vidas, en la de todos; silencio que ciega y ahoga, silencio que oculta verdades, silencio para no sufrir. Desde el vestidor vio a Luis tirado en la cama, roncando; siempre roncaba, siempre estaba tirado. Pensó Catalina que aquella manía de su marido, la de estar permanentemente en posición horizontal, era significativa: era un vago; poseía una extraña forma de vagancia que le confería aspecto de perpetuo cansancio; podía ser una forma de vida, volvió a pensar Catalina. Podía ser una forma de expresión, manifestación pasiva del sentimiento; la gente como Altapuerca parecían vivir cansados de todo menos de su trabajo. No vivía Altapuerca para otra cosa que no fuese eso y, una vez más, Catalina volvió a pensar y sentenció en silencio: para el trabajo dice vivir quien tiene miedo a la vida, quien tan sólo sirve para eso. Mañana comentaría esto con Marta; Martita tenía más experiencia con los hombres, y puede que Catalina, por una vez, no errase en el juicio: al parecer nunca acertaba en juzgar a los hombres, Marta, sí. Pensando en todas las cosas que tenía que contar a Marta, Catalina se metió en la cama junto al muermo que la vida y ella misma se habían dado como esposo.

Y el verbo se hizo carne

> Hermosa eres, amiga mía, como Tirsa,
> deliciosa como Jerusalén,
> imponente como ejército formado.
> Retira de mí tus ojos que me arrebatan,
> tu melena es un rebaño de cabras
> ondulante por las pendientes de Galad...
>
> *Encomio de la esposa*
> *El Cantar de los Cantares*

MARIANA CANTURREABA por los diferentes despachos de la oficina; la mañana había sido buena; eran las once y el jefe había llamado desde el móvil, tardaría un rato en ir; los ordenadores funcionaban y ahora tenía un esclavo: el chaval aquel, el meritorio al que había gritado por culpa de las nóminas, le había puesto un café sin que ella se lo pidiese, nada más llegar se lo dejó sobre su mesa; Mariana estaba contenta. Un café negro y con mucho azúcar. Mariana tenía un siervo. El detalle le alegró el comienzo de un día de trabajo en aquella casa de locos; en su propia casa el despertar había sido brusco. Pepe, su marido, había roto la cafetera, la había dejado caer al suelo; agua, café y cristales formaron un lodazal que Mariana limpió arrodillada y sin rechistar; Pepito era una mula y en esas ocasiones era preferible no gurgutar; los vecinos se quejarían de los gritos del Pepe y ella no tenía ganas de aguantar eso. Pepito caminó al baño pisando cristales, agua y café; Pepito dejó la huella de la repelente mezcla por todas las alfombras del apartamento; Pepito suponía que Mariana debía estarle agradecido, la intención contaría para algo, él no tenía la culpa de no saber hacer cosas de mujeres. Con esta explicación tan simple, la de no aguantar gritos, Mariana se arrodilló y limpió. Con esta explicación tan necia, Mariana jorobó un poco más los meniscos pero no aguantó los gritos de su Pepe. Curioso y habitual trueque; habitual en la hembra de la especie humana; seguro que en cualquier otra, la hembra habría dado tres zarpazos al macho y todo habría terminado en tablas, no en derrota humillante.

Catalina llegó al despacho y saludó a todo el mundo; estaba seria pero no malhumorada; llamó a Mariana, quería dictarle unas cartas. Mariana acudió resignada, sabía que no existían tales cartas, Catalina no se andaba con florituras y tecleaba ella misma la correspondencia. Le esperaba algo peor: un largo, extenso y detallado informe de lo desgraciada o feliz que era Catalina Béjar; habría reñido con Altapuerca, con su madre o con el Rodrigo aquel y ahora se lo contaría. Con ese pensamiento, Mariana acudió al despacho y se dispuso a escuchar.

—Hola, Marianita, ¿vino Cristina?

—No, aún no; creo que hoy toca terapia sexual, Catalina.

—Ya. Tiene suerte Cristina, tiene suerte.

Mariana dejó la libreta, el bolígrafo y un libro encima de la mesa, cruzó los brazos y se dispuso a escuchar; aquél era el comienzo, Catalina comenzaría en un momento a contarle sus miserias o alegrías, respiró profundamente y escuchó:

—Yo no tengo tanta, Mariana, yo no tengo tanta. Ayer Luis se enfadó conmigo por culpa de Macarena, bueno, no fue culpa de Macarena, la culpa es del colegio pero él no lo entiende así. Ese sujeto pasa de todo y cualquier cosa que yo hago está mal. Hoy ni le he visto; ni siquiera he visto a Macarena; cuando desperté, estaban Bubú y Antonia, ellos dos habían desaparecido.

La mente de Mariana volvió a admirar a su jefe, a Catalina Béjar: ¡Qué dominio del verbo! ¡Qué facilidad para cambiar las palabras y hacerlas parecer sinónimos! Madrugar era desaparecer, con qué facilidad daba la vuelta a las cosas su querido jefe; no le extrañaba que dominase el negocio, cualquier negocio; las palabras en boca de Catalina siempre sonaban y tenían significados distintos a la realidad, lograba convencer de eso a quien la escuchaba; era una maestra aquella mujer. Maestría era lo de Catalina y aún se quejaba de su suerte; si Catalina tuviese que aguantar a Pepe ya veríamos lo que ocurría. Catalina no sabía lo que era tener problemas, pensaba Mariana.

En la vida de toda mujer, en la opinión que afecta a problemas ajenos, a problemas de pareja sobre todo, hay dos etapas: o el problema de la prójima es más leve y *no sé de qué se queja*; o si después de una revuelta conyugal hay reconciliación, la juzgadora mira con cara compasiva a la narradora de la desgracia; cara de pena y pensamiento de: *Pobre amiga, su marido es malo, qué suerte tengo con mi Paco...* Los dos pensamientos se turnan en la mente femenina; dependiendo del momento, dependiendo del grado de felicidad que crean poseer. Mariana, esa mañana, era la reina de la desgracia y no pensaba permitir que Catalina la destronase, no lo diría, pero ella era infinitamente más desgraciada.

—Rodrigo es mi único consuelo.

—Ya, ahora toca Rodrigo. ¡Venga, Catalina! ¡No me des la murga, que tuve mal comienzo del día!

—Siento tu mal comienzo, supongo que sería el acémila que tienes por marido el causante. Es un anormal, así que no me extraña nada de lo que puedas contarme, Mariana.

Mariana no pudo contar nada, Catalina volvía a sumirse en su discurso y le importaba poco el sufrimiento de Mariana; daba por supuesto que no tenía remedio, así que pasaba olímpicamente de su secretaria y sus problemas. En ningún momento se le ocurrió aplicarse el mismo razonamiento; lo de ella era distinto, siempre lo era.

—Lo mío es peor, puedo asegurártelo; odio a Luis, es un ser insoportable y cada día me cae peor; y ahora mi consuelo es Rodrigo y temo estropearle la vida para siempre. Un divorcio no está bien visto en política, tendremos que hacerlo de manera discreta. Y encima, su gente me considerará muy de izquierdas. Un lío tremendo, tendremos que afrontar un escándalo; pero a su lado nada me importará. De todas formas, estos de la derecha tendrán en cuenta a mi familia; eso les consolará un poco, hasta pueden considerarlo necesario, un toque de progresismo en su discurso rancio…

A la vez que daba un salto sobre sus posaderas, Mariana preguntó:

—¿Hacer qué? ¿Qué tendrás que hacer de manera discreta? ¿Qué divorcio? ¡Tú estás loca, Catalina! ¡Loca de atar! ¿Piensas que ése va a divorciarse? Eres idiota perdida. ¡Sexo! Es lo que quieren todos, y tú hablando de divorcio. Pero ¿por qué se va a divorciar? Idiota, idiota perdida, eso es lo que tú eres. Y ahora con tu permiso o sin él me voy a trabajar; este negocio ha de continuar funcionando mientras tú fabulas. ¡Divorciarse el cara ese, menuda idea, Catalina! ¡Menuda idea!

Salió Mariana del despacho y antes de que Catalina pudiese ponerse digna, retumbó el móvil. En la pantalla apareció un nombre: Rodrigo.

—Hola, cielo, ¿cómo estás?

La voz de Catalina sonó extraña; el tono y las palabras pronunciadas sorprendieron a la propia Catalina. Había llamado cielo a Rodrigo; había pronunciado el hola de una manera acariciadora, como en los culebrones; casi había sonado a *sielo*; el primer pensamiento fue asumir el ridículo en el que podía haber caído pero la respuesta de Rodrigo no fue menos cursi ni la voz menos melosa.

—Hola, bombón, ¿cómo estás tú?

En otras circunstancias, Catalina habría insultado de manera amplia y elocuente a cualquier hombre que la hubiese llamado bombón, incluido Rodrigo; pero aquella mañana le gustó.

—Bien, estoy bien, pero te extraño; te extraño mucho, Rodrigo.

—Yo a ti también, Catalina; yo me paso el día pensando en ti. En tu cara, en tu pelo, en tu culo.

Catalina Béjar del Prado se irguió en el sillón, estiró el cuello y por un momento la expresión fue la de reina de Castilla insultada por un villano; eso del culo no lo encontraba ella muy romántico ni le parecía muy decente; a punto estuvo de llamar al orden a Rodrigo, pero él continuaba hablando.

—Despierto pensando en tu boca, Catalina, no puedo remediarlo; veo tu pecho y mi cabeza juntos, tus manos acariciándome el pelo, te veo a todas horas, Catalina, a todas horas. ¿Cuándo podremos vernos otra vez?

Catalina levitaba, Catalina estaba en una nube, desde allí veía el mundo; desde esa nube veía a los mortales viviendo sus aburridas vidas. Ella era la reina del universo en aquel momento, un hombre le hablaba de su culo y de su pecho; por fin un hombre le hablaba de algo que no eran balances, legislación o fueros. Dejó la nube un momento para pensar en la respuesta, tenía que estar a la altura y no sabía qué decir en una situación como aquélla; ella había esperado de Rodrigo algo más espiritual, no sabía cómo responder a eso. Encima de la mesa, alguien, seguro que Mariana, había dejado un libro, una novela: *Ámame de nuevo, gata mía.* Suspiró al auricular, musitó con voz de gatita un gracias, Rodrigo y abalanzó medio cuerpo sobre la mesa del despacho, apartó los papeles de manera apresurada y de un golpe de mano abrió el libro. La fortuna parecía sonreírle, el párrafo era el adecuado.

—Tus muslos, yo añoro pasar mis manos por tus muslos, subir, subir y llegar a las ingles. Pasar de largo por tu punto álgido y llegar a tu estómago plano. Chupar tus músculos, tu piel tensa y turgente; llegar a tus pezones y lamerlos, lamerlos hasta que se pongan duros.

—¡Catalina, por Dios!

Rodrigo Álvarez de Seoane creyó morirse escuchando aquello; la voz era la de Catalina, pero las expresiones sobrepasaban lo esperado por él; no parecía Catalina, no su Catalina. Aquella manera de hablar seguro que era cosa de Marta Guzmán: puede que Catalina estuviese demasiado tiempo con aquella perturbada amante del amor libre. La voz de Catalina lo sacó del pasmo.

—¿Qué? ¿Qué hice mal?

—Nada, cariño, pero es que me pones… si me dices esas cosas me pones, ¿no lo entiendes? Y no estás cerca para aliviarme.

—Sí, lo entiendo; perdona, Rodrigo, no quería hacerlo.

Catalina Béjar no entendía nada; realmente no sabía qué significaba la expresión «me pones», y eso de aliviar a Rodrigo no sabía ella muy bien qué quería decir; Rodrigo estaba hablando como una anciana, pensó Catalina. Las viejas decían «obrar» para definir una acción poco estética en el retrete, y su tío Armando hablaba de aliviarse cuando orinaba, y ella no tenía ni idea de qué tenía que ver la escatología y la orina en todo aquello, pero una vez lanzada no había marcha atrás. Ya se preocuparía de averiguarlo. Entre expresiones semejantes llegaron al final de la conversación, Rodrigo despachaba con el ministro en unos minutos.

Rodrigo Álvarez de Seoane colgó el auricular con expresión de abatimiento; él había llamado a Catalina para decirle que aquello no podía ser, que se habían equivocado y que no debería volver a repetirse lo de la tarde en casa de su madre; tenían que olvidarse de ello, volver a ser amigos. Pero la voz de Catalina, las expresiones que había utilizado no le habían permitido otro pensamiento que controlar los movimientos involuntarios que algo hacía a la altura de su bragueta. Caminaba hacia el despacho del ministro y a cada rato se miraba la entrepierna suplicando que nadie notase el cambio de tamaño.

Catalina suspiró aliviada al colgar, aquello había sido un poco desagradable, sobre todo teniendo en cuenta que a mitad del recital, a medida que leía la novela de Marianita, se dio cuenta de que el texto correspondía a un hombre, las frases las decía un hombre; se había librado por los pelos, Rodrigo parecía no haberse dado cuenta. De todas formas tendría que hablar con Mariana de su manía de leer novelas en la oficina: aquello no era serio.

Mariana abrió la puerta, miró a Catalina y murmuró:

—Lo que nos faltaba, ahora otra de las hermanas le da a la terapia por teléfono. Jacinto Puig por la línea uno; y antes de salir, mejor te lavas la cara, pareces una granada.

Jacinto Puig era un cliente antiguo del despacho, muy antiguo y buen cliente; a Catalina le caía bien porque había confiado en ella; el despacho llevaba los asuntos de aquel hombre que vivía en Italia y tenía negocios en medio mundo; a Jacinto no le importó que el despacho estuviese regentado por mujeres; después de varias conversaciones con Catalina le dio una importante cartera de asuntos y Jacinto siempre tenía una palabra amable, no se limitaba a los negocios; Jacinto de vez en cuando hablaba del color de los ojos de Catalina. Agradable, eso era muy agradable.

—Buenos días, Jacinto, *come vai?* —A Catalina, lo de hablar en italiano le parecía glamuroso: no sabía hablar en italiano pero le gustaba el sonido de su voz diciendo palabras en esa lengua. Con Jacinto era ridículo hacerlo, vivía en Milán, pero ser, era de Lérida.

—Bien, cielo, estoy bien. Muy bien. Voy a casarme de nuevo y tenemos que hablar del asunto en las Antillas Holandesas; la pécora de mi ex quiere sangrarme.

—¿Tu ex mujer es una pécora? ¿Cuál de ellas, la primera o esta última?

—Me encanta tu sentido del humor, cielo, la última; la última es una sabandija inmunda que quiere dejarme sin una sola peseta o dólar, como prefieras. No entiende que Natacha es especial y que no puedo luchar contra eso; es algo sublime lo que siento con Natacha y la vida pasa deprisa, Catalina, hay que aprovecharla. ¿Tú cuándo vas a divorciarte? Ese día yo lo dejaré todo y uniremos nuestros destinos, nena. ¿Cuándo cambiará tu vida, cariño?

Catalina había escuchado aquello más de una vez y decidió cambiar de tema; de todas formas, Jacinto tendría que saber que su vida había cambiado, no iba a ser el único en presumir de cambio de vida. Por decir algo, Catalina preguntó con un tono de voz similar al empleado con Rodrigo:

—¿Sabes que en tu país anochece cuarenta minutos antes que en mi tierra?

—Claro, está más al este. ¿Quién no sabe eso? Es lógico. —La voz del señor Puig proyectaba el sonido de la risa.

—Pues yo no, no lo sabía, y no sé de qué te ríes. Eres como Cristina, que no puede contenerse cuando digo izquierda o derecha de África para señalar dónde están las islas Cargados Carajos. Cuando digo algo así, me mira mal, pensando: pobre burra, es una pena que Catalina sea tan bruta. Y no soy bruta, soy disléxica. Confundo letras y palabras. Izquierda y derecha, y nunca supe bien dónde está el norte. La verdad es que nunca me preocuparon los puntos cardinales. No sé por qué, pero nunca me importaron. Siempre tengo a alguien que me indica, y como nunca frecuento caminos de cabras, pues no sé para qué necesito saber eso. Cuando escribo, los puntos, las comas y las faltas los corrige Mariana; por eso no tengo que preocuparme de nada. La verdad es que estoy encantada, desde que descubrí que existe eso, la dislexia, estoy muy contenta. Ya no soy una listilla frustrada, ni una culta sin realizar, soy disléxica. Eso es mucho más sencillo, suena bien y te disculpa mucho.

Jacinto Puig escuchaba atónito el monólogo de Catalina; no entendía nada, no sabía de qué hablaba y desconocía dónde podían estar las islas Cargados Carajos; debía de ser un nuevo paraíso fiscal, Catalina era un genio en eso. No entendía nada pero le gustaba el tono de voz; era diferente a otras ocasiones, acariciaba; no dijo nada y escuchó.

—A mí siempre me apabulló la inseguridad, la falta de confianza y todo eso, ahora no. Como soy eso, disléxica, ya no me preocupa nada. No quiero curarme, ¡esto es fantástico! Hay enfermedades que no matan ni te impiden, algunas hasta te ayudan y ésta debe de ser de esa especie. Me pasé una vida entera siendo buena, lista, trabajadora, responsable, cumplidora. En COU hacía los deberes a algún chico, y ¡estaba agradecida! Así, me hablaban; les hacía los deberes y me hablaban. Yo nunca llevé minifalda; mi madre me vestía como a una monja: falda plisada, blusa a tono… Y el pelo: una melena larga, lisa… Tú como eres hombre no lo sabes, pero antes, y creo que ahora igual, a las listas y formales no las miraban, no las sacaban de paseo ni las llevaban a la última fila del cine. Ahora, soy disléxica, tengo las faltas que me da la gana, sé dejar caer las pestañas, y me dicen: ¡bombón! Estoy encantada, es genial. Soy casi lo que siempre quise ser, ¡soy una frívola! Casi una guapa boba. Y me gusta ser eso, me gusta mucho. Cristina dice que estoy mejor que nunca. No riño en el despacho, creo que ni siquiera soy ya el jefe. Traigo varios pendientes en cada oreja, mechones más rubios que mi pelo, y me pongo pantalones de campana. Es una sensación increíble, y todo gracias a que me autoconvencí de que soy disléxica. Creo que tengo glamur; cuando el viento me lleva la pañoleta del cuello y Bubú corre en la dirección contraria, no me apuro ni pongo cara de pato. De esa escena tan banal, que podría ser grotesca, hago toda una interpretación glamurosa. La calle se convierte en Saint-Germain-des-Près y mis vecinos en imposibles habitantes de París. Yo casi me veo como Isabella Rosellini. ¡Esto es ser positiva, ya ves! Bailo como una posesa. Me contoneo, ¡creo que contoneo las caderas al andar!, con cadencia, y lo mío es mucha cadera. Pero pongo un punto de armonía al balanceo, y queda sexy. Digo bobadas como «¡Hey, Ken!», y me siento como Barbie. Nunca lo pasé tan bien ni me sentí tan realizada. Toda una experiencia, y eso sin salir de una capital de provincia. A los hombres os gustan las nenas bobas, esas que dicen: «Jacinto, cielo, tráeme un paquete de rubio de la máquina». Por ésas dejáis a las legítimas. A las intelectuales, a las listas, las hacéis vuestras amantes. Yo antes discutía. Con los hombres discutía, ahora ya no. Una mirada, una caída de ojos, valen más que mil palabras. Ahora ya no soy inteligente. Soy… más lista. Por cierto, Jacinto, no vuelvas a llamarme nena, ni cariño ni cielo en tu vida, puede que te arree una leche, corazón. Adiós, mañana hablamos de tu Sociedad en las Antillas Holandesas. Ahora me voy al gimnasio. ¡Chao!

Jacinto Puig quedó maravillado de la habilidad de Catalina;

algo había querido decirle con todo aquello; se expresaba de aquella manera para no provocar en él sentimientos de reproche hacia nadie; Catalina, de manera exquisita, había querido decir algo sobre Natacha, estaba seguro. Un poco tonta sí que era Natacha, y hasta un poco Barbie: puede que no mereciese la pena hacer un esfuerzo tan grande por aquella mulatona; pensaría aquello con cuidado. Catalina, como la rusa, era grande. Tendría que ir a verla; era una pena que continuase casada con aquel provinciano, de no ser así, él la haría suya. ¿Y quién sería Bubú? Tendría que peguntarle a Catalina; podría ser un personaje de la mitología y necesitaba saberlo para comprender la metáfora.

Jacinto Puig habría recibido una sonora carcajada en la cara de haber escuchado aquello Catalina; «ser suya» era una expresión que habría provocado la carcajada de aquella mujer, o tal vez no; tal vez lo que deseaba era ser de alguien. De todas formas, una vez más, alguien había confundido la bobería de un ser humano, en este caso Catalina, con la genialidad de un oráculo. Estas confusiones, lamentablemente, suceden muchas veces.

Cristina Béjar había escuchado a medias la conversación de Catalina; sentada en un sillón y con las piernas encima de la mesa, Cristina permanecía con expresión inmutable cuando preguntó:

—¿Desde cuándo vas tú al gimnasio? ¿Y desde cuándo pones esa voz de terciopelo? Puede que tengamos que pensar en ampliar el negocio y poner una línea erótica; Puig debió de quedar con un buen calentón.

—No voy al gimnasio de momento y no seas ordinaria, pareces arrabalera cuando hablas así; un poco de recato no estaría mal por tu parte. Y al gimnasio vamos a ir las tres, no voy pero vamos a ir todas. Voy a llamar a Marta, comemos juntas. Tú comes con nosotras.

Cristina Béjar, sedada por la terapia matutina, no se molestó en discutir, comería y lo de ir al gimnasio debía de ser un chiste de su hermana. Salieron juntas de la oficina en busca de Marta

Guzmán, que llegó arrastrando los pies. Se besaron y Catalina miró a su amiga:

—Tienes una pinta horrenda, podrías cortarte el pelo y usar otras gafas; francamente estás muy fea. Hay que estar monas, es la única solución: estar muy monas; si no estamos monas nadie podrá salvarnos; vamos a comprar colonia.

Marta Guzmán miró a Cristina con gesto de hastío, se había pasado la mañana ensayando y lo último que podía soportar era la forma de hablar de Catalina. No entendía nada y no sabía si quería entenderlo, le daba igual; todo le daba igual a Marta aquella mañana. Catalina se encaminó al mostrador de la colonia.

—Buenos días, quería la gama completa de 123. Colonia, crema, todo lo que tengan.

—Perdón, señora, no creo que tengamos esa colonia. ¿Es nueva?

—No, no es nueva. Hace tiempo que la uso. Es ésa: 123.

La dependienta miraba hacia donde el dedo de Catalina señalaba pero parecía no ver nada. Cristina Béjar se adelantó hacia su hermana, pero una mano de Marta la retuvo. Martita podía tener muy mala leche cuando se lo proponía. La dislexia de Catalina solía provocar situaciones como aquélla.

—La tiene usted justo detrás; la estoy viendo, ¿no la ve usted?

El tono de Catalina subía por momentos, la estaba cansando la individua aquella; tenía que ser tonta, no había otra explicación. Extendió el dedo y señaló:

—Ésa, esa que está a su espalda, 123 de Carolina Herrera…

—¡Ah! Ahora la entiendo, 212; se llama así, no 123.

Catalina enrojeció, ¡la dependienta la ponía enferma!

—Es lo mismo, es lo mismo 123 que 212, deme la crema y la colonia, por favor.

—Bueno, lo mismo no es; no es lo mismo 123 que 212, señora.

Marta estaba encantada, Cristina azorada y Catalina se enfadaba más a cada instante. Catalina era impaciente y la dependienta disfrutaba jorobando un rato a una de aquellas señoronas que la aturdían cada día: la mujer estaba buscando venganza en un cuerpo equivocado.

—Señorita… —Catalina estiró la cabeza y leyó el nombre en la chapa que la mujer llevaba prendida en la chaqueta— señorita Paloma, a mí me parece lo mismo 123 que 212, entre otras cosas porque cambio los números de sitio, cosa que por supuesto no es de su incumbencia, pero sobre todo me parece lo mismo por las sumas y la lógica, no es mi problema que la señora Herrera no sea lógica, la secuencia sería 123 y usted debería saberlo o al menos entenderlo. ¡¡¡Démelo!!!

La dependienta dio un brinco y Cristina susurró:

—Catalina…

—¡Qué! Y me pone usted esta crema para la cara, envase grande por favor.

Paloma era un poco tarada y sobre todo imprudente, Marta y Cristina se convencieron cuando la escucharon decir:

—¿Esta crema? Es para piel joven, si es para usted no es adecuada, usted necesita ya —recalcó el ya— una de tratamiento intensivo para las arrugas.

Catalina Béjar se hizo enorme, creció hasta hacerse una genio malvado, y desde la altura, con los ojos entrecerrados, miró a la mujer.

—Lo que está claro es que usted es idiota, pero idiota perdida, lo suyo no se quita con una crema, no es tan sencillo, puedo asegurarle que no es tan sencillo como pasar una crema por la cara; la idiotez suele ser genética y encima permanente. Haga el favor de envolverme lo que le pedí y procure ir a un curso de cómo soportar a clientas educadas; haga un curso para reconocer la mano que le da el pan, señora mía, que al parecer no se entera. Y suponiendo que usted tenga veinticinco años, que son los que le calculo por debajo de esa cosa pastosa que cubre su cara, suponiendo eso, el día que usted tenga mi edad rezaría por estar así, como yo. Ni siquiera voy maquillada, ¡so retrasada!

La pobre mujer vio ante sí al monstruo que Catalina encerraba y comenzó a balbucear alguna palabra. No pudo hacerlo.

—¡¡¡Déjese de llorar, so Boabdil!!! Que así nos va a las mujeres por culpa de especímenes como usted. ¡Envuelva y cállese! —Catalina giró el cuello—. Es que me está poniendo enferma...

Dos cabezas, las de Marta y Cristina, asintieron; no querían discutir con la mala bestia que podía ser, y en aquel momento era, Catalina Béjar.

—Buenos días, señora Béjar, ¿ocurre algo?

—Hola, Fructuoso, ¿cómo está? Nada, no ocurre nada, creo que a nuestra querida Paloma la ha dejado el novio; y ya le estaba diciendo yo que no se pusiese así, no vale la pena, porque ella es muy lista, trabajadora y espabilada, que a los hombres no hay quien los entienda. Pobre Paloma, ella que es un encanto. Buenos días, Fructuoso, vamos a comer a la cafetería, tenemos mucha prisa.

—Usted siempre tan guapa y tan amable doña Catalina, se preocupa por todo.

—No, Fructuoso, no diga eso, hay que ser humanos, y lo de guapa... ¡si ya tengo tres arrugas en los ojos!

—¡Pero si está usted estupenda!

—Otros no opinan igual, Fructuoso. —Catalina clavó la mirada en la pobre víctima que moqueaba cada vez más fuerte.

Con esas palabras Catalina y sus perplejas acólitas caminaron hacia la escalera mecánica.

Fructuoso miró a Paloma con reprobación.

—Tiene que ser usted cuidadosa, no se debe contar la vida a las clientas, menos aún a doña Catalina, que suficiente tiene para ella. Es una mujer estupenda, pero no abuse usted de su confianza, Paloma. Ande, arréglese esa cara, está horrible.

Paloma dejó escapar un sollozo y corrió entre los mostradores. Aquella mujer era un monstruo. El monstruo ascendía por la escalera.

—Marta, esa chica es el prototipo de comunista sindicalista;

la culpa la tiene la gente como tú, que alentáis estos comportamientos; es imperdonable. ¡Me ha llamado vieja!

Marta Guzmán movía la cabeza y miraba a Cristina. No respondieron, era una provocación y no entrarían en eso. Se sentaron lejos del aire acondicionado —Catalina lo odiaba— y quedaron en silencio.

—Y ahora, ¿qué pasa? ¿Qué he hecho? Seguro que soy culpable de algo, estoy segura.

—Rubiniana —susurró Cristina.

—¿Qué coño tiene que ver Rubens en esto? No la líes, Cristina, que tu hermana es capaz de montarnos un pollo por hablar de Rubens, dirá que la llamamos gorda y la tenemos armada.

Catalina miró a su hermana y comenzaron a reírse; se rieron de forma estruendosa sin que Marta encontrase gracia alguna. Sin más explicaciones pidieron la comida. Marta Guzmán optó por el silencio; aquellas hermanas eran así: simples y medio anormales.

—¿Pensáis que me pasé con esa Paloma?

—Nooooo… ¡por Dios! Faltaría más, fue todo culpa de ella: te insultó, te vejó, te llamó criminal asesina; ella tenía que saber que eras disléxica y medio retrasada; tenía que saberlo, era su obligación.

Marta Guzmán apartó el pelo de la boca de un manotazo; la melena se metía entre los labios al hablar de manera tan apurada. Cristina guardó silencio.

—Marta, no me juzgues de esa manera. Ya sé que santa Teresa dice: *Nunca encarecer mucho las cosas, sino con moderación decir lo que se siente*. Puede que me dejase llevar un poco por el genio, pero esa individua era odiosa; le caemos mal por ser como somos y a la mínima oportunidad nos quiere fastidiar; ella querría estar en nuestro lugar, eso es lo que ella quisiera; todos los comunistas son iguales. Y perdóname, no lo digo por ti. Tú ya estás donde querías. No te borras del partido por vergüenza, pero si un día ganan los tuyos, ya te vería yo buscar un paraíso fiscal, de eso estoy segura.

—Es de agradecer que mi hermana sea de izquierdas, Marta,

es de agradecer. Si fuera falangista, como yo, terminarías en un paredón.

Volvió la risa de las Béjar a atronar el aire y Marta Guzmán continuaba sin encontrarle la gracia. Intentó no sucumbir a la tentación de dar un par de mandobles y miró al vacío.

—Tú no te preocupes, nosotras no dejaríamos que te hiciesen nada en caso de cambiar las cosas a peor. Mamá es del cretino que gobierna ahora, Cristina de la Falange de Hedilla y yo socialdemócrata; como tú eres comunista, es perfecto: nos ayudamos unas a otras. En la guerra, nuestra familia se salvó por eso, todos eran de todos; es buena política. Yo no soy socialista por ese motivo, pero pensándolo bien, no es una mala mezcla la nuestra: solas frente al mundo; casi como los mosqueteros.

La mente de Marta escuchó a medias el discurso de Catalina; tenía la cabeza en otra parte. Se apartó para que el camarero colocase el plato ante ella y cuando quedaron a solas suspiró y dijo:

—Me da igual todo, Catalina. Me da igual. Lo que le hiciste a la chica no puedo ni describirlo. Puede que con música de Wagner, pero ni eso me preocupa. En cuanto a los impuestos, tienes razón, creo que lo haría: el partido ya no es lo que era, estos de ahora cobran sueldos millonarios y en el lote les hacen planes de pensiones; con el culo al aire no se van a quedar, eso seguro. Sí, creo que te encargaría a ti la búsqueda del paraíso fiscal.

—Las Antillas Holandesas, lo mejor —dijo Cristina.

—¡Coño, Cristina! ¡Que ahora no quiero hablar de eso! Tengo otros problemas más importantes que el dinero, ése me sobra.

—¿Qué te pasa, Martita? No será el chino…

—Sí, es el chino, Catalina, y no lo digas con esa voz que no tiene nada de gracioso, nada de nada, puedo asegurártelo.

—¿Quién es el chino? —preguntó Cristina.

—Un amante que tiene Marta, ése es el chino.

—Tenía, tenía un amante; ahora no tengo nada de nada. Desde la broncoaspiración de la lágrima ya no tengo nada. En realidad, la culpa es tuya, Catalina; la culpa es tuya.

—Un minuto, creo que tengo que pedir un vino. Un chino y una broncoaspiración es demasiado, Marta, y no entiendo por qué Catalina tiene la culpa. ¿Significa que tendremos una guerra mundial por culpa de mi hermana? Espera, pido el vino y continúas: beber para entender…

—Tú te empeñaste en que comprase esas lágrimas, esas lágrimas de cristal que vienen con pegamento; sí, tú. Tú dijiste que dejaría a Chang impresionado. Tú, que eres una pervertida con cara de buena, me dijiste que pegase las lágrimas en los pezones; y yo, tonta de mí, lo hice. Debí de poner más pegamento del necesario en una de las lágrimas; él se esforzaba en quitármela con los dientes…

—¡Qué guarrada! —gritó Catalina.

—¡Cállate, Catalina! —gritó Cristina.

—Sí, eso, cállate, Catalina, que tuya fue la idea que ahora calificas de guarra. Pues Chang quería quitarme la lágrima de cristal; tanto empeño puso que terminó quitándomela, pero debió de aspirar y la lágrima terminó en un bronquio. Fuimos a urgencias, le tuvieron que hacer una broncoscopia. Desde hace diez días no puede tocar la flauta y casi ni habla. Debieron de hacerle algo en el esófago o en algún sitio y ahora dice que es culpa mía. Me ha dejado. No quiere ni verme. Ahora vuelvo a comer de manera compulsiva, de nuevo lo hago; estoy acudiendo a una terapia de grupo, para adelgazar y olvidarme de Chang. Estoy hecha polvo.

—Yo diría que lo que te pasa es que no eres polvo enamorado, Martita, eso diría yo.

—Cristina, es la segunda vez esta mañana que dices ese tipo de palabras. Te estás pasando, querida, te estás pasando.

—Querida Cata, que tú seas un muermo sexual y practiques poco con tu marido, no te autoriza a parecerte a nuestra santa madre; y esos discursos después de la tarde con Rodrigo, están de más.

—¿Qué tarde con Rodrigo? Estoy en baja forma, tendré que contar esto en el grupo de terapia, tendré que contarlo todo; me han encargado un trabajo, que hable en público en la próxima reunión y no sé qué decir, así que diré esto, hablaré de vosotras. Sois raras. Sois una de las causas de mi forma compulsiva de comer.

Catalina aprovechó la baja forma de Marta y de manera imparable relató pormenorizadamente la tarde con Rodrigo.

—... y la culpa de todo esto es tuya, Marta; te llamé esa mañana, creo que fue esa misma mañana cuando te llamé y me dijiste que todo era sexo, cuestión de sexo; pues te hice caso. Bueno, no fue sólo eso, no lo fue. Creo que lo necesitaba. Nunca lo había hecho, pero lo necesitaba. Quería sentirme un poco querida; estaba harta de Luis, de mi madre, de la empresa, de la política, de todo. Harta de todo y apareció Rodrigo y me quiso. Ahora los remordimientos me corroen; la pena por Luis me mata; creo que mi madre tiene razón y lloro. Curiosamente, cuando escuché la voz de Rodrigo esta tarde, todos los temores desaparecieron. Yo necesito un reposo del guerrero, como el anuncio de antes, eso necesito y no lo tengo. Todo lo que hago es poco; se supone que puedo con todo, que nada me cuesta trabajo, que las cosas salen solas... Estoy cansada de vivir así, muy cansada. Vosotras no podéis entenderlo. A mí me duele el alma cada noche de luna llena; la luna llena me recuerda lo vacía que está mi vida; la falta de coraje que no pongo en lo más necesario: en vivir mi propia vida. Es como lo de París, la historia de París. Podría ir cuando quisiera, puedo hacerlo, pero tendría que ir sola y siempre pensé que a París hay que ir con un hombre, así hay que conocer París: de la mano de un hombre. Yo nunca iré a París, nunca tendré a nadie que me acompañe.

—Pues vete sola.

Las palabras de Marta no se entendieron muy bien, salieron entre una mezcla de pasta y tomate, pero aun así, Catalina las oyó.

—No es lo mismo, sabes que no es lo mismo, Marta.

Lloraba Catalina al pronunciar cada palabra; se colocó las gafas de sol y apartó las lágrimas de los pómulos de un manotazo. Su hermana y su amiga no hablaron; el llanto de Catalina era más cruel que sus palabras. Ambas sabían que Catalina era poco propensa a manifestar ese tipo de emociones y las dos sabían que el alma de la mujer de imagen serena era un torbellino de sentimientos y pasiones que pocas veces dejaba ver. Ellas eran igual a Catalina, tan distintas todas, tan iguales; Marta y Cristina daban rienda suelta a las presiones que soportaban, pero al final estaban como Catalina: solas.

—Nada más comer vamos a ir a preguntar lo del gimnasio y después tengo que llamar a Paca Torrado: el rastrillo es dentro de un mes y hay que ir preparándose.

—Yo no pienso ir.

—Ni yo.

Catalina partió un trozo de lechuga y con el tenedor en la mano preguntó:

—¿Adónde no vais a ir?

—A ninguno de los dos sitios: ni al gimnasio ni al rastrillo.

Marta Guzmán pronunció con dificultad:

—Ídem.

—Sí que vais a ir, claro que vais a ir; no vamos a discutir eso. Por cierto tengo que preguntaros algo, dos cosas. Rodrigo dijo: «me pongo» y «aliviarse». ¿Qué es eso? ¿Qué significa eso?

—Pero ¿ves cómo es tonta? ¡¡¡Es rematadamente imbécil!!! Es una retrasada esta hermana tuya. Tenéis que llevarla a un centro de reeducación, Cristina. ¿Qué es ponerse? ¡¡¡Le hablas de muslos y puntos álgidos al facha ese y ahora no sabes qué es ponerse!!! ¡¡¡Ni sabes qué quiso decir con aliviarse!!! ¡¡¡Pues que se le empina, imbécil!!! ¡¡¡Que se le empina si le dices esas cosas!!!

—¿El qué? ¿Se le empina? No lo entiendo.

—Una erección, Catalina. Los hombres tienen erecciones. Puede que lo ignores pero sí que las tienen, bonita; por lo que dices, a nuestro amado Rodrigo tus palabras le provocan esas cosas y Martita te lo dice de una forma un poco zafia, diría yo. Lo de aliviarse supongo que será que tendrá que hacerle un favor alguna pobre secretaria con aspiraciones de ascenso o encerrarse en el retrete y hacerse el favor él mismo; claro que puede que el ministro…

—¡¡¡Sí, el ministro!!! ¡¡¡Seguro que el ministro alivia a Rodrigo!!! Me parto, Cristina, me parto de risa. El ministro, sí, seguro que él alivia a Rodrigo y Rodrigo hasta se deja, conociendo al trepa, hasta mete a Inés en el asunto.

Ahora las carcajadas fueron de Cristina y Marta ante el malestar de Catalina; no le gustaba aquello y no lo entendía del todo, pero no preguntó más.

—Marta, sería de agradecer que no me escupieses trocitos de cebolla por reírte con la boca abierta; y tú, Cristina, paga, que nos tenemos que ir al gimnasio. Recuerda la factura, esto deduce. Estamos captando a un cliente.

Catalina y Cristina Béjar hablaban de trabajo mientras Marta continuaba comiendo, ahora disfrutaba de un flan de manzana regado con caramelo.

—¡¡¡Guarra!!! ¡¡¡Cerda!!! ¡¡¡Asquerosa!!! ¡¡¡No tienes perdón!!! ¡¡¡Arrepiéntete!!! ¡¡¡No debiste hacerlo!!!

Cristina, Catalina Béjar y varias personas del comedor miraron a Marta Guzmán. Marta, a su vez, miraba fijamente el plato que había contenido flan de manzana y ahora estaba vacío.

—Es la terapia, he fracasado; soy culpable; tendré que confesarlo; he dejado mal a mis hermanos, a mi equipo.

—¿Te has vuelto católica? —preguntó Catalina Béjar sin saber qué otra cosa podía decir ante el espectáculo de su amiga.

—No, es la terapia de mi grupo.

—Ya, ahora, al insulto lo llaman terapia; bueno, Catalina, ya ves que cuando mamá hace promesa de no comer pan para no engordar no va tan descaminada. Al parecer Marta paga por esto, a mamá le sale gratis y encima gana indulgencias.

Sin asomo de llanto en la cara, sin hablar de nada que pudiese dañar el ánimo de ninguna de ellas, las tres artistas de la vida caminaron hacia el gimnasio, de nada sirvieron los lamentos de Cristina y Marta; esa misma tarde se matricularon. Las tres comenzarían a cuidar un cuerpo sin tener en cuenta el alma, eso dolía demasiado, más que un tirón de músculo y, de momento, ninguna estaba dispuesta a pasar por ello. Marta terminó el día arrebujada en la cama y con una chocolatina en la mano, el chocolate, las lágrimas y los mocos hicieron amasijo sobre un carísimo edredón. Cristina llamó a Julito y le comunicó que había comprado unas lágrimas de cristal: Su Señoría, sabrás lo que vale un peine, ya verás tú dónde te clavo las lágrimas, decía Cristina cuando María del Prado apareció en la sala. Cristina terminó hablando de lágrimas de sangre en un cuerpo; a su madre le explicó que hablaba de un Cristo milagroso de Albacete. Julito Torrevieja durmió pensando en lo salvaje que podía ser su dulce Cris. Catalina Béjar, a esa hora, golpeaba la cara de su hija; Catalina abofeteaba a Macarena, a una Macarena herida.

Un poco antes Macarena ante un suspiro de su madre había respondido:

—Mete los dedos en un enchufe y terminemos de una vez con tu sufrimiento, querida.

Macarena lloraba; Cristina añoraba; Marta suspiraba; Catalina sollozaba; María del Prado rezaba el cuarto rosario del día; Mariana leía en el salón de su casa las últimas páginas de *Ámame una vez más, gata mía*; el chino renegaba en cantonés contra la bárbara española que le había inhabilitado para la música y posiblemente el sexo; Luis Altapuerca dormía entre ronquidos y Julito Torrevieja soñaba. Rodrigo decidía entre poner fin a su aventura con Catalina o continuar así durante un tiempo; Rodrigo pensaba eso mientras arrinconaba a Inés contra la almohada, le hacía el amor pensando en Catalina; Inés procuraba que su marido no le estropease el pelo entre los agites a los que estaba siendo sometida. Pepe el de Mariana soñaba pero no con ella. En la televisión había visto bailar a una hembra rubia y eso le provocaba sensaciones extraordinarias entre sueños. Sueños tan distintos; sueños tan iguales. Una vez más tan cerca y tan lejos.

Vivir muriendo

Debes estar persuadido
de que tu vida debe ser un continuo
morir. Y cuanto más muere uno
a sí mismo, más comienza a vivir para Dios.

TOMÁS DE KEMPIS, *Imitación de Cristo*

NO QUIERO IR A COMER A CASA DE LA ABUELA —dijo Macarena.

—Ni yo —dijo Luis Altapuerca.

—Ni yo, pero iremos. Bernardo me ha llamado y quiere que estemos todos —dijo Catalina Béjar.

No se discutió más; Macarena volvió a su cuarto, Altapuerca a la lectura del periódico y Catalina se dispuso a colocar los suplementos dominicales que su marido y su hija habían dispersado por la casa. Era una tarea obligada de domingo, de todos los domingos y fiestas; los periódicos y suplementos quedaban abandonados en la cocina, en la biblioteca, en el dormitorio o en el cuarto de baño; Macarena y Luis los desparramaban, dejaban las hojas fuera de lugar y eso enfurecía a Catalina; pero desde hacía un tiempo ya no protestaba. Era parte del cambio. Entró en el baño y como no podía ser menos, la tapa del retrete estaba levantada. Un día cuando había ido al retrete apurada cayó dentro de la mismísima taza; el coxis le quedó dolorido, pero inútil fue protestar o reñir: la culpa era de ella por no mirar. El lavamanos era un muestrario de diversos escupitajos de pasta de dientes azulada, y unas zapatillas de Luis, atravesadas cerca de la bañera, a poco la hacen caer al suelo. Cerró la tapa del retrete, encendió un cigarrillo, y se sentó sobre ella. En voz alta repitió varias veces:

—¿Por qué? ¿Por qué me pasa esto a mí? ¿Qué vida es ésta? ¿Por qué Dios quiere que viva así? ¿Cómo no va a ser mejor la otra vida? ¡A la fuerza tiene que serlo! Yo quería hijos y no tengo más porque él se niega; quería un huerto, tan sólo un huerto y terminé en esta casa enorme y sin vida. ¿Por qué tengo que dar las gracias? ¿Por qué coño tengo que pasarme el día dando las gracias por una vida que no quiero? Todo es mentira, todo es una tremenda mentira y no sé cómo salir de esto. ¡Dios! ¿Dónde estás cuando te necesito? ¿Por qué jamás respondes a nada? ¿Por qué me haces vivir aun sin querer?

Como muchas mañanas de domingo y cualquier noche de semana, la fiera, la bestia sigilosa y sin escrúpulos que el mundo veía en Catalina Béjar lloró; lloró con unos suspiros que podrían haber roto el alma en caso de que esa entelequia existiese. Como muchos días, Catalina Béjar invocaba a un Dios en el que ni siquiera creía.

Macarena Altapuerca tenía el oído fino. Abrió la puerta del baño de su madre y se sentó al borde de la bañera. Tomó una mano de Catalina y la acarició con cuidado.

—Nada te turbe, Catalina, nada te turbe. Pero no es cierto que sólo Dios basta ni la paciencia todo lo alcanza. Nada te turbe, madre, nada te turbe pero date una oportunidad. Mi padre no es malo, es así. Y ser así puede ser mortal para quien convive con seres semejantes. Tengo amigas que tienen padres y son así; otros padres tienen queridas y todo el mundo calla. Puede que dos o tres sean felices, puede que tenga dos o tres amigas con padres felices. Las menos. No tengo ninguna amiga que tenga una madre como tú: o no se plantean las cosas que les ocurren o viven acomodadas en esos maridos siniestros. No piden nada; no se plantean nada. Piensan que la vida es así, están a gusto en esa situación y no pueden pensar en otra mejor. Tú no eres de esa manera; yo no lo soy. Tú resistes todo esto por mí, por padre y por tu familia. Ellos no se van a quedar solos, ellos no saben que te quieren ni lo que pueden añorarte si no estuvieses con nosotros. Yo no viviría como tú, eso puedo asegurártelo, nunca; jamás sería una eterna duda caminando por la calle y eso es lo que tú eres, madre: una duda con pies. Viviendo así nos matas a todos, a ti y a nosotros. Piénsalo, madre, piénsalo. Mis amigas dicen que los hombres son todos unos canallas. ¿Sabes por qué? Por vosotros, por los padres, por ver cómo vivís odiando, porque en el fondo os odiáis. Sois todos modernos hasta el punto que os conviene; cuando se trata de vuestra felicidad tenéis miedo. Yo no hablo mucho pero pienso eso; yo no soy así, no tengo miedo. Ser así mata. Ser así es siniestro.

—¿Cuántos años tienes, Macarena? Ya tienes dieciocho, sí, tienes dieciocho años.

—Sí, madre. Dieciocho miserables estupendos años. En el fondo estoy agradecida de haber vivido en esta casa. Gracias a ti sé lo que nunca deberé hacer con mi vida. No permitiré que nadie me explote en nombre del respeto y del amor. Eso haré. No seré como ninguna de vosotras; Cristina, Marta y tú sois buenos ejemplos de lo que una mujer no debe ser. Sois libres a lo idiota, sin fundamento, por eso sois unas desgraciadas, eso es lo que sois las tres. La vida es simple y con los hombres más. Si no están a mi altura, si no lo están y encima me desprecian y me utilizan como lo hace mi padre contigo, no estaría ni un minuto a su lado; puede que te quiera, pero puede que no te merezca, al menos no en estas condiciones. El amor es respeto y tú no te lo ganaste en esta casa. Le diste demasiadas cosas, se lo pusiste muy fácil. No tienes misterio para él, cree que eres medio idiota, Catalina. Eso es lo que mi padre piensa de ti: idiota y débil. Él es el débil; él es el idiota. Yo lo quiero porque es mi padre, pero jamás me casaría con alguien semejante, yo no.

—¿Cómo puedes hablar de esa manera, Macarena? Es tu padre, es tu padre…

—Sencillo: soy hija tuya. Dúchate, que la abuela se pondrá enferma si llegamos tarde y no quiero soportar sus lamentos.

Hasta eso me tiene hastiada. El lamento permanente de esas viejas, la competición por ver quién pena más.

A los diez minutos Catalina y Macarena estaban listas. Altapuerca apareció por el pasillo. Catalina pensó que era un desperdicio de carne abotargada. Luis Altapuerca vestía calzoncillos y calcetines; era su único atuendo.

—¿Vas a ir a comer así?

—No empecemos, Catalina, no quieras ser graciosa. ¿Dónde está la camisa azul marino?

—¿Vives en esta casa? Pues si vives aquí tienes la misma obligación de saberlo que yo, Luis. Diría que más: es tu camisa. Yo nunca te pregunto dónde están mis bragas.

—Te la estás buscando, te la estás buscando, Catalina. ¡Quieres bulla! ¡Siempre estamos igual!

—Sí, siempre estamos igual y resulta aburrido. Te anuncié que cambiaría, estoy en ello, desde este momento las camisas, tus camisas, no son cosa mía.

—Me estás provocando, Catalina, me estás provocando…

—Padre, ¿leíste el periódico de hoy? Tu actitud demuestra muchas cosas, la primera que el periódico tiene razón: los hombres consideran que las mujeres son objeto de maltrato porque provocan a los hombres. La segunda que todos los hombres deben de ser retrasados mentales por dos motivos: considerar el tema de la camisa provocación y la segunda que sois incapaces de cuidaros ni de lo vuestro. Vamos, mamá, la abuela nos espera.

Luis Altapuerca quedó en mitad del pasillo con ganas de matar a alguien; se sentía ofendido, humillado y maltratado. La encuesta de la que había hablado Macarena tenía en el buen Altapuerca fiel reflejo. Y Altapuerca, aquella mañana como muchas otras, quedó convencido de que su paciencia era infinita: Catalina merecía un buen bofetón de vez en cuando.

Macarena y Catalina caminaban por la calle; iban cogidas de la mano. Catalina miraba a su hija con admiración; era su obra, aquella criatura espigada y de ojos grandes era su obra. Macarena nunca sería como ella ni como ninguna de sus amigas; Macarena era distinta, al fin lo había logrado. Tenía algo que había creado ella misma; nada que agradecer a nadie, nada; ese geranio lo había cuidado y mimado ella sola. El dinero de Luis poco había aportado: Macarena era una mujer distinta; Macarena Altapuerca era el eslabón perdido; muchas Macarenas harían que el mundo cambiase; tardarían, pero lograrían hacerlo. Catalina estaba equivocada, por supuesto.

En casa de María del Prado la mesa estaba puesta; las ollas preparadas encima de la cocina y del salón salían conversaciones suaves; la familia, el núcleo que sustentaba la sociedad, se reunía; seguramente, una vez más, el núcleo familiar tendría una nueva falla y la conversación se tornaría en disputa.

Bernardo Aguirre del Prado se había afeitado la barba; su madre, Águeda del Prado, no disimulaba su felicidad, su hijo sería obispo, pensaba convencida, no sería el primero en la familia, pero Bernardo era su hijo y ser la madre de un obispo no estaba nada mal. Águeda del Prado no estaba segura de si un fraile podía ser arzobispo, pero seguro que sí, y ser la madre del arzobispo ya era algo que hacía vibrar el alma de Águeda, podía ser arzobispo; cardenal ya sería un sueño, casi un milagro. Pensaba que su hermana María tendría un poco de envidia, pero ser la tía del arzobispo no era poca cosa. Con aquellas hijas, María sufría, no podían compararse a su Bernardo. Como Catalina, Águeda del Prado pensaba que su hijo le pertenecía, que era de su propiedad. Pensamiento equivocado y atroz que destruye muchas cosas, hasta las obras propias y pías.

Eulalia Carvajal, viuda Del Prado, madre de María y Águeda, comía nueces y avellanas sentada en su silla de ruedas. Miraba a sus tres nietos y a Macarena. Eran guapos, pensó mientras masticaba una nuez, eran guapos pero no felices. Las dos estúpidas de sus hijas no habían sido capaces de aprender nada de sus propias vidas.

—¿Estamos todos? ¡Ah!, falta Luis.

María, como casi siempre, se respondía ella misma. En ese instante el timbre de la puerta sonó y al minuto, Luis Altapuerca apareció en el salón. Saludó con pocas ganas, comió una nuez y se sirvió un vino. Notó sobre él las miradas de todo el mundo y no le gustó.

—¿Qué ocurre?

—Nada, Luis, no ocurre nada; que Catalina nunca cambiará; por eso pasa lo que pasa.

Cristina, Bernardo, Macarena y Catalina se miraron, estaban perdidos, con María era normal pero cada jornada mejoraba su estilo.

—¿Qué he hecho ahora?

—Ponerle a tu marido unos calcetines color vino con un pantalón verde botella; y la camisa azul no es lo más apropiado, hija, no lo es.

Después de un minuto de silencio se rieron los tres primos y Macarena. Las carcajadas atronaron el salón.

—Mi madre no pone nada a mi padre.

—Eso, yo no pongo nada a tu padre, tienes razón, Macarena, yo no le pongo nada.

Y volvieron a reírse ante el estupor del resto. Catalina se había prometido no reñir, pero aquello era demasiado.

—¿Se supone que yo tengo que vestir a Luis? ¿Eso supones tú, mamá? Pues te equivocas, eso no entra dentro de mis obligaciones, ésa no es mi obligación; habitualmente lo hago, pero voy a dejar de hacerlo.

—Tía María, creo que te quedaste anclada en el tiempo: con dolor parirás a tus hijos, y no obstante tu deseo te arrastrará hacia tu marido... Eso ya no se estila. Ahora el deseo no arrastra precisamente hacia el marido y menos aún si él no se lo merece ni ayuda a mantenerlo; ahora la mujer se busca la vida. —Bernardo clavó los ojos en Altapuerca.

—¡Bernardo! —gritó Águeda del Prado.

—¿Qué, madre, qué?

—¿De qué estáis hablando? —preguntó Luis Altapuerca,

como siempre perdido en aquella familia de anormales, según su pensamiento. Él no se veía a sí mismo como un ser anormal; habitualmente no nos vemos.

—Señor Altapuerca: creo que hablan de sexo, de eso creo que están hablando mis nietos y su hija de usted. Del imperio de los sentidos y del imperio de los machos trasnochados, de eso creo que hablan.

Todas las cabezas se volvieron hacia Eulalia Carvajal, que continuó masticando una avellana plácidamente.

El «¡mamá!» de María y Águeda del Prado fue pronunciado al unísono; respondió con un «qué» seco la madre de ambas y continuó masticando la avellana. Se revolvieron en sus asientos las hermanas Del Prado, y Águeda pidió a Bernardo que impusiera sentido común a la abuela.

—No necesito que ningún fraile con ojos ardientes me llame al orden; este pobre chico tiene suficiente para él; está como mi querida Catalina: insatisfecho. Hace unas noches vi esa película; no podía dormir y encendí la televisión, quedé atónita; nunca había visto nada igual. Y estos dos chicos tienen la mirada como los chinos de la película: encendidos por esa misma pasión, por ese deseo, ¿vosotras no lo notáis? Salieron a vuestro padre, que se cepilló a media provincia; éstos, igual que él, ya lo veis.

—Señora, eran japoneses y no chinos, y haga el favor de no expresarse de esa manera zafia. ¡Un respeto a su marido, que está muerto!

—Así que vio la película; me alegro, con un poco de suerte aprendería algo, señor mío; y si respeto a mi marido o no, es cosa mía, ni muerto se lo merece, así que cállese usted y coma almendritas, que es para lo único que parece servir.

—Como verás, Águeda, nuestra madre cada día está peor; tenemos que hacer algo.

María del Prado hablaba como si su madre estuviese ausente, como si el cuerpo sentado en la silla de ruedas fuese un fósil carente de todo sentido.

—Claro, abuela, tenéis que hacer algo, puede ser el momento de cerrar el piso de la bisabuela y quitarle el servicio; alquiláis la casa y sacáis una buena renta de ahí; con eso pagáis el asilo de lujo. La de hoy es una excusa perfecta.

—¡Macarena!

—Todos respondemos ¡qué! este mediodía; yo me adhiero a los qué. Macarena ¿qué? ¿Es mentira lo que digo? Hace tiempo que Águeda y tú lo planeáis, así que vuelvo a repetirte: Macarena ¿qué? Estoy diciendo la verdad; eso queréis hacer porque os molestan las guardias de fin de semana que impiden vuestras partidas de canasta o ir al hípico; diría que os impide ir a misa; pasar la tarde o la mañana con vuestra querida madre os lo impide. Así que eso: ¿qué? No tenéis maridos que os fastidien y ahora tenéis madre y estáis jorobadas, aburridas porque de vez en cuando se mea por encima y tenéis que cambiarla; eso os joroba. Ya no recordáis que ella os limpió la mierda de pequeñas y aguantó noches enteras la fiebre, vuestra fiebre, sentada a la cabecera de la cama, de eso ni acordaros. Pues nosotras nos la llevamos a casa, mi madre y yo lo haremos muy gustosas.

—¡Macarena! ¡Un respeto a tu abuela y a tu tía!

—El respeto se gana, padre, se gana y en este momento ellas tienen cero puntos de mi respeto; y no te alteres, se te nota el pánico en la voz, tienes miedo a que sea cierto lo que he dicho y mamá diga que nos la llevamos nosotras y eso te complique a ti la vida.

—Por mí no hay inconveniente; pero no creo que sea necesario —dijo sonriendo Catalina Béjar.

—No lo es, Catalina, y gracias a ti no lo será nunca, creo que nunca. Queridas hijas, si algún día intentáis hacerme eso, os quedáis sin nada; mi nieta mayor se ha encargado del asunto. Un médico me visitó en casa y dictaminó que mis facultades mentales están en perfecto estado; si contra mi voluntad me internáis en un asilo, perdéis toda mi herencia, os resignaréis con la legítima, que es abundante, pero no colmaría vuestras expectativas. Niño y viejo no es sinónimo de tonto, como ha demostrado Macarena; y usted, señor Altapuerca, relájese, no me voy a su casa, la mía es mejor. Ahora que estoy sola, hay paz. Interesante esa película, sí señor, la vi a golpe de mando: apagaba y encendía el televisor sin dar crédito a lo que estaba viendo. Ponme un poco de vino, Águeda, por favor.

Águeda del Prado sirvió vino a su madre y María preguntó a Cristina:

—¿Sabías algo de esto? ¿Y si lo sabías cómo no me has dicho nada?

—Sí, lo sabía. Y la abuela es una cliente del despacho; no acostumbro a comentar los asuntos de los clientes, deberías saberlo, madre.

—Una idiota y la otra marimacho, es como una desgracia…

—Te he escuchado y no tiene gracia, mamá, pero descarga tu ira, a mí me da igual.

—Vamos a comer.

María del Prado hizo ademán de levantarse, pero la voz de Bernardo la detuvo.

—Espera, tía María, deseo deciros algo y prefiero hacerlo ahora.

—Debe de ser una manía familiar.

—¿Qué es una manía familiar, Luis?

—Anunciar que debéis decir algo, Bernardo, ésa es la manía; tu prima hace lo mismo, me anuncia cambios y cosas extrañas; cuando se aburre hace eso.

—Ya, pero tú no la escuchas y más te valdría hacerlo, puedo asegurarte que más te valdría escuchar a Catalina, Luis. Algún día te darás cuenta, y ese día espero que sea tarde; ojalá te encuentres así un día, y ojalá te des cuenta de lo que has perdido, quiero que ese día llegue y sufras tanto como Catalina ha sufrido por tu culpa. Quiero ver ese día y ojalá no esté lejos.

—¡Oye, fraile! ¡Conmigo no te pases! Sois unos tarados, todos vosotros lo sois. ¡No tienes derecho a hablarme así! No te escudes en el hábito.

—Sí que lo tengo, claro que tengo derecho, pero ahora no voy a discutir eso. Y no me escudo en el hábito, puedo asegurártelo, nunca lo hice y ahora no lo llevo. Seré breve en lo que voy a deciros: me voy a secularizar, dejo la orden. Siento el daño que esto pueda hacerte, madre. Pero no voy a continuar adelante, dejo la orden. He comenzado los trámites y mi decisión es definitiva. Mañana me voy a Roma. En cuanto mi situación esté arreglada, me casaré. No voy a daros más explicaciones ahora; es una decisión meditada y está decidido. No quiero discusiones sobre esto, lo que tenía que discutir lo he hecho conmigo mismo.

Todos guardaron silencio. Catalina besó a Bernardo y Cristina cogió su mano; la abuela sonrió y Macarena acompañó a la anciana en su sonrisa.

Águeda del Prado hizo un esfuerzo y no lloró; María puso su brazo sobre el hombro de Águeda y aquel domingo las ollas quedaron llenas. Nadie tenía ganas de comer. No era la primera vez ni sería la última.

Las obras de misericordia

> Enseñar al que no sabe
> Dar buen consejo al que lo ha menester
> Corregir al que yerra
> Perdonar las injurias
> Consolar al triste
> Sufrir con paciencia las adversidades y
> flaquezas de nuestros prójimos
> Rogar a Dios por los vivos y los muertos
>
> *Catecismo del padre Astete*

PASARON LOS DÍAS COMO SI NADA hubiese sucedido; Bernardo partió a Roma y Águeda del Prado lloró; sus lágrimas fueron tornando a sonrisas cuando conoció por Bernardo que la elegida por esposa no era una pelandusca cualquiera o una cooperante comunista de Nicaragua; ella no era racista, pero si su Bernardo se casaba con una negra podría morirse: de la impresión, no por racismo, por supuesto. Del mal, el menos. La italiana parecía una igual a ellos; y si al principio debía mostrarse cauta y reservada, no exteriorizar sentimiento de beneplácito hacia esa unión, poco a poco comenzó Águeda a pensar en los posibles nietos que acompañarían su vejez. Si Bernardo llevaba ese nombre por un Quintaval de Asís, Cecilia, la mujer a la que su hijo se uniría, sería descendiente de algún otro noble; no en vano el lenguaje que san Francisco había elegido en sus sermones y versos era el toscano. Algo tendría que ver. Águeda desconocía el carácter popular de aquella lengua, de haberlo sabido no habría estado tan satisfecha. María del Prado se consoló pensando en su hermana: otra desgraciada. No quiso ver nada bueno en la vida que Bernardo comenzaba; pasaron días en los que no dirigió la palabra a Cristina, que no sufrió por ello, y a cada paso mortificaba a Catalina con el asunto del testamento de su madre; Catalina, en su línea, intentaba convencer a María de que era justo; Catalina era incansable, y por supuesto boba; como siempre. Altapuerca paseaba con la rubia de la empresa y le contaba sus cuitas: su familia política era un ejemplo de locura y Catalina debía de estar comenzando un proceso biológico nuevo que la convertía en un ser insoportable. Altapuerca no pronunciaba la palabra menopausia pero pensaba en ella; y la buena mujer, la rubia lista, decía entenderle. Mujeres como ella sabían utilizar bien el concepto comprensión; mujeres como aquélla aprendían a sobrevivir en una jungla masculina a base de comportamientos detestables. Mujeres como aquélla hacían la guerra a otras mujeres con tal de medrar en el trabajo. Mujeres como aquella rubia lista, lo único que tenían en el punto de mira era el patrimonio y las posibilidades de ocupar el lugar de la legítima de los miles de Altapuercas que pululan por las calles; si el Altapuerca no puede pagar un fin de semana en Londres o Nueva York o ayudarlas en el trabajo, las mujeres como la rubia lista dejan de ser tan comprensivas y tienen síntomas premenopáusicos. Es entonces cuando los Altapuercas regresan azorados al hogar y las memas como Catalina terminan limpiándoles las babas en la vejez. Obras de misericordia que los mortales califican de amor, cariño o cualquier palabra vana que no se ajusta en nada a la realidad vergonzante. Otros, los clásicos, lo llamarían rosas de otoño.

Catalina, Cristina y Marta estaban en el vestuario del gimnasio. La cara de las tres era de pasmo; la cara de las tres modernas y progresistas señoras no tenía desperdicio. No hablaban, se cambiaban de ropa; no hablaban, pero miraban sin parar. Ante ellas paseaban culos; ante ellas paseaban cuerpos en pelota; ante ellas otras mujeres dejaban caer la toalla y se untaban de crema desde la punta del pie hasta la raíz del pelo; por supuesto no dejaban libre del embadurne la parte del cuerpo que los libros de Marianita habrían llamado punto álgido. Catalina en voz lo suficientemente alta preguntó al aire:

—¿Aquí no hay retrete ni ducha?

—Sí, claro, están allí. ¡Qué ocurrencia! ¿Cómo no va a ver WC y duchas?

A la vez que hablaba, la teta parlanchina señaló con el brazo extendido. La teta debía desconocer el castellano, Catalina no comentó nada del WC, pero pensó que la teta era medio lela.

Catalina creyó que le había respondido una teta, sólo veía esa parte del cuerpo de la mujer y lo encontró francamente desagradable. Cuando quedaron solas las tres amigas, Marta Guzmán resopló:

—¿El pudor, dónde lo tienen estas tías? A mí no me apetece verles el culo ni las tetas. ¡En la playa es distinto! ¡Coño, y los entafarres de crema que se meten! ¿Esto no será un sitio de lesbianas, Catalina? Porque yo no tengo nada en contra de eso, pero prefiero a los tíos y no veo la necesidad de ver el culo de media ciudad pegado a mi cara. Ya decía yo que no tenía que venir a esto del gimnasio, ya lo decía yo.

—Nosotras a lo nuestro, Martita, será que ahora a esto lo llaman moderno; a la próxima que me ponga el culo en la cara mientras me pongo un calcetín, le doy un pellizco. Venga, vamos, que hoy comienza una nueva vida para nosotras, tendremos cuerpos diez, ni un trozo de culo de más ni de menos, cada cosa en su lugar.

Dispuestas a darlo todo se dejaron guiar por el entrenador que les habían asignado. Primero fueron diez minutos de bicicleta; después correr sobre una cinta de la que Cristina cayó dos veces; más tarde unas máquinas semejantes a potros de tortura: ejercicios para los glúteos; *step* y un rato de *spinning*. Los saltos sobre las tablas de *step* a poco terminan con el aliento de las tres. El *spinning* fue aún más patético. El instructor gritaba sin parar:

—¡Vamos a la primera montaña! ¡Trepad, pensad tan sólo en eso!

No pudieron soportar aquellos ejercicios; se miraron y, como un solo cuerpo, abandonaron las bicicletas; casi no podían caminar.

—Voy a morirme, Catalina, voy a morirme y, una vez más, la culpa será tuya.

Las hermanas Béjar ni respondieron. Carecían de fuerza para ello.

—¿Cómo coño decís que se llamaba esto? ¿Spi qué? —preguntó Marta.

—Spi nada, Marta. Esto es subir un monte en bici, sólo que lo llaman así. Es igualito a tirarse de un puente que es *puenting* o correr que es hacer *footing*. Ni más ni menos que hablar en plan pijo, Marta. Ni más ni menos que eso. Lo que estamos haciendo es hacer el *pijing* por culpa de nuestra querida Catalina.

Mientras Cristina hablaba terminó la clase de cómo subir montes en bicicleta estática, *spinning* para los cretinos, y uno de los aguerridos ciclistas se paró junto a ellas.

—Tenéis que probar el *carni tank liquid* y unas tabletas de *branch aminos*, os ayudará.

Marta puso cara de mártir a punto de llorar, no entendía nada.

—Nosotras nos lo hacemos con lentejas, gracias.

—¿Qué es lo que hacemos con lentejas, Cristina? No me entero de nada.

—Comer, Marta, comer. Eso que decía ese tío es comida o vitamina; mira, lo tienen en esa vitrina de allí.

—¿Estará rico? Podemos probarlo, puede que sepa a chocolate.

—Sí, y puede que nos contagie el mal de Creutzfeldt-Jakob, si me apuras hasta eso; el otro día leí que la primera víctima francesa fue una culturista que utilizaba píldoras de algo raro; estoy pensando en no ponerme cremas en la cara ni en ningún otro sitio del cuerpo; puede que por ahí se contagie eso. Aceite puro de oliva y nada más, creo que eso haré. Así que tú fíate, Marta, fíate y toma esas marranadas...

Marta Guzmán, que de ser una serie televisiva, tendría que haberse llamado *Perdidos en el espacio*, no entendió nada; como siempre.

—¿Nos va a entrar qué? ¿Qué coño es eso del *jakob*, yo no tengo nada en contra de los judíos, y qué tienen que ver con las cremas y las píldoras?

—¡Las vacas locas, el mal de las vacas locas, Marta! Eso es y eso tiene que ver...

—A mí no me grites, Cristina; tu hermana lo dijo de esa manera y no hay quien se entere, si me hubiese dicho vacas locas...

Al unísono, las Béjar llamaron lela a Marta y se dispusieron a esperar. Después tendrían clase de baile. Se llamaba de otra manera pero al fin era baile, había dicho Catalina. Mientras esperaban el comienzo de la clase sentadas en unos bancos veían pasar a sus compañeros de fatigas.

—Todos están enfermos de *cuerping* —dijo Marta Guzmán.

—¿De qué están enfermos? —preguntó Cristina.

—¡*Cuerping*! ¡Coño! De *cuerping*, se llama así a lo que tienen éstos, todos son enfermos, ¿no lo veis? ¡Pero míralos a todos vestidos de esa manera ridícula marcando lo que ni tienen! ¡Aquél es el médico de mi tía! Pero ¡miradlo cómo se estira y cómo hace el pijo! ¡Por Dios! Si parece que le va la vida en ello. ¿Y los guantes, para qué coño quieren esos guantes? No sé qué hacemos aquí, mañana tengo reunión de terapia y no sé a qué vine, no preparé el trabajo.

Catalina pensaba igual que Marta pero lo dijo riéndose; Martita parecía estar sufriendo.

—Tú pasa de todo, a lo nuestro, nosotras a quitar el culo, déjalos. Y se llama vigorexia, en caso de tener algo, se llama vigorexia, Marta. Los guantes son para que no les salgan callos en las manos, son para eso.

—Estos tíos no cogieron una azada en su vida; son un plantel de panolis y nosotras no pintamos nada aquí. Hasta venimos vestidas de forma ridícula. Vamos demasiado tapadas en comparación con ésas; y mi culo aumenta con este puñetero pantalón; odio esto. Y tú, ¿qué haces mirando al vacío, Cristina?

—No miro al vacío, veo aquella máquina, la de los glúteos, y pienso que en ella le haría maravillas a Julito.

—Cris, ¡deja de pensar todo el día en eso! Eres peor que Marta.

—¡Mira quién habla! ¡Mira quién fue a hablar! La que se lo trajina cuerpo a cuerpo o vía teléfono con un facha miserable, casado y padre de dos hijos. ¡Estás tú como para decir algo!

Cuando la pelea parecía inevitable, algo dejó muda a la banda incontrolada: Inés, señora de Rodrigo Álvarez de Seoane, descendía por las escaleras; Inesita descendía por las escaleras acompañada por el relaciones públicas del gimnasio, que le hacía la pelota cuanto podía. Catalina perdió el color; Marta estiró el cuello para poder ver mejor la aparición y Cristina se puso seria; Inés era una mema, pero sobre todo era dañina y podía hacer mucho daño a su hermana. Cristina Béjar fue un perro de presa desde ese mismo instante. Un segundo antes de poner el pie en el último escalón, Inés vio a las tres amigas. Sonrió desde la altura:

—Hola, voy a cambiarme, ahora nos vemos.

—¿Y ahora qué coño hacemos? Lo de siempre, eres gafe, Catalina; ¿pero qué hace esta subnormal aquí? ¡Seguro que lo sabe! ¡Sabe lo tuyo y lo del facha y viene a darte dos hostias! O algo peor, estos conservadores son retorcidos, te hará algo peor, ya lo verás. —Gritó Marta. Las hermanas Béjar guardaron silencio.

A los pocos minutos obtuvieron la respuesta a la pregunta de Marta; salió Inés del vestuario con atuendo para matar: leotardos negros ajustadísimos, tanto que ni ropa interior permitían, diría más tarde Marta; el pecho ceñido con una minúscula pieza elástica de color fresón maduro que parecía comprimirlo y lanzarlo hacia arriba desafiando la mismísima ley de la gravedad.

—Se le van a salir —musitó Marta.

Inesita habló animadamente con las tres y les contó el motivo de su visita: la mujer del ministro estaba en baja forma, era demasiado mayor, y ese año, el gobierno había decidido enviarla a ella como representante en el Rastrillo; como Inés era tan cuidadosa con el trabajo, había venido a supervisarlo personalmente todo. Las tres amigas pensaron, y no dijeron, que a Inesita le venía muy bien un mes de vacaciones pagadas y dejando a los niños al cuidado de la niñera.

—Pero ¿tú eres parte del gobierno? —preguntó Marta.

—No, querida, pero ayudo a mi marido; en este gobierno nos ayudamos todos, Martita, una libertaria como tú estará en contra de eso, pero así hacemos nosotros; nos ayudamos en todo, nuestros maridos tienen una carga muy importante y gravosa, nosotras los ayudamos siempre que podemos.

—... cuarta: perdonar al que injuria...

—Perdona, Catalina, no entendí lo que dijiste. —Inés hablaba con una voz hueca, intentaba dar a su voz un sonsonete de capital y la voz sonaba rara. Ridícula.

—Dije que Marta no es ninguna libertaria. No según el concepto que tú le estás dando, me temo que no como tú lo estás dando, Inés. Recordaba el catecismo, las misericordias:..

—¡Qué raro es todo! ¡Tú hablas de catecismo y Marta ya no es una libertaria! Cómo cambian las cosas.

—Y más que pueden cambiar... —musitó Catalina en voz baja.

Inés no pareció escuchar nada, decidió cambiar de tema y mirando a Catalina le dijo:

—¡Qué gracioso eso que te pones en el pelo! ¡Esas pinzas parecen de negra! —La palabra negra sonó a insulto—. ¡Me compraré unas, algún día que me disfrace me las pondré! Pero ¡mira qué graciosas son! ¡Tú siempre tan excéntrica, querida! ¡Llenar el pelo de esas pincitas de colores!

—Tienes razón, Inés, hay cosas que nunca cambian y las pinzas de mi hermana son un buen ejemplo de ello; para llevarlas, y que sienten bien, es necesaria una gran clase. En ti sí quedarían excéntricas, no lo dudes, algo vulgar, seguro que sí. Esas cosas son de nacimiento, eso no puede cambiarse.

No supieron si Inés se dio por insultada; las tres caminaron sobre el parquet y se colocaron en una misma fila, en el centro; Inés caminó hasta situarse en primera fila. El profesor de baile las saludó. Se colocó unos auriculares y un micrófono y se dispuso a comenzar.

—... y uno y dos y tresss.

La sala se llenó de un ruido ensordecedor; el hombre comenzó a dar brincos y saltos; agitaba los brazos como poseído de una fuerza extraña, alguien debía estar moviendo los hilos invisibles que sujetaban aquellos brazos que se movían como instigados por una fuerza maligna.

—Y vamosss, ¡adelante, atrás! ¡Al centro! ¡Con fuerza! ¡Vamos, todasss a unaaa!

Catalina, Marta y Cristina lo intentaron, pero a los cinco minutos jadeaban apoyadas contra los espejos que cubrían una pared entera del salón. Catalina bufaba.

—¿Qué es esto? ¡Hice ballet toda mi vida! Pero ¿qué es esto?

—Creo que gritan *Boom Shaka* —dijo Cristina con la respiración entrecortada.

—Yo no oigo, no oigo nada, me da igual todo, estoy enferma, muy enferma; el hambre que paso, Chang, esto y vosotras dos... es demasiado. —Marta hablaba desde el suelo—. Y encima, a ésa se le da bien, ¡miradla!

Ésa no era otra que Inés; saltaba Inés al ritmo de la música sin aparentes problemas; no es que la imagen fuese tremendamente original, ni perfecta ni siquiera podía decirse que bailase con ritmo, pero al menos no se perdía en el fragor de la música ni la dificultad de aquella danza demoníaca. Subía y bajaba las piernas sin perderse ni una sola vez; los brazos coordinaban movimientos y giraba casi al mismo tiempo que el profesor. Catalina Béjar gritó:

—¡Vamos!

Enganchó a una desmadejada Marta por la camiseta; empujó a Cristina hacia el centro y se dispuso a no perder el ritmo. El resultado fue patético. La melena de Marta caía por la cara y en vanos intentos de apartar el pelo de la nariz, los ojos y la boca, Martita perdía el ritmo sin parar; alzaba la rodilla que no era, avanzaba el pie derecho cuando el que debía adelantar era el izquierdo. Catalina y Cristina no tuvieron mejor suerte. En uno de los giros, Marta pisó a Cristina, que perdió el equilibrio y en la caída arrastró a su hermana. El bailarín que dirigía todo aquello paró la música y se dirigió a ellas:

—¡Chicas, mañana tendréis más suerte!

La puntilla la puso Inés.

—Es cuestión de entrenamiento, dentro de tres años lograréis coordinar los pasos. Un día de éstos os llamo para merendar juntas en el apartamento que alquilé. ¡Chao!

Quedaron tendidos tres desolados cuerpos rotos por el fragor de una ridícula e infructuosa batalla. Marta Guzmán rompió el silencio.

—Creo que esa tipeja despiadada nos ha llamado inútiles, eso creo; nos ha insultado y si no os dais cuenta es que sois idiotas. ¡A mí me va a hablar esa verdulera de entrenamiento! ¡A mí que salí del gueto a base de aporrear teclas todo el puto día! ¡Cabrona! ¡Abusona! ¡Fascista!

—Nunca viviste en un gueto, no te pases —dijo Catalina mientras intentaba ponerse de pie.

—De todas formas, primera misericordia: enseñar al que no sabe…

Pronunciando esas palabras, caminó Catalina hacia el vestuario; no se molestó en cambiarse de ropa, se lavó las manos y salió de nuevo. Marta y Cristina la vieron hablar con el profesor de baile, Catalina ponía caras de risa, fruncía el morrito y dejaba caer las pestañas a la vez que se reía.

—¿Qué hace? —preguntó Marta.

—Si no la conociera diría que ligar, pero ése no es su estilo, ya la conoces, Marta.

—¡Nooo! ¡Claro, ella no va a ligar con un tío así! Ella de subsecretario para arriba. ¡No te fastidia!

—No seas zafia, Marta. Ella no hace esas cosas, no des la murga con lo de Rodrigo, fue un hecho aislado, déjalo ya; y procura no ser tan clasista, todo lo miras por el mismo lado, siempre. ¡Ella simplemente no lo hace! Vamos, ya nos lo contará.

Esperaron a que Catalina terminase la conversación con aquel hombre y salieron a la calle. Catalina tenía una sonrisa torcida en la cara pero no decía nada. A cada rato sonreía; caminaba por la acera, dio tres saltos y se puso a reír. Marta no pudo aguantar por más tiempo.

—¿Qué coño haces?

—Bailo, eso hago; bailar; pasos de baile.

—¿Qué le dijiste al tío ese? Al bailarín.

—Nada, mañana a las cinco quedamos en mi casa; si queréis podéis venir las dos.

—¿Para qué quedas con ése? Cristina, tu hermana cada día está peor. ¡Queda en su propia casa con un gigoló!

—Es una persona seria, Marta, no seas bruta. Tú ven mañana a las cinco y ya veremos lo que opinas. Hasta mañana.

Catalina cruzó la calle bailando claqué; Cristina y Marta la miraban desde la acera y se dirigieron a sus casas en silencio. Lo que no tenía remedio no merecía la pena comentarse.

Altapuerca cenaba con Macarena; Antonia estaba a punto de irse cuando abrió la puerta a Catalina. Se despidió con un hasta mañana menos seco del habitual. Catalina se quitó el abrigo y se sentó a la mesa. Cortó un trozo de pan y Altapuerca se dirigió a ella en tono festivo.

—No comas pan, Catalina, que engorda; Isabel dice que ella jamás come pan.

—¿Quién es Isabel? —Catalina dejó asomar su faceta de tonta.

—La chica nueva de la empresa, la economista; dice que ella no come pan; tú no deberías comerlo, así no tendrías que ir al gimnasio, no tendrías que hacer el ridículo, a tu edad, en el gimnasio.

Macarena Altapuerca, sentada entre sus padres, giraba la cabeza de un lado a otro; era como un partido de tenis, siempre lo era. Ahora, Catalina respondería y la pelota llevaría tal velocidad, que si rebotaba en el pecho de su padre le aplastaría el esternón.

—Yo no estoy gorda —respondió Catalina.

Macarena, decepcionada por la respuesta, giró la cabeza hacia su padre, ahora disparaba él.

—Un poco rellena sí que estás; y si no te cuidas, con esos cambios hormonales que estás padeciendo, no podrás adelgazar fácilmente; te pondrás tremenda, Catalina.

—¿Qué cambios hormonales? —La faceta de tonta estaba dejando paso a la mala leche.

—La menopausia, ya sabes, esos cambios hormonales que padeces.

—No tengo nada de eso...

—Sí, sí que lo tienes: el malhumor, los cambios bruscos de carácter, y utilizas el abanico a todas horas, Catalina...

Catalina se levantó de forma pausada, retiró su plato de la mesa; abrió el lavaplatos y después de pasar la porcelana bajo el grifo colocó el plato en su lugar. Cerró de nuevo el lavaplatos y caminó hacia su marido. Al llegar a su altura lo miró; exactamente, Catalina miró la tripa de su marido; tremenda tripa que sobresalía por la cinturilla del pantalón; tremenda tripa que se expandía hacia los lados.

—Esa Isabel que tanto sabe de cambios hormonales, ¿nunca te habló de la pitopausia? Porque eso lo padeces tú desde hace años, querido. Y podría hablarte de tu tremenda tripa; te está creciendo de manera preocupante, tanto que ya ni deja ver lo pequeñita que tienes cierta parte de tu cuerpo, esa que tienes en la entrepierna y de la que ya ni me acuerdo. Algo crece y otro decrece; eso es la edad, Altapuerca, la edad. Los hombres tenéis esa curiosa manía: exigir cosas de las que vosotros mismos carecéis.

—¡Catalina! ¡Eres insoportable, estás loca y me provocas constantemente!

—¿Yo te provoco? Yo no hablé de tu tripa, no lo hice, recuérdalo; otra manía masculina: pensar que puedes ofender y todos tenemos que bajar la cabeza y guardar silencio; pues esta mujer no, Altapuerca, esta mujer no lo hará nunca.

Macarena comió requesón con miel pensando en lo bien que había respondido su madre. El culo, las tetas, las piernas, cualquier parte del cuerpo eran las mujeres quienes se la operaban, los hombres jamás hacían eso, pensaba Macarena Altapuerca. Partido para Catalina, volvió a pensar. Qué pena, de todas formas qué pena, pensó mientras comía el último pedazo del postre.

Al día siguiente, el salón de casa de los Altapuerca cambió su aspecto habitual; Antonia y Catalina arrinconaron muebles, cambiaron sillones de lugar y desplazaron todo lo que pudieron hasta dejar un gran espacio libre. El cambio fue agradable, pensaba Catalina, no había quedado mal del todo y serviría a sus propósitos. Al mediodía, Luis Altapuerca regresó a su casa. Dejó el gabán tirado de cualquier manera sobre uno de los sillones del salón y cuando se disponía a salir, escuchó un leve ruido. Miró en la dirección que el sonido le marcaba y vio el gabán en el suelo. No había sillón. Había gabán y había suelo. Como buen animal de costumbres, Altapuerca daba demasiadas cosas por hecho. Volvió Altapuerca a mirar el salón y pensó por un momento que se había confundido de casa. Un retrato al óleo, un retrato en el que su figura quedaba reflejada con mucha seriedad y treinta kilos de menos, le confirmó que sí era su casa. Otra casa; Catalina, ella había quitado todo de su sitio. Sin recoger el gabán del suelo caminó al comedor.

—¿Qué ha ocurrido en el salón, Antonia?

—Yo sólo sirvo a un ama. Yo no traiciono al ama. Yo soy una tumba.

Antonia era una cretina, una muralla infranqueable y Luis Altapuerca renunció a la pelea dialéctica. Catalina leía el *¡Hola!* en la biblioteca.

—Hola, Luis. ¿Cómo te fue el día? Yo tuve una mañana tranquila.

—Bien, Catalina, la mañana bien. ¿Qué pasó en el salón?

—¿En qué salón?

Altapuerca pensó en el cine. La respuesta le recordó una escena: una mujer en una cama, junto a ella un hombre, y a la pregunta de la esposa al verlos juntos y medio despelotados, el hombre respondía: «¿Cama, qué cama? ¿Mujer, qué mujer?».

Catalina era como el adúltero de la película, igualita; negaba cualquier cosa que no le interesase; algo que no le interesaba le era transparente, palabra que define mejor que indiferente la actitud de Catalina, según Altapuerca. Teniendo en cuenta que Altapuerca no era ningún evangelista, podía no tener razón o al menos deformar la realidad como Catalina o el propio san Juan. Cuestión de puntos de vista.

—En el salón de esta casa, Catalina; en ese salón todo está fuera de sitio.

—No diría yo que fuera de lugar, tan sólo en lugares diferentes; me apetecía un cambio, un cambio de estilo. Santa Teresa ya hacía esas cosas, decía que eran importantes los cambios, ella misma se cuidaba de los detalles arquitectónicos de los conventos...

—Ya, santa Teresa... Podías haberme preguntado, Catalina. Yo vivo aquí...

—A ratos, vives a ratos; no te enfades, de todas formas a ti qué más te da, Luis, no te importa nada de esto, para qué iba a decírtelo; con la cantidad de cosas que tienes que hacer, con el odio a las obras y cambios, no quise molestarte; se me ocurrió y lo hicimos Antonia y yo, para darte una sorpresa. Estás demasiado ocupado con tu empresa, tus problemas, cómo voy a importunarte con estas bobadas que son cosas de mujeres desocupadas como yo. Vamos a comer.

Luis Altapuerca tuvo el sentimiento de que Catalina se burlaba, guardó silencio y acudió a la mesa; ató el babero al cuello y comenzó a comer. La sopa se deslizó de la cuchara y cayó en el pantalón, allí no tenía protección; Catalina pensó que un mandil de plástico sería lo mejor; compraría uno; al partir el pan, las migas quedaron cual semilla sobre la alfombra de nudo; Altapuerca era un rústico, pensaba Catalina mientras observaba comer a su marido; nunca superaría eso, tenía que ser genético, ahora todo era genético, los malos modales, más bien marranería de Altapuerca, era genética. No la consoló el pensamiento y su mente jurídica rechazó de plano tal cuestión como una probable atenuante. Algo alegraría su comida; empapizaría a Luis y a ella la alegraría.

—Esta mañana me han llamado…

—Siempre te llama alguien, no es novedad…

Altapuerca estaba especialmente borde aquel mediodía.

—Sí, es cierto, odio el teléfono.

—Catalina, querida, tú adoras el teléfono, te pasas horas colgada del teléfono; es algo intrínseco a las mujeres, os encanta hablar por teléfono…

Catalina dejó pasar la oportunidad de decirle al augusto marido que la acompañaba en la mesa, que las mujeres adoraban el teléfono porque los hombres solían hablar poco; concretamente solían hablar poco en su propia casa; en cafés, tabernas y oficinas era otro cantar, allí se despachaban sin ningún miramiento ni temor a quedar completamente afónicos. Dejó pasar la oportunidad porque Altapuerca sufriría con la noticia; no quería dispersar las llagas ni el martirio de su marido; cuanto más lento y concentrado, mejor.

—La llamada fue de Madrid, de un ministerio…

—Ya, de Rodrigo, pero eso no es novedad, mujer…

—No precisamente, es algo menos personal; me dan un premio, a la empresa, a mi empresa. Por tener ideas innovadoras en un negocio; por ser buenas chicas y crear puestos de trabajo; por bobadas así, nos dan un premio a Cristina y a mí, ya ves. Y la dotación económica del premio creo que es mayor a dos millones de pesetas, Luis. No sé en qué fecha será la entrega, pero ésa fue la llamada de esta mañana. No está mal, para mí que no hago nada ni muevo un plato; imagínate si trabajase de verdad lo que me darían. Ministro, podría llegar a ministro, si no fuese tan vaga como tú me dices a la primera oportunidad.

Luis Altapuerca tragó saliva con dificultad. No había derecho, a él no le habían concedido jamás ningún premio, nadie se fijaba en sus esfuerzos. ¡Él, que era el sostén de aquella casa! ¡Él, que era creador de puestos de trabajo! ¡Los premios se los concedían a cretinas que leían el *¡Hola!*! Pero se imponía el disimulo.

—Me alegro mucho, Catalina, me alegro mucho. ¿No será por ser mujer? Bueno, es lo mismo, de ésta igual me retiras.

Y se rió a carcajadas de algo a lo que Catalina no encontró gracia alguna; la estaba insultando pero mantuvo la calma; la envidia hacía decir estupideces a la gente como Luis. Pocos maridos aceptan el triunfo de sus mujeres y Altapuerca no era diferente en esto.

—... cinco: consolar al triste...

—Perdona, no te entendí, Catalina...

—Nada, las obras de misericordia, recordaba las obras de misericordia, Luis. En concreto la quinta.

Antonia servía el café mientras los Altapuerca hablaban, expresión poco apropiada, pero ciertos tintes de moderación son necesarios en el relato, servía el café y escuchaba atentamente. Miraba la alfombra regada de migas y una palabra salió de su boca apenas entreabierta.

—Puerco...

Altapuerca escuchó con claridad la palabra pero no forzó una nueva batalla. Fue fino el señor de la casa:

—Antonia, querida, ¿cuándo se depilará el bigote? El día menos pensado encuentro un pelo suyo en la sopa y no será precisamente de la cabeza.

Dicho esto, se despojó del babero y se fue a dormir la siesta. En las películas, el hombre suele decirle a la mujer: «¿Me acompañas, querida?». El cine fomenta la mentira; Catalina llegó a esa tajante conclusión después de muchos años de siestas solitarias.

—Usted pase, Antonia; que nada nos turbe ni hoy ni nunca.

—Ni a la suela del zapato te llega ése. ¡Déjalo! Tienes que dejarlo y que se pudra. ¿Para qué quieres a ese tío a tu lado?

—Le quiero; simplemente le quiero y puede que cambie, no lo sé, Antonia, no lo sé.

—Eres idiota perdida. ¿Y el otro?

—¿Qué otro? ¡Antonia, no se pase! El otro, como usted lo llama, en el fondo es nada; supongo que nada; no lo sé. Y ahora no quiero hablar de eso.

Se levantó Catalina y caminó hacia el vestidor; al cabo de un rato salió con un atuendo diferente: una malla morada, unas medias negras, unos calentadores a juego con la malla y zapatillas de baile del mismo color. De sus hombros colgaba un jersey de algodón verde. Al pasar ante un espejo se miró. No estaba mal; para esa edad y sin apenas cuidarse, no lo estaba. Comenzó a calentar las piernas y después los brazos. Se estiraba, volvía a relajarse y de nuevo avanzaba los brazos hacia delante. Se dejó caer en un sofá y se acurrucó contra un cojín; aún eran las cuatro, tenía tiempo de descansar un rato. Antonia la tapó con una manta y Catalina reposó sin sueño alguno; cuando estaba tranquila, no soñaba.

Poco antes de las cinco, Luis Altapuerca salió de su casa pensando cómo la vaga de su mujer podía ser merecedora de premio alguno: estaba durmiendo la siesta; dormía y le daban un premio, el país era un asco, la gente era idiota. Conceder un premio a Catalina era una imbecilidad propia de un estado gobernado por débiles mentales. Luis Altapuerca ignoraba que las palabras organizar, mandar, orden, etcétera, eran importantes en la vida de cualquiera; en la de su mujer y de muchas otras eran fundamentales, pues sin esa disciplina no habría sido posible un desdoblamiento que les permitiese ser trabajadoras fuera y dentro del hogar. Los hombres carecían de esas capacidades, al menos no las habían desarrollado nunca: comodidad.

Voces alteradas despertaron a Catalina de la siesta; Marta y Cristina preguntaban en voz alta por ella; dio una patada a la manta, se incorporó y dobló el cuerpo, después hizo lo mismo con la manta. Un Altapuerca habría hecho casi lo mismo; la patada, lo de doblar la manta le habría sido ajeno. Recibió a las mujeres y pidió a Antonia que sirviese un café. Marta Guzmán miró a Catalina.

—Oye, no estás mal, para tu edad no estás mal; un poco culona pero bueno, estás maja.

—La ropa tiene veinte años, y las zapatillas más. No me creció tanto el cuerpo, Marta, aún resisto.

—Pero ¿qué haces así vestida? ¿No va a venir ese tío? Creo que no deberías estar con esa ropa, Catalina, no sé de qué tienes que hablar con él, pero no me parece apropiado recibirlo así, anda, cámbiate.

Cristina comenzaba a sospechar lo que pretendía su hermana y sonrió, Catalina provocaba ese efecto: hacía sonreír a la gente cuando la gente perdía la gana de asesinarla.

—Martita, como se expresaría un idiota que va de finolis: tengo para mí que nuestra Catalina se ha vestido así para ese gigoló como tú lo llamas; creo que va a hacer algo con él y vestida de esta manera.

—No me interesa nada de esto. Gracias por el café, Antonia; a las ocho tengo la reunión de terapia, así que paso de todo lo vuestro.

—Nosotras iremos contigo, Marta, tranquila. —Catalina hablaba con el talón de la pierna izquierda sobre un aparador, se estiraba; de manera mecánica repetía movimientos de la niñez; el aparador era un poco más bajo que una barra de ballet, pero servía.

Volvió a repicar el timbre de la puerta y Antonia apareció con el profesor de baile.

—¿Es éste al que esperamos?

—Sí, Antonia. Pase, pase, Ataúlfo.

—Si no te importa me llamas Ulfo, mi nombre me provoca depresión, Caty.

Catalina pensó qué tenía que ver el tocino con la velocidad; ni ella se llamaba Caty, que era nombre de gato, ni el hombre tenía por qué tutearla, pero lo necesitaba; con una sonrisa tan encantadora como hipócrita, Catalina respondió:

—Como quieras, Ulfo. ¿Comenzamos?

—¿Ellas van a participar?

—¡Yo no participo en nada! ¿Qué es esto, Cristina? ¿En qué coño tengo que participar?

—Apártese, doña Marta. Aparte el culo y mire, que ya verá qué bien lo vamos a pasar.

Marta pensó que Antonia estaba como su ama: ¡como una cabra! Pero apartó su cuerpo y le hizo un sitio en el sillón. El profesor de baile desató el nudo de la cintura que le sujetaba el pantalón de franela y éste cayó sobre la alfombra; se agachó a por él y ocho ojos le miraron el culo; Antonia daba codazos a Marta y apretaba los puños. Marta Guzmán no podía hablar. Cristina dejaba salir el humo por la nariz con gesto pensativo. El hombre tenía un buen culo y Martita no quiso saber nada: miró. Alzó los brazos Ulfo y la camiseta salió por su cráneo arrastrando el pelo de la nuca. Catalina pensó en un anuncio. El espectáculo era digno de que Altapuerca lo hubiese contemplado. Ulfo no estaba nada mal con una malla y una camiseta ajustada de licra; un hombre de pelo en pecho y en las axilas, pensaron las cuatro mujeres. Las miradas fueron deslizándose del vello del pecho hacia abajo; al llegar a la entrepierna quedó claro para todas que el ejercicio resaltaba y agrandaba los músculos. Alguien dijo: paquete... pero nadie pareció escucharlo.

En el salón de aquella casa, Ataúlfo era una imagen magnífica: cristal de Bohemia, porcelana fina, plata por doquier, cojines bordados a *petit point*, óleos, maderas nobles y resaltando sobre cualquier objeto valioso: él, que olía a vida.

—¿El cedé?

Catalina señaló y Ulfo caminó hacia allí. Insertó el cedé; pasó las manos por el pelo tirando de él hacia atrás, lo recogió en una coleta; sonrió y se dirigió a Catalina:

—Ven, Caty, vamos a ello, es fácil. Déjate llevar, la música y yo te ayudamos. Tú déjate llevar…

Y al son de Diego Torres, Ulfo enganchó a Catalina por la cintura y con la otra mano tomó una de las de ella. «Quiero terminar con toda la esperanza que quedó», decía la letra y Catalina no deseaba otra cosa. Al principio, Catalina estaba rígida, pero Ulfo era un artista, sí que lo era. Poco a poco, la señora de Altapuerca se dejó llevar; la señora de Altapuerca giró al ritmo de la música uniendo su cuerpo al de Ataúlfo; dejando que él la balancease de espaldas, dejando caer las posaderas sobre las caderas de Ulfo. Escuchaba a cada momento:

—Muy bien, Caty, déjate llevar.

Y eso le gustó, lo estaba haciendo bien, se sentía libre haciendo aquello y, alguien, un hombre, le decía que hacía bien algo que tenía que ver poco con la cabeza y mucho con la manera en que ella estaba moviendo el culo y las caderas. Pasó una hora y Ataúlfo la besó en el cuello al despedirse.

—Pasado mañana a la misma hora, acuérdate, cielo. Chao a todas.

Todas, miraron cómo el cuerpo glorioso desaparecía por la puerta del salón seguido de Antonia. Macarena se había unido al grupo poco antes, besó a su madre, que reposaba en un sofá.

—Muy bien, madre, muy requetebién. Lo tuyo es ser artista.

—Antonia: un vodka, por favor. —Marta Guzmán sentada en el taburete del piano lo pidió con voz más animada que cuando había entrado en el salón de aquella casa. Levantó la tapa del instrumento, quitó de un manotazo el tapete rojo y dejó que las manos bailasen sobre las teclas de marfil. *Sometimes* llenó el aire y Sara Vaughan no habría tenido nada que objetar a la interpretación. En aquellos instantes la cara de Marta Guzmán estaba iluminada y la sonrisa ponía paz a su cara.

—Un día de éstos, Inés se llevará un buen susto, Catalina; provocaremos a la querida Inés un buen soponcio, lástima que nadie fuera del gimnasio pueda verlo, pero ella morirá de un ataque de rabia. —Cristina Béjar encendió otro cigarrillo mientras Marta continuaba tocando. Las cinco mujeres escuchaban plácidamente. Y de esta forma tan sencilla, tan carente de complicaciones, cinco mujeres disfrutaron de unos instantes felices y llenos de relax.

—Voy a recoger; te cobre lo que te cobre ese señor, es barato, Catalina.

Antonia caminaba hacia el fregadero, repleto de utensilios de cocina sin fregar, mientras pronunciaba aquellas frases y pensaba lo que Altapuerca se estaba perdiendo con aquella mujer, dejándola pasar, dejándola envejecer sin apreciar nada de lo que podía ofrecerle. El cabrón de Altapuerca tenía suerte, Catalina podía haber sido una alcohólica, drogadicta o cualquier cosa peor y nadie ponía coto al sufrimiento para impedirlo. Pena que tuviese que quitar parte de la zozobra de su vida cotidiana contratando a un hombre para bailar; en algún lugar tendría que existir un alma gemela que danzase con aquella mujer, y gratis. Guapa, culta y hasta buena, era su Catalina. ¡Mierda de vida!, pensaba Antonia. Dios daba pan a quien está ahíto de comida. En ocasiones, casi siempre, Antonia era el reflejo del ama de llaves de Rebeca.

El sexto pecado capital: la envidia y su relación directa con la gula, la lujuria y la templanza

> Contra soberbia, humildad
> Contra avaricia, largueza
> Contra lujuria, castidad
> Contra ira, paciencia
> Contra envidia, caridad
> Contra gula, templanza
>
> *Catecismo del padre Astete*

CATALINA, MARTA Y CRISTINA disfrutaron del reposo aquella tarde. Tranquilizaron a Marta las dos hermanas: irían con ella a la reunión de gordas, no la dejarían sola. Salieron de la casa dispuestas a enfrentarse con algo que Marta denominaba monstruoso. Marta encontraba aquella cura eficaz pero férrea; Catalina pensaba que no sería para tanto y Cristina no entendía por qué Marta acudía a una terapia semejante. Ninguna de las dos hermanas sabía en qué consistía exactamente, pero Marta pasaba por un mal momento y seguro que exageraba.

La reunión se celebraba en un salón parroquial. A la puerta se saludaban un grupo de mujeres.

—¿No hay hombres? —preguntó Catalina.

Una señora vestida con un polo y una faldita morada la miró y respondió como quien contesta a un retrasado mental:

—¡Querida! ¡Nooooo! ¡Ellos no pueden venir aquí! ¡Nosotras hacemos esto para ellos, no queremos que nos vean aún! ¿No le parece que es mejor? Pase, seguro que es su primera vez. Pase y tome asiento, enseguida comenzamos…

Cristina y Catalina arquearon las cejas y tomaron asiento pacientemente. Marta las siguió con cara de disgusto.

La mujer del polo y la faldita a juego ascendió al escenario; dio tres palmadas tipo escuela y pidió silencio.

—Queridas amigas, nos acompaña Nora Chiflis; viene desde Oregón, Estados Unidos, para hablarnos esta tarde, para darnos ánimo y servirnos de ejemplo. Cuando quieras, Nora...

Catalina susurró al oído de Cristina:

—¿Dónde piensa ésta que va a estar Oregón? Nos llama ignorantes... ¡Piensa que somos tan burros como los yanquis de Oregón!

—Tú escucha, Catalina, a ver qué pasa. Esto es interesante...

Hasta ese momento Catalina veía poco interesante todo aquello, pero obedeció a su hermana.

En un castellano lamentable, Nora Chiflis comenzó a hablar.

—Queridas amigas: vengo a traeros la esperanza y el consuelo...

—Esto es una secta, Cris, creo que tenemos que irnos, no me gusta nada.

—¡Cállate, Catalina! —Cristina ponía cara de sumo interés.

Nora Chiflis continuaba hablando.

—Yo era una mujer como vosotras: gorda, una obesa amargada, una mujer sin ambiciones; mi primer marido me dejó por ello. Ahora soy feliz y mi nuevo esposo me adora. ¡Ved!

Y como un mago, Nora estiró los brazos y una mujer corrió por el escenario transportando algo tapado por un trapo negro. Nora se acercó, y de un solo tirón, dejó al descubierto una enorme fotografía. La fotografía de una mujer inmensa; una mujer cuyas piernas parecían pegotes de carne.

—Ésta era yo y ésta soy ahora, queridas. Vedme y tomad ejemplo, todo puede lograrse. Ahora seré testigo de vuestros logros o fracasos. Subid todas. ¡Vamos, chicas! Las nuevas después.

Marta Guzmán se levantó cual oveja mansa y ascendió por las escaleras arrastrando los pies; Catalina no podía dar crédito a todo aquello.

—¡Cristina, que esto es una secta! Y esa horrible norteamericana nos ha llamado gordas. ¿No la escuchaste? Pero ¡qué se cree esa palurda de Oregón! Yo me voy ahora mismo. Yo no estoy gorda. Y da igual que la mujer de la foto sea ella o no, ahora es igual de fea. Pero ¡mira qué ropa lleva puesta! ¡Es una ordinaria! ¿Y qué tendrá que ver el marido en todo esto? Si te deja por gorda es un cochino; yo no estoy gorda y Altapuerca ni me ve, no tiene relación alguna…

—Yo diría que soy una gran mujer pero desde luego gorda no soy. Y lo cierto es que la peluda esta es una ordinaria, tú espera, es interesante. Hoy ya hemos fastidiado la tarde de trabajo, así que esperemos…

Alguien colocó un peso encima del escenario, una enorme báscula con ruedas. Se formó una fila de mujeres que una a una subían encima del peso. Las hermanas Béjar no podían creer lo que veían. Si la mujer, que era pesada cual res, había engordado, las demás la abucheaban, la llamaban gorda y la hacían mirarse en un espejo de aumento; un espejo que aumentaba la figura por tres. Un coro de voces gritaba:

—¡Así te vas a ver! ¡Así te vas a quedar!

La res que había adelgazado era saludada con una salva de aplausos y bravos. Marta había engordado setecientos gramos.

Lo que sucedió a continuación no es fácil de describir: a la mujer que había perdido más gramos aquella semana le colocó Nora Chiflis una banda sobre el pecho: LA MÁS ENVIDIADA SERÁ LA MÁS AMADA, decían las letras sobre la banda. Cristina y Catalina vieron horrorizadas cómo la Chiflis colocaba sobre la cabeza de Marta Guzmán una diadema de cartón; la diadema tenía forma de tarta, coronaba la tarta la figura de un sapo; el sapo sostenía un cartel y el cartel decía: SOY UNA PERDEDORA GORDA, NADIE ME QUERRÁ.

Marta se dejó colocar todo aquello sin rechistar; dejó que la pusiesen a un lado mientras el resto de las mujeres, incluida la que portaba la banda en el pecho, volvían a sus asientos; Marta debía permanecer allí, de pie, como escarmiento para el resto de aquellas mujeres. Mientras durase la reunión ése sería su lugar.

Catalina se disponía a levantarse cuando Cristina la sujetó con fuerza.

—Espera...

—Marta ha sido débil; que os sirva de escarmiento esta patética figura; la semana que viene no comerá; contendrá sus impulsos y no comerá. Ninguna debéis ver en ella más que un ejemplo a no seguir. Vuestra compañera Luisa lleva la banda del honor. Imitadla. Marta no expondrá hoy su trabajo, no lo merece. Bien, vamos a recibir a las nuevas amigas; que nos cuenten, que nos hablen de sus sentimientos sobre la gordura. ¿Quién quiere ser la primera?

—¡Yo!

La voz de Cristina Béjar sonó como un trallazo. Pero Nora Chiflis no advirtió nada extraño en el tono. Catalina miró cómo su hermana caminaba hacia el escenario; ése fue el único momento en que Marta Guzmán levantó la mirada del suelo.

—Cuéntenos su experiencia, querida. —La voz de Nora Chiflis era insufrible. Cristina no se hizo de rogar y contó.

—Esta tarde, mi amiga Marta Guzmán me ha traído a la reunión. Al venir, atravesando una avenida, tropecé con el paquete de un individuo, la entrepierna de un japonés para ser exactos. A todo color. Con luces de neón. En carteles bien grandes. Una modelo, una mujer sin pizca de grasa, dejaba reposar su culo encima del japonés gordo; bien gordo, un luchador de sumo. La mujer lo miraba arrobada. El sábado pasado fui al cine; a poco me pongo enferma. Me revolví en la butaca; cambiaba los pies de sitio presa de una incomodidad que no pasaba. Sentí una excitación nada placentera. De la pantalla salían anuncios de prendas deportivas: hombres y mujeres esculpidos a cincel, mentones de la Grecia clásica, piernas infinitas, cuerpos sin una sola gota de grasa. A esas alturas mis manos palpaban mi tripa en un vano intento de regresar a la realidad. Una pareja, de mediana edad, estaba a mi lado. Tuve que contenerme para no palparlos, a los dos, y preguntar, ¿vosotros tenéis algún michelín? No me dio tiempo.

Atacaron los cuerpos de yogur. Del desnatado, por supuesto. Descremados, *destodo*. Prendas deportivas en cuerpos untados de grasa; las tripas de ellos como tablas de lavar antiguas y las de ellas como aplanadas por una apisonadora, brazos desmadejados de lánguidos y ojos de miradas torvas. Lo malo de la historia es que era cine a las cinco. La sala estaba repleta de adolescentes que miraban todo aquello con cara indefinible. Los cuerpos desnatados se acariciaban. Parecía que la única razón de hacerlo era ésa: estaban desmichelinados.

Nora Chiflis miraba complacida a Cristina: era una auténtica arrepentida, estaba encontrando el camino de la verdad. Cristina continuaba hablando y Nora pensó en que sería un buen fichaje para la organización: hablaba alto y claro.

—La guinda habría sido una pobre persona normal, de esas que tienen un poco de grasa, mirando boquiabierta y compungida, que dirigiéndose a la sala hubiese dicho: a mí nadie me quiere, por gorda. Pasado el susto, sonreí y dije en voz alta: «Yo soy sexy». La frase provocó que la pareja sentada a mi lado me mirase y se riesen. Eran seres normales, me entendieron sin más palabras. Porque la realidad, por más que no guste a los directores de anuncios publicitarios y a los responsables de marketing de los productos, es otra. Lo cierto es que a mí me gusta lo mullido, lo confortable, la tripa blandita, las redondeces justas en las que poder apoyar la cabeza y descansar de esta vida tan dura. Los culos que no venden están proscritos de la pantalla. Pero eso ya no cuela: prefiero amar que sudar dando saltos encima de una tabla. Amar, el sexo, es más divertido: adelgaza y se comparte.

Nora Chiflis miró a la mujer del polo y la falda a juego, se revolvían incómodas en las sillas. A Marta comenzó a nacerle una sonrisa en la boca y Catalina estaba disfrutando.

—Se está librando una guerra a muerte entre el tradicional plato de cocido y las sudadas de esos pobres esforzados arriba y abajo de los parques que, disfrazados con una malla de colores brillantes, calientapiernas y zapatillas deportivas, corren como poseídos. La tertulia alrededor de la mesa bien puesta, contra la soledad del corredor de fondo. La anorexia devora los sueños de la juventud, entre los que apuestan por el músculo tipo Stallone y los del paquete del calzoncillo de Calvin Klein. Una mentira institucionalizada. Contra la cultura moderna de la estupidez, nada como la tradición de la merienda: la nata montada sobre el chocolate, los churros pringando de grasa la taza y la tortilla aceitosa dando brillo a los labios. ¡Viva la carne! Es el grito de las nuevas barricadas.

Nora Chiflis hizo ademán de levantarse de la silla y caminar hacia Cristina.

—¡A sentarse, vaca! ¡Y sin rechistar!

Y Nora Chiflis, oveja de estirpe, volvió al redil. Cristina continuó:

—Es necesario tomar de nuevo la calle. Propongo a los responsables municipales una ruta cultural: la de los expositores de anuncios de cuerpos esmirriados y calzoncillos marcapaquete. Podríamos llamarla la ruta del corte de manga. El mejor ejercicio que se me ocurre para la salud mental: delante de los anuncios de esas características, un buen corte de manga. Por cierto, tengo un amigo, director de anuncios publicitarios; me cuenta que lo del paquete suele ser un molde de plastilina. Qué triste. La esencia de la modernidad es la plastilina. Me dice que esas magníficas hembras que salen en los anuncios tienen dobles de culo, tetas, piernas y tripa. Todas vosotras dejáis que os dominen por un sentimiento tan antiguo como la humanidad: la envidia. Estas mujeres, que os alientan al adelgazamiento de esta forma, os hacen competir entre vosotras, alientan vuestra envidia con un fin nada meritorio. Jamás tendremos esos cuerpos de anuncio, nunca tendremos eso. Yo soy feliz con mi culo un poco pasado; un hombre me quiere con mis michelines y mi trabajo me da satisfacción. Me cuido para gustarme a mí, no para gustar a otros. Una cosa es cuidarse y otra cosa es dejar que nos vejen; curiosamente, lo hace nuestro propio sexo; mujeres cómplices de los hombres. El creador de esta organización estúpida será un hombre, estoy segura, él es el que se lleva las ganancias, os están robando el dinero, os quitan la dignidad y pagáis. Pensad en esto.

Marta Guzmán se quitó la diadema y saltó encima de ella, la pateó a conciencia mientras Cristina Béjar recibía los aplausos de su hermana; a Catalina la siguió una mujer y después otra y otra; Nora Chiflis intentaba hacerse escuchar sin lograrlo. Al final, la única que no aplaudió fue la mujer que portaba la banda sobre el pecho.

—Marta, eres una gilipollas total —dijo Cristina Béjar mientras salían a la calle—. Serás un genio de la música y ganarás millones con ello; pero al final eres una palurda, jamás cambiarás, Martita.

Marta asintió. Catalina levantó un brazo, un taxi paró a su lado. Subieron las tres y Catalina informó a su hermana y a Marta de que se iban a cenar, dio una dirección al taxista y riendo se fueron las tres amigas a devorar lo que sus dientes pudiesen triturar.

Entretanto, Nora Chiflis pensaba en cómo explicar a míster Demon lo sucedido. Míster Demon vivía en una mansión victoriana en Oregón; míster Demon pesaba ciento quince kilos y medía uno sesenta: un botijo. El míster vivía muy bien fomentando la envidia y el engaño entre mujeres estúpidas y derrotadas por la vida y la mentira.

Las potencias del alma: memoria, entendimiento y voluntad

Los dones del Espíritu Santo:
El primero, don de sabiduría
El segundo, don de entendimiento
El tercero, don de consejo
El cuarto, don de ciencia
El quinto, don de fortaleza
El sexto, don de piedad
El séptimo, don de temor de Dios

PASARON LOS DÍAS; pasaron jornadas laborales parecidas unas a otras; pasaban las horas y nada cambiaba en la vida de Catalina Béjar ni en su entorno. Bernardo era el único que había mutado, pero no a pantera: a gato siamés. Era afortunado. Bernardo vivía en Italia; feliz, con Cecilia. Bernardo continuaba colaborando con las organizaciones que antes lo habían conocido de fraile: su labor era la misma y la realizaba con más ímpetu porque Cecilia le esperaba en una casa rodeada por olivos y laureles. Cecilia participaba en los proyectos de Bernardo, Cecilia llenaba su vida con la arcilla que moldeaba y los colores de sus cuadros. Había puesto una nota de color en la vida del fraile que nunca dejaría de serlo. Vivía en la sencillez y la sinceridad, contra los convencionalismos personales o mundanos; la esencia de un buen franciscano la conservaba Bernardo sin necesidad de hábito de paño vil. Catalina prometió ir a Italia en cuanto pudiese. En su vida, Catalina tenía dos héroes: Bernardo del Prado y Vicente Ferrer. Curiosamente sus héroes eran hombres y habían sido curas. El sacerdocio imprime carácter y aquellas dos figuras no lo perdían por tener una mujer a su lado. Catalina considera más santos a su primo y a Ferrer que a cualquier obispo de la Curia Vaticana. Estaban iluminados por los dones del Espíritu Santo: sabiduría, entendimiento, consejo, ciencia, fortaleza, piedad y temor de Dios. Ella sólo había recibido uno: temor de Dios y, en ocasiones, ni siquiera eso.

Catalina hablaba con Rodrigo cada día; los diálogos eran aptos para besugos más que para seres racionales, pensaba Catalina. Los diálogos eran dignos de una película de serie B: sexo y estupidez. Mariana comenzó a pensar que el cambio anunciado era cierto; su jefe le pedía las novelas, sus novelas; parecía que Catalina se había vuelto una lectora compulsiva de aquella literatura que ayudaba a salir del tedio a Mariana. Estaba contenta la buena Mariana, sus novelas eran mejores que aquellos discursos de santa Teresa que Catalina recitaba sin parar. Mariana escuchó detrás de la puerta una conversación de Catalina con Rodrigo y se dio cuenta de que no había sido así. Aquella imbécil de su jefa utilizaba aquellos libros como Kamasutra; Catalina era idiota, idiota perdida.

No era tan idiota Catalina como Mariana y el resto del mundo opinaban; aquellas conversaciones la dejaban agotada, no tenían sentido y, sin embrago, Rodrigo parecía encontrárselo; Rodrigo parecía feliz con aquella charada absurda. Una tarde, Catalina, embargada por el éxtasis místico de algo que no tenía definición razonable, dijo:

—*Yo sé que existo porque tú me imaginas. Soy alto porque tú me crees alto…*

—Tú eres más bien bajita, Catalina, al menos para un hombre como yo, sí que lo eres.

Creyó Catalina Béjar que Rodrigo estaba bromeando y continuó con su parlamento.

—*Tu pensamiento me hace inteligente, y en tu sencilla ternura, yo soy también sencillo y bondadoso…*

—Tendrás razón, Catalina, tendrás razón en lo que dices, será así. Perdóname pero tengo que dejarte, esta tarde voy retrasado en todo; la mesa no puede soportar un papel más.

Catalina Béjar del Prado dejó caer el auricular del teléfono de muy mal humor; Rodrigo era un retrasado mental, el retraso no estaba en su trabajo, lo tenía en su cerebro.

—*... pero si tú me olvidas quedaré muerto sin que nadie lo sepa...*

Catalina recitó el verso de Ángel González con pena y para sí misma; con mucha pena y en voz muy suave. Rodrigo escuchaba sin protestar los terroríficos textos de las novelas de Mariana y no se daba cuenta de que ella recitaba un poema de amor. ¡Idiota! Eso era Rodrigo.

Se lo contó a Cristina, y su hermana respondió sin apartar la mirada de la pantalla del ordenador:

—Natural, lo de él es sexo, y lo tuyo más o menos; no te veo enamorada, así que el trepa no se va a parar a hablarte de poesía. Siempre fue un inculto, Catalina, siempre. Tú adornas esto un poco, pero al final: sexo.

Un día más regresó Catalina a su casa después de una jornada de trabajo duro; una noche más cenó con su familia sin poder contar nada de lo que le había sucedido; contar lo que sucedía con Rodrigo era excesivo aun en Catalina Béjar. Y una velada más, la familia vio la televisión. Altapuerca desparramado en el sofá; Macarena y Catalina leían revistas de moda y de cuando en cuando comentaban las cosas que leían.

En la pantalla del televisor una presentadora contaba con cara de sorna que los hombres europeos tenían menos espermatozoides y éstos eran menos activos; al parecer, los bichitos no llegaban a su lugar de destino con la misma rapidez de antaño. Sin levantar la mirada de la revista, Macarena Altapuerca comentó:

—Y después presumen de machos, mira tú...

—Sí, hija, entre la poca vitalidad del espermatozoide y lo poco que practican el sexo los hombres en su casa, la natalidad tiene que estar bajando a la fuerza...

Se rieron madre e hija y Altapuerca no le encontró gracia al chiste.

—Estáis sembradas esta noche, pero si escucháis con atención veréis que la culpa es de la comida que las mujeres nos dais a los hombres. Las conservas tienen unas cosas raras que provocan eso.

—En esta casa no se comen conservas; casi nunca comemos conservas. Las mermeladas que yo hago. Cocidos, sopas, pescado y carne fresca sí que comemos; huevos, pollo, liebre, y mucha verdura, sí que comemos, pero conservas...

—¡Catalina! ¡Deja de enumerar la comida, que te va a dar algo! ¡Si me descuido haces una relación completa de los productos del mercado! ¡Eres una pesadilla, no puedo abrir la boca!

—Es que la abres para insultar, Luis, sueles hablar insultando, y lo más triste es que ni te das cuenta. Ahora resultará que tú practicas poco el sexo y tienes esos bichos medio muertos por culpa mía. Las mujeres siempre somos culpables, nunca es huérfana la culpa de quien tiene a una mujer a su lado. Y las mujeres no tenemos por qué daros la comida, podéis cocinar vosotros, Luis.

Altapuerca frunció los labios; mordió el labio inferior en un intento de no responder y continuó mirando el televisor.

—Santa Devota y san Blas, Macarena. Cómo pasan los días; a mi edad se nota mucho.

—Sí, mamá. Mira lo que dicen aquí: Mirta Lozano, madre del hijo del popular actor, acudió en compañía de su actual marido, Arturo Morate, para apoyar a la familia. Esto del *¡Hola!*, cada día es más fuerte, están todos juntos y revueltos, lo pasa guay esta gente tan moderna; en un pobre hombre y una mujer de arrabal lo llamarían puterío, pero en éstos lo encuentran encomiable. Qué vida tan rara.

—Y que lo digas, Macarena, pero esto es aún peor: el funeral por Manuel Llanos de La Villa se celebró en la más estricta intimidad; su viuda, Francisca de la Mata Guardiola, marquesa de Los Pozos, acudió al sepelio acompañada de sus hijas y nietos. El tal Llanos llevaba más de treinta años viviendo con otra, salían en las revistas cada semana, tienen dos hijos, y ahora la viuda es ésta, resulta que la otra ni existe; y mira tú: celebra el funeral el arzobispo de la diócesis. ¡Qué asco! ¡Qué hipocresía!

—Sí, un mundo cruel, madre, un mundo cruel. Mira qué zapatos tan bonitos, son preciosos, y este bolso me encanta.

—Sí que son preciosos, Macarena. ¿Qué te parece este conjunto de seda? Un día de éstos tengo que ir a despachar unas cosas fuera, miraré si lo tienen en alguna tienda.

La humanidad desparramada de Luis Altapuerca se revolvía en el sofá; vergüenza ajena le estaba produciendo la conversación de madre e hija. Catalina hacía de su hija una frívola; Catalina llevaba por un camino equivocado a Macarena. Aquéllas no eran conversaciones edificantes: moda y pendoneo de la alta sociedad. Luis Altapuerca se vio en la ineludible obligación de poner coto a todo aquello. Al menos que no hablasen de esas cosas delante de él.

—¿Podríais hablar de otras cosas más interesantes? La frivolidad no conduce a nada, perdéis el tiempo leyendo esas revistas estúpidas que no aportan nada a la vida de una persona normal.

—Saca el Digesto, madre, saca el Digesto y comentamos. Podemos optar por la poesía de Safo, tal vez la de Catulo; podemos disertar sobre cine negro, quizá sobre la repercusión de la máquina de vapor en la vida de los obreros del diecinueve y compararlo con el avance de la tecnología en este siglo. Nosotras hablamos, padre, de lo que sea, pero hablamos; la pena es que tú siempre estás en silencio y para explicar cualquier conversación que se salga de tu trabajo tendríamos que darte un curso acelerado de cultura general y cómo ser amable con el prójimo; jamás lo eres, nunca.

Luis Altapuerca se había levantado del sillón; Macarena lo había imitado y ambos habían quedado frente a frente; Catalina pensó que no pasaría de un rifirrafe, pero la expresión de Macarena y su forma de hablar la asustaron; la cara de Luis Altapuerca aún más. Fue Catalina la última en levantarse justo en el momento en que Luis Altapuerca izaba el brazo. Macarena no dio un paso hacia atrás, pero Catalina sí lo hizo: hacia delante. En el medio de los dos, en el medio de su marido y su hija, Catalina ya no tenía el semblante sereno ni la cara de placidez de minutos antes.

—Vete, Macarena, vete...

—Madre...

—He dicho que te vayas. ¡Ya!

Salió Macarena y un portazo indicó a Catalina que su hija estaba fuera del cuarto; la pantera ronroneó:

—Pégame a mí. Yo la eduqué; pégame, vamos, dame una excusa, déjame una señal en el cuerpo, hazme algo que se vea; ten coraje y pégame a mí. Me harás un favor. ¡Qué fácil es dañar el alma, Altapuerca! Eso no deja huellas visibles. ¡Qué fácil te lo puse! Eso se terminó, no consentiré que dejes más señales en mi alma, demasiado cómodo. Ella, tu hija, tiene razón; te molesta todo, protestas por todo, te ofende cada palabra que pronunciamos porque vives amargado sin motivo. Pudiendo tenerlo todo, no tienes nada; a poco que te descuides la perderás a ella; te querrá por ser su padre, como una obligación, y eso es triste: querer por vínculo, por obligación, es triste. No hacíamos nada malo, hablábamos de moda, tan sólo eso y te molesta.

—Dijiste que cambiarías, Catalina, lo dijiste...

—Y he cambiado, si no lo ves, estás ciego: ya no me haces daño, ya no me tortura pensar cuál fue mi error o cuál mi equivocación en nuestro matrimonio; nunca pensé que la culpa fuese huérfana, jamás; yo cargaba con ella como quien lleva una cruz, y eso se terminó. Si hay culpables, somos dos, y en este caso, diría que la mayor parte de esa culpa es tuya. Ése es mi cambio: aceptarme como soy y no dejar que tú ni nadie me dañe. Me acepto pero no te acepto a ti; me niego a ver como normal tu comodidad, tus silencios, tus insultos velados, tu crítica pertinaz a cualquier cosa que hago. No voy a permitirte que continúes haciendo eso; si estás loco, ponte a cura; si estás enfermo, te ayudo, pero ni un día más permitiré que te comportes de esta forma miserable. Como verás, sí he cambiado: ya no lloro, ya no pido explicaciones, ya no trato de explicar ni de pedir explicaciones; ya no.

—Estás loca, Catalina, estás loca...

—Eso ya no vale, ni eso te sirve como excusa, Luis. No me hace daño. Aprendí durante muchos años que cuando alguien no sabe qué decir, cuando alguien no entiende algo y carece de argumentos para rebatir, lo achaca a la locura; es más sencillo, más fácil. No hay argumentos y entonces se habla de locura, se crea un nuevo factor: el desequilibrio psíquico, y ya lo arregla todo. Parece mentira que no me conozcas, Altapuerca, parece mentira. Conmigo eso no te vale de nada. Estoy muy cuerda, y eso, precisamente eso, es lo que me hace ser más desgraciada que la media. Jamás se me ocurriría decirte a ti que estás loco; creo que eres un cabrón con todas las de la ley; creo que jamás te preocupé; que tienes un buen perchero en esta casa, un hotel de cinco estrellas y una mujer a la que pasear cuando necesitas su ayuda. Que eres cobarde y no te atreves a mirarme a la cara desde hace años. Eso creo yo de ti. Que estás loco sería algo demasiado sencillo y fácil de solucionar. Lo tuyo no es tan simple como la locura, lo tuyo es peor. Si quieres irte, te vas, ni pensión tendrás que pasarme; Macarena es mayor de edad y no voy a reclamarte nada. Vete cuando quieras y deja de ser un infame; un poco de dignidad no te vendría mal.

—Catalina, yo te quiero...

—Y yo a ti, Luis, y yo a ti. Pero quiero a mucha gente, la cuestión es saber cómo y para qué me quieres o para qué te quiero yo a ti en mi vida. A Bubú lo adoro, me hace compañía y responde a mis caricias lamiendo mi mano. Tú respondes resoplando; hasta una caricia te molesta. Querer, yo quiero a muchas cosas... Buenas noches, no creo que tenga sentido continuar hablando.

Catalina Béjar salió del cuarto. Altapuerca no protestó ni insultó. Guardó silencio. Por una vez en su vida, Luis Altapuerca tuvo miedo de su mujer; sí, había cambiado, aquella manera de hablar era más peligrosa que un grito o una lágrima. Él lo sabía, él había sido testigo muchas veces de aquella manera de actuar de Catalina: en los negocios, en la política; pero nunca pensó que se atrevería a hablarle a él de esa manera. Cuando Catalina empleaba aquel tono, todo estaba perdido para el adversario. Luis Altapuerca se desplomó sobre uno de los sofás, con la cabeza metida entre las manos, murmuraba:

—¿Puedo estar yo mereciéndome esto? ¿Qué coño puede querer esta condenada mujer? ¡Tiene de todo!

Catalina Béjar podría haberle contestado que se había cansado de repetirlo durante años; ella quería un poco de atención, un poco de amor, que su marido demostrase un mínimo sentimiento. Altapuerca jamás lograría entender algo tan sencillo. Altapuerca necesitaba memoria, entendimiento y voluntad; al parecer, Dios no lo había dotado de ello.

El tiempo no hallado

Mirad los cobardes
aquesta doncella,
que no estima el oro
ni verse tan bella…
Mas pena le da
vivir sin su esposo,
y así en los tormentos
hallaba reposo:
todo le es gozoso,
querría ya morir
pues que con la vida
no puede vivir.

«A santa Catalina Mártir»,*
TERESA DE JESÚS

BUENOS DÍAS, ¿la señora de Altapuerca, por favor?

—Aquí no es.

Inés, señora de Álvarez de Seoane, ya ni recordaba su apellido de soltera, escuchó un ruido sordo en su oreja derecha: el sonido de un auricular al colgarse de forma violenta. Muy enfadada, la descripción exacta sería encabronada, remarcó el número.

—Buenos días, pregunto por doña Catalina, por la señora de Altapuerca…

—¡Ah! Es la de antes, ya. Es que la señora no se llama así. Catalina se llama, pero no es señora de nada de eso. Ella es lo otro, es Béjar del Prado…

Antonia no pudo continuar con la retórica aprendida de su ama, una voz, furiosa y chillona voz, le impidió hacerlo.

* Santa Catalina de Alejandría era venerada por su valentía heroica en el martirio y por su singular sabiduría femenina.

—¡Déjese de sandeces y dígale que se ponga!

—¡Sin gritar, eh! ¡Señoraaa, que te pongas! ¡Una que pregunta por ti y me grita!

Catalina hablaba por teléfono con Rodrigo; una de aquellas conversaciones mañaneras que al parecer entonaban al subsecretario y le hacían trabajar por el país con entusiasmo. Preguntó quién la llamaba y puso fin a la conversación con Rodrigo.

—Es tu mujer, después te llamo.

El subsecretario no pudo responder: el color y la voz se le fueron a un tiempo. Catalina respondió a la llamada y aguantó las impertinencias de Inés sobre Antonia. Aquella mañana no tenía gana de discutir, ni siquiera con la mala pécora de Inés.

—Bien, a las siete estaremos en tu casa. Sí, yo avisaré a mi hermana y a Marta. Hasta las siete entonces.

Inés se dispuso a ordenar la cena, dejaría con la boca abierta a toda aquella panda de garrulas provincianas; las ilustres Béjar del Prado quedarían perplejas y Marta Guzmán asombrada. El resto de las invitadas no le importaban en exceso. La cena se la serviría un restaurante nuevo; el precio era perfecto: nada, no pagaría nada. Se había encargado Inesita de recordarle al dueño quién era su marido y la multitud de festejos que el restaurante serviría en caso de quedar ella, la esposa del subsecretario, satisfecha. No hizo falta pedir precio especial, el restaurador, un inmoral como Inés, se había apresurado a dejar claro que el coste sería cero. Con voz de perrita melosa, respondió Inés con unas leves protestas a la gratuidad, que apenas duraron un minuto. No tendría que preocuparse por nada, le enviarían dos camareros.

Catalina llamó a su hermana, y como siempre, le respondió el contestador; Marta contestó con voz cansada que no quería ir. Catalina le dejó claro que ella no acudiría sola, le importaba poco lo que Marta deseara en aquel momento. Marta Guzmán se resignó a su mala suerte; la amistad de Catalina lo era en ocasiones como aquélla. Catalina caminó por su casa, tomó una infusión y se despidió de Antonia. Las monjas le habían pedido un favor, una conferencia; un fastidio, pensaba Catalina.

El colegio de Macarena estaba en silencio. Sólo los gritos de los párvulos se escuchaban a lo lejos. Los tacones de Catalina sonaban sobre las baldosas enceradas, en eso el colegio no había cambiado. Catalina Béjar miró a derecha e izquierda; nadie. Colocó el bolso en bandolera, se descalzó, agarró un zapato en cada mano y volviendo a mirar a los lados, Catalina Béjar tomó impulso. Los calcetines de hilo se deslizaron con facilidad por el suelo brillante; voló Catalina como cuando lo hacía de niña por los largos pasillos. Frenó su recorrido una horrible cómoda de formica que siempre había estado allí. Se atusó el pelo con las manos, se calzó y dejó salir una sonrisa. Ahora venía lo mejor. Abrió una puerta que estaba a la izquierda del pasillo. La escalera de los padres, la escalera de las monjas, la escalera prohibida a las alumnas. Dos tramos de pasamanos sobre el vacío. A horcajadas sobre la madera, Catalina volvió a dejar que el aire entrase en sus pulmones y se dejó llevar. Los vaqueros fueron el instrumento ideal para deslizarse sobre la madera. Volvió a ondear su melena al viento, y ella, Catalina Béjar, deseó ser niña de nuevo; deseó ser como era sin tener que esconderse cada día. Sin que nadie pensase que bajar por la barandilla de un pasamanos en la cuarentena era síntoma de locura, de inmadurez. Nadie la vio. En el pasado había tenido menos suerte, siempre terminaba en el despacho de la superiora, y su madre disculpándose e insistiendo en que la castigasen. María del Prado siempre fue comprensiva. La respetable señora Béjar colocó su pelo en un moño sujeto con dos pinzas. La estaban esperando. El colegio la había llamado para dar una charla a las niñas, a la clase de su hija. Sobre la anorexia. La hermana Rogelia la había llamado pidiéndoselo. La Rogelia tenía miedo de perder el favor de los Béjar y de Altapuerca, seguro que era eso. Le estaba haciendo la pelota, ella no sabía nada sobre el tema, Macarena comía bien, en ocasiones en exceso. Demasiado chocolate y demasiado pan. Era una pena que a Macarena no le gustase deslizarse sobre las baldosas o el pasamanos. Un día que ella le contó cómo lo hacía, Macarena la había mirado con horror. La niña era rara, demasiado seria, pensó Catalina a la entrada de la clase de su hija. Llamó a la puerta y entró.

—¡¡¡Buenos días, señora de Altapuerca!!!

Catalina miró a sor Rogelia con cara de furia, parada en mitad de la clase.

—¡¡Niñas, doña Catalina no es la señora de nadie!! Es doña Catalina a secas.

—¿Se han divorciado tus padres?

—No, es aún peor. No lo entenderías —respondió la cansada voz de Macarena Altapuerca a una compañera ansiosa de saber. Macarena odiaba a su madre por estar allí. Tendría que haber dicho que no; su madre era una pesada que estaba en todas partes.

Catalina avanzó hacia la mesa, era divertido ver la cara de susto de sor Rogelia. Lo había pasado mal, eso alegraba a Catalina.

—Buenas tardes.

No hubo respuesta. Pensando como Macarena, que ella no debía estar allí, Catalina miraba hacia su chaqueta; la había dejado sobre la silla contigua a la que ocupaba la humanidad desparramada de la hermana Rogelia. La etiqueta estaba a la vista, talla 40. No sabía qué decir, miró al frente y con voz grave comenzó sin saber que comenzaba.

—La cuarenta... En Nueva York las calles se llaman así. Por el número. Yo lo sé por las películas; jamás estuve en Nueva York.

—Mi madre sí —dijo una de las niñas.

—Pues yo no; y aquí no está tu madre para contarlo, guapa.

La niña era hija de una pesada, en eso se le parecía, pensó Catalina.

—Como os decía, en América a las calles se las denomina por el número. Pero la cuarenta es una talla y una edad. Las mujeres de cuarenta años suelen tener hijas; adolescentes de carácter espantoso que van por los armarios de la casa descolgando vestidos y chaquetas; tirándolo todo al aire y gritando: estoy monstruosa. En ocasiones es cierto, están horrendas, vestidas cual simulacro de *spices*. Al parecer ser *Spice* es normal y casi norma. La *Spice* viste minifalda con raja lateral, no abertura: raja; calza botas de media caña con tacón y plataforma. Ser *Spice*, estoy segura, equivale a ignorar premeditadamente el grueso del muslo o el largo de la pierna. De saberlo, muchas no vestirían de tal guisa: provocan espanto.

Catalina se había lanzado a una de sus peroratas y paseaba de un lado a otro de la tarima; las niñas escuchaban y sor Rogelia no había oído aún la palabra anorexia. No le extrañaba, aquella Catalina siempre se iba por los montes Apalaches; un cerro era poca cosa para Catalina y Úbeda estaba demasiado cerca.

—Los sábados, a las cinco de la tarde, las ciudades se inundan de *spices* o *grunges* desalmados que atacan el fondo del ojo atentando contra la estética y provocando pavor a cualquier amante de lo bello. Esta semana entré con mi hija, hola, Macarena, en una tienda para jóvenes, una franquicia española de éxito mundial. Macarena, por favor, no te escondas, eres demasiado grande para eso.

Macarena Altapuerca pensó que odiaba a su madre profundamente, quería desaparecer; quería que aquella endemoniada mujer desapareciese, pero no lo hacía, continuaba hablando.

—La tienda tiene unas dependientas vestidas de *spices* o *grunges*; dan pena. La mayoría de estas señoritas parecen sacadas de un protocolo para el tratamiento de la anorexia.

La hermana Rogelia suspiró aliviada. Anorexia, la charla era de eso.

—No tienen brazos, no tienen culo; no tienen pecho ni cadera. Deprimente. Ningún chico podría darles un pellizco sin dar en hueso.

Las niñas rieron y sor Rogelia hundió la cabeza en la papada. Catalina había dicho culo; había nombrado a los hombres y a los pellizcos; unidos, había enlazado las dos palabras, con lo que eso suponía. La superiora no estaba en sus cabales cuando le pidió que la llamase para dar una charla a las niñas.

—Me fijé en una de las señoritas que atendía; tenía todas las partes del cuerpo como Dios manda; una chica guapa, de constitución fuerte, por mucho que adelgace siempre será ancha. Está bien guapa. No tiene pinta de enferma; a pesar del disfraz que la empresa llama uniforme, está guapa. No pude resistir la tentación y le comenté que reconfortaba ver a una mujer así en ese territorio apache de muertas de hambre. Me explicó que estaba temblando, los nuevos disfraces, uniformes, estaban al llegar y si no le sirve la talla, la pondrían en otra sección, al parecer la de personas mayores. Me contó que su hermana trabajaba en otra franquicia en la que aún era peor, la prueba capital del puesto de trabajo es un uniforme de la talla treinta y ocho, si no entras en él, a la calle. Es la política de la empresa, me dijo. Me dirigí a la caja y pedí un impreso de reclamaciones. Reclamé. ¿Sabéis por qué lo hice? Porque las políticas privadas de empresas privadas que inciden en la salud de los adolescentes dejan de serlo y se convierten en públicas. En ese momento es cuando todos tenemos que tomar cartas en el asunto. La conciencia social no puede estar dormida nunca. Hay que estar alerta contra el capitalismo, el abuso y la globalización.

Sor Rogelia, con la cabeza hundida, pensó que aquello no era cierto, que Catalina era casi comunista, pero no se atrevió a decir nada; suspiró pensando de nuevo en lo poco acertada que había estado la madre superiora. Conciencia social, globalización... ¿Qué tenía que ver aquella palabrería comunista con la anorexia?

—La obesidad no es agradable para quien la padece, eso puede decíroslo la hermana Rogelia, es una enfermedad, como lo es la anorexia...

La hermana Rogelia estuvo a punto de atacar a Catalina con el borrador de la pizarra, pero se contuvo remembrando mentalmente a María del Prado; se arrepintió en el instante, la madre de aquella loca era una santa.

—Lo que no es enfermo ni patológico es vestir la talla cuarenta, cuarenta y seis o cincuenta. Muchas marcas de ropa, las grandes marcas, ya tienen sus colecciones de mujeres grandes. Las jóvenes no podéis vestiros ahí: demasiado caro, demasiado serio. Una sociedad que propicia las *spices*, unas costumbres domésticas que sustituyen las lentejas y las ensaladas por las hamburguesas y pizzas, es una sociedad colonizada y enferma. Los padres tendremos que rendir cuentas a la legión de anoréxicas y bulímicas que caminan por nuestras calles. Somos los responsables. La mayoría de las veces, los padres y las madres os escuchamos poco, por eso pasan estas cosas. La liberación femenina mal entendida es otro punto, os hablaré de ello en otra ocasión. Las madres tendríamos que estar en casa y cuidaros, si los hombres quieren perdérselo allá ellos. Bueno, de esto os hablo otro día.

Sor Rogelia moría lentamente, ahora, aquella mujer azuzaba a las niñas contra sus padres, creía entender que estaba hablando en contra del trabajo femenino fuera del hogar. Sor Rogelia no entendía nada; la locura no tenía remedio…

—Esas *spices*, las de verdad, cobran una fortuna por ir disfrazadas y dar gritos. Pero si os fijáis, ahora ya no parecen arrabaleras desmelenadas esas chicas inglesas; van de finas y seguro que toman el té de las cinco. A las *spices* que yo veo por la calle la vida puede pasarles factura por idiotas. Una casa de modas italiana, siempre Italia, los hombres italianos son los más guapos del mundo, chicas, sí que lo son… Pues una casa de modas italiana ha elaborado un lema: el estilo no es una talla, es una actitud. Tomad nota de esto. ¡Ah! Y miradme bien: mis caderas son anchas, no soy demasiado alta, y no me parezco a ninguna actriz de cine, pero jamás paseó conmigo un hombre que fuese idiota y midiese menos de metro ochenta. No lo olvidéis. Espero que en el colegio os den de comer muchas legumbres y que en casa las ensaladas adornen vuestras mesas, dan color y vida. Tengo que irme, ojalá que mi charla os haya aclarado que no comer es de idiotas.

Su madre siempre tan delicada, pensó Macarena Altapuerca. Catalina era una pesadilla, pensó la hermana Rogelia. Las adolescentes pasaron el resto de la jornada escolar discutiendo si la madre de Macarena tenía o no tenía razón. La nena, Macarena Altapuerca Béjar, culpabilizó a su madre de la polémica que tuvo con sus compañeras. Algunas se atrevieron a poner en duda la capacidad oratoria de Catalina y la validez de sus argumentos. Macarena respondió y comenzó una guerra dialéctica. De nuevo, Macarena añoró tener una madre medio lela, una madre normal que se dedicase a coser y a cocinar. Catalina tenía que llamar la atención a costa de lo que fuese, pensaba Macarena.

Catalina salió del colegio preguntándose qué había dicho. No tenía la menor idea. ¡No importaba! El mensaje seguro que estaba claro: la mujer que no come es idiota. Y si la volvían a llamar, ella delegaría en Cristina. Su hermana había sido contundente con la secta de Marta; que Cristina hablase a las niñas de la anorexia, ella no tenía tiempo para eso. En aquel momento, lo único que le importaba era Rodrigo, con él estaba bien. Desde que él estaba en su vida y de aquella manera, ella pensaba menos; el pensar dolía y ella ahora estaba feliz. No pensaba, al menos pensaba poco. Inés, tendría que aguantar a la borde de Inés aquella tarde.

Con la imagen de Inés en la cabeza, Catalina regresó a casa. Llamó al despacho, habló con Mariana y se negó a que Marianita le plantease tema alguno de trabajo. No tenía tiempo. Marcó el número de su hermana y tras cinco minutos de discusión lograron llegar a un acuerdo sobre algo importante: el lugar de la cita para acudir a la cena de Inés. Los dedos volvieron a teclear un número telefónico.

—Hola, soy yo. Quedamos a las siete menos cuarto en el portal de Inés y ya sabes cómo hay que vestirse para ir, nada que recuerde los años sesenta; vístete como una persona normal; intenta parecer normal...

—¿Cómo?

—Sí, ya sé que comes, no es nuevo, eso lo haces a todas horas; algo tendremos que hacer al respecto. Pero ya lo escuchaste…

—¿Quién es?

—¡Yo, soy yo! ¿Quién va a ser? Vístete que falta poco para las siete y si no estás allí mandaré a por ti a una banda de chinos que te harán cositas y no veas tú qué cosas hacen los chinos, te vas a enterar; lo de la lágrima, una tontería… —Y dejó escapar una sonora carcajada. Sonó lúgubre.

Nunca supo Catalina Béjar con quién mantuvo esa conversación. La mujer que atendió la llamada no era Marta; Catalina se había equivocado de número y fiel a su costumbre no se había identificado ni había preguntado nada; siempre daba por sentado que el prójimo tenía que saber quién era. Su «hola, soy yo» era famoso entre sus amistades. La receptora de la verborrea de Catalina no estaba entre las amistades de la señora de Altapuerca; la mujer vivía en una casa de protección social; vivía rodeada de marginalidad, droga y miedo. Veía la mujer, en el instante en que sonó el teléfono, un reportaje televisivo sobre la mafia china, concretamente métodos de tortura aplicados a los adeptos poco obedientes o personas que se interponían en el camino de los truhanes. Un mes antes, la mujer había observado cómo, en el piso colindante con el suyo, se instalaban unos chinos. La tendera del barrio le había comentado entre risas que serían mafiosos.

—Ándate con cuidado, Rita…

Había dicho la tendera con voz zumbona cuando Rita salía por la puerta con una barra de pan y dos manzanas. Rita, que así se llamaba la mujer que ahora sostenía un teléfono con cara de pánico, no había dejado caer en saco roto la advertencia. Se dedicó con ahínco a vigilar los movimientos de sus vecinos. La mirilla fue periscopio para Rita, y muchas noches observaba cómo entraban y salían los chinos. Eran muchos, desde luego más de los que podían vivir en un piso de tamaño mínimo. Y una tarde, al salir hacia el centro social del barrio, Rita tropezó en el rellano con dos de sus convecinos amarillos.

—Sé lo que sois… Sé cuántos sois…

Y había continuado bajando la escalera.

Una voz le respondió desde el rellano.

—Encantados de conocerla, señora vecina…

Y al momento, Rita se arrepintió de haber hablado: los chinos sabían castellano y entendieron sus palabras. La mafia los tenía bien entrenados; aquellos desharrapados eran usurpadores de puestos de trabajo nacionales; aquellos bárbaros venían a quitar el pan de la boca a los trabajadores del país y encima eran maleantes, todos los emigrantes que habían invadido el barrio lo eran. Eso pensaba Rita camino del centro social. No se acordó de la pensión que recibía de sus años como emigrante en Alemania, no recordó los tragos amargos. Rita jamás se habría comparado con unos míseros chinos. El olvido hace estragos en la mente humana.

Catalina se dio cuenta de que había cometido un error, pero la voz que había respondido parecía estar ausente, tenía prisa, no se preocupó y volvió a marcar el número de Marta. Esta vez acertó, y entre las protestas de su amiga colgó el auricular. Descansó un rato, Altapuerca comía fuera; se duchó, se puso una ropa poco llamativa y, por supuesto, se recogió el pelo con horquillas, no se pondría las pinzas, quería una jornada tranquila, nada de comentarios hacia su vestuario ni los adornos de su pelo. El centro de atención debía ser Inés, no ella. En el pasillo se cruzó con Macarena.

—¿Qué tal, hija?

—Esa pregunta es boba, Catalina, boba total después de lo que has hecho esta mañana…

—¿Tan mal estuve?

—Ni lo sé ni me importa, el problema es que estuviste, Catalina, ése es el problema.

Catalina se abstuvo de comentario alguno, Macarena estaba

de mal humor, así que mejor no responder: tranquilidad era su lema aquella tarde. Recogió un fardel del suelo y salió de su casa con el paquete en la mano.

En el portal encontró a Luis Altapuerca.

—Esta noche no vendré a cenar, Catalina, no me esperéis; voy a cambiarme de ropa y salgo.

—Yo también ceno fuera, Luis; se lo diré a Macarena, la llamo y se lo digo, no te preocupes.

—Pero ¿por qué cenas fuera tú? Dejas sola a Macarena. Si salgo yo no tendrías que salir tú, esto es un desastre, cada día peor, esta familia no va bien, Catalina.

—No voy a discutir quién cena o cenó fuera más veces y aún menos en el portal, Luis. Y, por supuesto que no va bien, nada bien, pero no es lugar para discutir eso. Adiós.

—¿No me preguntas con quién ceno?

—No me importa; pásalo bien, Luis.

Luis Altapuerca comenzó a pensar que su mujer estaba cambiando, la mujer que se alejaba por la calle estaba cambiando, y demasiado para el bienestar emocional de Luis Altapuerca.

La trama de los malvados

¡Auxilio, Yavé,
que ha muerto la piedad,
se ha ido la verdad,
de entre los hombres!
Mentira se hablan
los unos a los otros,
son labios de engaño,
lenguaje de corazones dobles.

Libro de los Salmos: salmo 12

AL DOBLAR LA ESQUINA, Marta y Cristina tropezaron con la enfadada señora de Altapuerca.

—¿Qué te pasa?

—Nada, Luis…

—Eso no es nuevo…

Y dicho esto se olvidaron del tema. Hermana y amiga comenzaron a protestar de la suerte adversa que las empujaba a casa de Inés.

—La suerte no existe en cosas como ésta, se dice no y ya está. Vais a fisgar, no lo neguéis, como yo —murmuró Catalina.

Ni hermana ni amiga negaron. Continuaron camino del ágape que les serviría para encontrar algo rastrero y criticable en Inés.

—¿Qué llevas en esa bolsa, Catalina?

—Un regalo, Marta.

—Yo no compré nada…

—Diré que es de las tres, no os preocupéis. *Makisu*, *makisu*… *Shoyu*, *tataki*, *tataki*…

—¿Qué coño estás diciendo, Catalina? —Marta Guzmán no entendía las palabras que salían por boca de su amiga; era evidente que hablaba, pero Marta no entendía ninguna palabra—. ¿Tú entiendes algo, Cristina?

—No, pero me da igual: se está haciendo la loca o la interesante, ni me inmuto. A mí ya no me impresiona.

Catalina continuaba repitiendo palabras extrañas, Cristina la ignoraba y Marta con la cabeza agachada y ladeada intentaba ver las palabras que Catalina pronunciaba.

—Por mucho que te agaches no vas a saber lo que dice, Marta; deja de mirar de esa manera, las palabras no van a salir de sus labios escritas en bocadillos de tebeo. Déjalo ya, pareces algo raro en esa pose.

El timbre del piso de Inés sonó como un gong. Se abrió la puerta y Marta Guzmán murmuró:

—Chang...

Un chino, vestido con chaquetilla blanca, les franqueó la entrada. Marta Guzmán miró todo con asombro. Era extraño. Seguro que aquello era obra de Catalina, se había pasado esta vez, Catalina se había pasado. Todo lo que alcanzaba a ver era decoración japonesa. No habría encontrado nada chino, salvo el camarero, y había hecho todo aquello con muebles japoneses de imitación. Era una burla, ni cena ni nada; Inés había sido la excusa y las Béjar se la estaban jugando otra vez.

—Buenas tardes, pasad, pasad al salón, os estábamos esperando, repasábamos detalles para el rastrillo. ¿Te ocurre algo, Marta?

—No, nada... Es la decoración, es eso...

—¡Ah! ¿Te gusta? Es todo nipón, minimalista, zen, la última tendencia. A Rodrigo no le agrada, pero terminará por aceptarlo en nuestra casa, por eso lo he puesto aquí. Vendrá un día de éstos a verme, no puede estar lejos de mí más de una semana. Será una sorpresa. —La última parte de la frase, la pronunció Inés con la cabeza ladeada, sonriendo y mirando al respetable; mirando a las señoras que estaban en el salón.

Saludaron las recién llegadas y Cristina Béjar no cedió a la tentación de decir que hacía más de dos semanas que Inés estaba allí, y

Rodrigo no había aparecido. Catalina sonreía, sonreía levemente sin decir nada. Era horrible. Todo lo que allí veía era horrendo. Incluidas las amigas de Inés. ¿Qué sabría la boba aquella lo que era zen? ¡Lo que había que escuchar! La palurda de Inés había sustituido las hortensias que ya estaban en el mercado, por ramas secas de no se sabía qué. Floreros llenos de mala manera, floreros sin agua por doquier, aquello no era *ikebana*. En el salón, las mujeres miraban arrobadas a Inesita. Otras que querían ser tan minimalistas como ella, pensó Catalina; los pañolones de seda al cuello, las pulseras que casi les llegaban a los codos, y los dedos llenos de sortijas pretenciosas no eran nada minimalistas. Inés la sacó de la abstracción.

—¿Te gusta, Catalina?

—Lo zen, sí. Esto no. Quiero decir que la filosofía zen sí me gusta, esta decoración no. Yo prefiero las flores y el agua. Los jardines japoneses me parecen tristes. Y esta decoración lo mismo. A mí me va el estilo del norte, el inglés…

—Bueno, eso es por el desconocimiento que tienes del tema, es por eso. Para amar algo hay que entenderlo, Catalina; sumergirse en ello. Esta forma de vida, esta cultura es difícil de entender para un profano.

Cristina se maravilló: Catalina miraba los muebles, el suelo, las paredes y no había respondido a Inés. Catalina no tenía ni idea de nada relacionado con Japón, ahí Inesita le ganaba la partida. Un baño de humildad no le vendría mal a su hermana, pensó Cristina mientras se sentaba. Marta, que pensaba lo mismo que Cristina y se regocijaba de la falta de cultura nipona de Catalina, se dispuso a sentarse.

—¡La madre que me parió! ¿Qué es esto? ¡El corazón me va a salir por la boca!

Las mujeres miraron a Marta; había quedado medio empotrada en el sofá; la concertista internacional era especialmente malhablada, una ordinaria, pensaron las amigas de Inés.

—Pero ¿por qué está tan bajo el asiento? ¡No me lo esperaba y me he llevado un susto de muerte, Inés!

—Es la forma en que se sientan los japoneses, Marta. Como verás, tenemos un tatami, y encima el decorador ha puesto futones.

—Esto no es un tatami ni estos sofás son futones...

Catalina miraba fijamente un cuadro mientras decía esas palabras.

—A mí me da igual cómo se llame esto, pero está duro, bajo y un poco más y me rompo el culo —insistió Marta.

El resto de las presentes miraban a Inés y a Catalina. Cristina encendió un cigarrillo.

—¿En las casas japonesas se puede fumar cuando te invitan?

Cristina Béjar preguntó aquello con la intención de hacer el ambiente distendido. No respondió Inés, lo hizo su hermana, Catalina.

—Los japoneses suelen realizar fuera de casa sus reuniones; piensan que su morada es demasiado humilde para recibir a los buenos amigos. Por cierto, en la puerta de las viviendas japonesas tradicionales no suele haber timbre. Yo iba a decir: *Gomen Kudasai* al llegar y me quedé con las ganas. Y veo que tu decorador no ha tenido en cuenta el *genkan*, no hay un desnivel; en fin, el concepto de *soto* y *uchi* no queda claro...

Marta, repanchingada en el sofá, no comprendía nada, no era nuevo cuando estaba con las Béjar; aquella tarde la incomprensión estaba sobrepasando límites de tolerancia. Miró hacia el resto de las presentes y se consoló pensando que no era la única: las conocidas de Inés miraban fijamente a Catalina. Inés resopló:

—Angelo dijo que era un tatami, y nadie discute a Angelo, es lo mejor de lo mejor en decoración oriental, el mejor del país...

—No, si yo no discuto nada; pero esto no es un tatami, diría que es esparto, una alfombra de esparto...

—Bueno, ¿y qué? —Inés estaba comenzando a impacientarse—. ¿Qué importa de qué está hecho? ¡Es un tatami!

—A mí nada, a mí no me importa nada, pero no es un tatami. El tatami es el elemento básico de la decoración japonesa. Módulos rectangulares y cuadrados de paja de arroz prensada y recubierta de una esterilla. En las casas japonesas, los suelos se recubren con módulos de tatami, son firmes aunque elásticos y transpirables. Sobre ese suelo se extienden los futones y durante el día se enrollan y se recogen para que este espacio se pueda aprovechar. Así que no es un tatami. Y perdona, Inés, no te he saludado correctamente.

Catalina no se había sentado, desde que llegaron a la casa permaneció en pie. Y así, frente a Inés, Catalina Béjar fue bajando la cabeza a la vez que lo hacía el tronco; alineados al unísono cabeza y tronco, la espalda recta y la mirada fija en el suelo, las manos en la parte frontal de los muslos, Catalina Béjar permaneció así por espacio de un minuto. Exagerado tiempo de saludo que sirvió para que las cabezas de las presentes la siguiesen en su descenso y para que Inés perdiese parte del barniz educacional y gritase con voz chillona:

—¿Se puede saber qué haces, Catalina?

—*Ojigi*; te saludo, eso hago, Inés. Debería hacerte un *Gasshu-rei*, como eres la esposa de un subsecretario, debería hacerte ese saludo, pero debes perdonarme, la espalda me duele un poco, Inés…

Cristina Béjar sintió pena de Inés, Catalina iba a terminar con su reunión antes de tiempo. Había recitado lo del tatami como una lección de geografía.

—¿Podríamos beber algo, Inés? —La voz de Cristina salió entre el humo del cigarrillo y a poco se atraganta cuando vio la expresión de alivio de la ridícula esposa del amante de su malvada hermana. La frase podría parecer rimbombante o mal construida, pero se ajusta a la realidad perfectamente.

—Sí, Cristina, cómo no. —Inés, hizo una señal al camarero chino y éste ofreció una bandeja a las mujeres. Todas a una se lanzaron a por una copa, la necesitaban. Salvo Cristina y Marta, el resto de las asistentes dividía su miedo entre Catalina e Inés, preferían no enfrentar su mirada a la de ninguna de las dos. No querían tomar parte en aquella guerra.

—Sírvame sake, por favor.

El camarero miró hacia Inés. No había sake. La señora de la casa informó con los dientes cerrados a Catalina de la ausencia de sake.

—No te preocupes, Inés, da igual.

Volvió Catalina a mirar al camarero y dijo:

—Una copa de *mirin*, servirá...

Inés miraba a Catalina con furia, casi ira. Marta preguntó:

—¿Mirinda? ¿Quieres Mirinda? ¡Eso ya no se fabrica!

—He pedido *mirin*. Eso sí se fabrica, tengo una botella en casa, Marta.

—¿Qué es *mirin*? —preguntó la voz vencida de Inés.

—Licor, es un licor dulce. Sabe bien, Inés, pero da igual, no quiero importunarte con bobadas; beberé cualquier cosa...

Cristina Béjar pensó que aquella frase, «no quiero importunarte», era asimilable a un verdugo diciéndole a un hombre a punto de morir ajusticiado: «no quiero matarte». Lo de su hermana era peor, el verdugo podía decirlo cordialmente, de corazón.

Una de las invitadas quiso poner dosis de buena voluntad y pronunció una frase:

—Lo cierto es que todo esto es zen, auténtico zen, Inés, se nota que dominas el tema y que tu decorador vivió años en Japón.

Catalina tomó asiento al lado de Marta y encendió un cigarrillo. Marta susurró:

—Hay dos, son dos los chinos. Pensé que había sido una broma tuya, Catalina; esta tía, la Inés, cada día es más zoqueta, le pareció muy visto lo del filipino y se trajo a estos dos.

Catalina fumaba y casi no prestaba atención a la voz de Marta, un segundo camarero, también chino, retiraba unos vasos de la mesa. Catalina miraba al vacío sin escuchar aparentemente nada. Las voces de las mujeres continuaban sonando en la habitación.

—¿Y qué os parece el taoísmo?

La voz de Catalina era melodiosa, suave. Cristina Béjar pensó en una serpiente. Su hermana se la estaba recordando. Una pitón; estaba haciendo un círculo alrededor de las mujeres y se disponía a cerrarlo; crujir de huesos, eso comenzaba a escuchar Cristina. El silencio y unas miradas extrañadas respondieron a la pregunta de Catalina. Así que Catalina continuó hablando:

—Sí, diría que el taoísmo y el confucianismo tienen que ver mucho en el tema. El zen nace del encuentro del taoísmo, la filosofía hindú y el confucianismo. El cuarto elemento se lo imprimió Bodhidharma, fue algo propio y lo fusionó en lo que se llamó *ch'an* en chino, *dhyana* en sánscrito y zen en Japón. El patriarca chino, Bodhidharma, dicen que se cortó los párpados y los arrojó al suelo; se quedó dormido durante la meditación, y la leyenda cuenta que hizo eso para castigarse. En el lugar en el que cayeron sus párpados, creció la primera planta de té. Por eso, el té ayuda a combatir la somnolencia de los que se sientan a meditar. Sí, el zen sirve para muchas cosas. Yo practico zazen para los dolores de espalda y para aguantar la vida que llevo... Es un estilo de vida...

—¡Qué guarrada!

—¿Qué es una guarrada, Marta? —Cristina Béjar hizo la pregunta por decir algo, no le importaba la respuesta lo más mínimo.

—El tío ese, lo de los párpados; no tomaré té nunca más, nunca. Pensaría en los párpados sanguinolentos, algo de la sustancia de los párpados quedará en las plantas de té, digo yo...

—¡Pues no digas sandeces! Vamos a trabajar en lo nuestro, vamos a trabajar en la distribución de los puestos en el rastrillo. ¡Ya está bien de idioteces! —Inés perdía la pátina de finura por momentos, la voz la delataba. Todas guardaron silencio e Inés comenzó a disertar sobre el rastrillo. Prestaron atención las mujeres mientras Inés mostraba unos planos y diagramas; más parecía una obra de ingeniería que la disposición de unos puestos de venta y lucimiento temporales. Tal como exponía el tema, daba la sensación de que la ilustre señora, excelentísima por matrimonio, había diseñado las galerías Vittorio Emmanuelle.

—Las Béjar estarán en la cantina, sirviendo las mesas; tú tocarás el piano, Marta, tocarás melodías modernas cuando se interrumpan las actuaciones; yo encabezaré el cuadro flamenco, sevillanas. Vosotras ya sabéis que ensayamos todos los días desde mañana.

Sonrieron con arrobo tres de las presentes y comenzaron a parlotear sobre sus trajes flamencos, una de las buenas samaritanas rastrilleras hasta se refirió al precio del traje de faralaes. Otra torció el morro cuando escuchó el montante, el de ella era más barato y en una ocasión tan solemne, eso jorobaba. Marta Guzmán habría empleado otra expresión que comenzaba con las mismas letras, pero no es el caso.

—Yo no pienso ir... Yo no pienso tocar nada... Yo no sé lo que son melodías modernas... Yo no voy...

—¿Qué estás diciendo, Marta? ¿Cómo que no vas? ¡Ya estás anunciada! ¡Deja de decir tonterías!

—Yo no pienso ir... Yo no voy a tocar nada... Yo no voy... —volvió a repetir con voz quejumbrosa la pianista.

Cristina Béjar dudó: o Marta se estaba apuntando al frente de Catalina o era que su personalidad inmadura quedaba al descubierto.

—¿Por qué no vas a ir, Martita? Mujer, dinos por qué no vas a ir... —preguntó con voz cauta.

—¡Por culpa de ésta! ¡Por eso no voy! —Y un dedo acusador se alzó señalando a Inés.

La ilustre señora del subsecretario se sorprendió ingratamente; la cabeza estaba comenzando a dolerle y veía a Marta Guzmán, torcida sobre el sofá, mientras el dedo continuaba señalándola. La imagen rompía la estética del salón. Marta se asemejaba a una figura de Botero, y eso no entraba en la decoración de Inés.

—¿Qué te he hecho yo? ¿Se puede saber qué te he hecho yo a ti?

—Has dicho: sandeces y tonterías, eso has dicho. Que no diga sandeces y que digo tonterías, eso lo acabas de decir, Inés... ¡No lo niegues!

—Pero... Yo... Yo...

—¡Pues tú, tartamuda, ya lo sabes! ¡Que estás tartamudeando! Y que sepas que sé otra cosa: ¡todas éstas y tú me despreciáis porque mi madre tenía una tienda de ultramarinos en el barrio! Me lo dijo Catalina, y como está loca, Catalina nunca miente, así que ya lo sabes: ¡desanúnciame que no toco!

La presunta loca, Catalina Béjar, intervino.

—Tranquilízate, Marta, estás sacando las cosas de quicio. Inés no ha querido insultarte; Inés se expresa así, es una forma de hablar, muy poco educada, es cierto, pero sólo es eso: una forma de hablar. En cuanto a lo de tu madre, no creo que sea cierto lo que dices; yo no pude contarte semejante cosa, sería insólito por parte de estas señoras y de Inés decir esas cosas. La madre de Inés era pescadera hasta que se casó con su padre, que era funcionario de correos, cartero. Y la madre de Alejandra era dependienta en unos grandes almacenes hasta que se casó con el hijo del encargado general; y por cosas del destino, el encargado general se quedó con los grandes almacenes. Nadie supo cómo pudo lograr eso, pero lo hizo. El dueño de los almacenes se suicidó, creo recordar. Dejó escrita una carta, acusaba de algo al encargado general, no recuerdo bien la historia. Así que no van a decir esas cosas de ti, Marta, comprenderás que sería pecar de imprudencia por su parte, no lo dijeron nunca, seguro que no. Éste es el país de las oportunidades, Marta, tú saliste del barrio a base de esfuerzos, y ellas lo mismo.

—¿Qué esfuerzo hicieron ellas? Eso no lo entiendo...

—Atrapar a un buen partido, Martita, eso no es poco.

Las aludidas directamente miraban a Catalina con cara de odio, Inés y Alejandra no podían dar crédito a lo que habían escuchado. El resto de las mujeres miraba hacia el suelo: no querían que Catalina se fijase en ellas, deseaban ser invisibles. Paca Torrado sonreía, era la única que podía mantener la mirada erguida, la única que jamás hablaba mal de nada ni nadie; la única que ponía auténtica ilusión y ganas en el rastrillo de caridad, ilusión y ganas que nada tenían que ver con su lucimiento personal; ella, Paca Torrado, no se limitaba a la caridad una vez al año. Sonreía al ver la aparente locura de Catalina, pero, en el fondo, la presunta demente tenía razón. Cuando se terminaba aquella danza de vanidades que era el rastrillo anual, nadie la acompañaba a visitar enfermos en casas de arrabal; nadie acudía a los asilos a limpiar culos de ancianos que no tenían familia, a eso, Paca Torrado tenía que ir sola y sin cámaras. Contemplando la escena, Cristina Béjar pensó en lo engañosas que eran las palabras; en el caso de Marta, inmadurez quería decir imbécil perdida.

—Inés, ¿qué tal si vamos cenando? Tendré que irme pronto. —Paca era buena y diplomática. Cosa extraña, ya que los diplomáticos suelen ser malos y perversos, tal y como lo demuestran las películas y los telediarios. Suelen servir a intereses bastardos.

La señora de la casa, muda de rabia y susto; muda por la contundencia del argumento de Catalina, muda de asombro, asintió con la cabeza. Pasaron las invitadas al comedor e Inés se disculpó. Fue al baño, abrió un armario, sacó un bote de cristal, levantó el tapón, puso una pastilla directamente en la boca y llevó los labios al grifo. Valium 5. Al levantarse tropezó con el espejo y dejó salir de su boca lo que en público reprimía:

—¡Catalina Béjar, eres una zorra!

Desahogada la rabia, caminó hacia la estancia donde los chinos esperaban sus instrucciones.

La mesa de comedor era negra, chapa de fresno teñida en negro, por la que Inés había pagado un buen dinero. Mucho más del que valía. Manteles individuales de junco separaban unos platos negros de la mesa. Encima de los platos, dos palillos. Sentada Inés a la cabecera de la mesa, hizo una señal a los camareros, que comenzaron a colocar diferentes platos sobre la madera. Algunas de las invitadas miraban a los platos como quien mira una aparición sobrenatural. Con cuidado fueron sirviéndose algo de cada plato presentado en la mesa. Ninguna se sirvió arroz, la prudencia les impedía intentar usar los palillos. Marta Guzmán aborrecía la comida japonesa, pero el hambre la impulsó a llenar su plato de todo lo que pudo.

—Espero que os guste a todas, puede que el sabor os asombre pero es algo exquisito. —Inés volvía a intentar ser la perfecta anfitriona.

Asintieron las invitadas que en mayor o menor medida disfrutaban de las viandas. Alguna intentaba disimular la cara de asco que la comida le provocaba.

—Exquisito, Inés. Supongo que tendrás un *suihanki* para el arroz; es muy útil cuando te gusta tanto la comida japonesa.

Inés levantó la cabeza, el resto la siguió y contemplaron cómo Catalina Béjar comía el arroz con los palillos, lo hacía con una soltura impropia de una occidental. Catalina levantó la vista del plato.

—¿Qué miráis?

—Creo que admiramos tu forma de comer el arroz con los palillos, Catalina, ninguna de nosotras sabemos hacerlo, eso creo que miramos… —Paca Torrado no tenía ganas de más guerras aquella tarde.

—No tiene mérito, Paca, ningún mérito. El *sushi* estaba muy bueno, Inés, realmente bueno. *Sushi* con auténtico *nori*, me encanta… Esto es *sashimi*. Sí, sí que lo es. ¿Tienes salsa de soja y *wasabi*? Sí, veo que tienes soja. Es una pena que no encargases *sukiyaki*, es delicioso.

—¿Podrías explicarnos de qué hablas, Catalina? No te entiendo nada…

—Yo a ti tampoco, Marta, con la boca llena nada de nada.

Y utiliza los *hashi*, no comas con los dedos, aunque puede que no importe, la anfitriona es una mujer delicada y no los utiliza para no avergonzarnos.

—¿Qué son los eso, los chachi…?

Cristina Béjar encendió un cigarrillo, ya no le importaba la etiqueta; Marta cada día era más tonta, cada día más; le estaba dando cuerda a Catalina; Inés sufriría un ataque de nervios.

—Los palillos, Marta, los palillos se llaman así. Es toda una ciencia esto de los palillos, hasta la colocación es importante en la etiqueta nipona, como en la nuestra. *Kaki-hashi*, *yose-hashi*, *sashi-hashi*, *namida-hashi*, *komi-hashi*, *neburi-hashi*… Que Inés te lo explique, es una experta en todo lo japonés; como bien dijo ella esta tarde, yo no aprecio esta cultura, la desconozco, y tiene razón Inés, para amar algo hay que conocerlo. Si no conoces algo o a alguien, no lo amas, tan sólo convives con el algo o con el alguien.

La situación estaba comenzando a ser peligrosa, Inés guardó silencio, y Paca Torrado intervino.

—¿Cómo sabes tanto de Japón, Catalina?

—Por mi abuelo, mi bisabuelo fue jesuita y vivió muchos años en Kagoshima…

—¡Eso no es cierto, es imposible! ¡Si era tu bisabuelo cómo iba a ser un cura! —A Inés, el valium no la había aplacado lo suficiente. Las palabras que había pronunciado lo demostraban. Marta puso un poco más de salsa al tema.

—Inés te ha llamado mentirosa, Catalina…

—No me ha llamado nada, Marta, sólo expresa su sorpresa, tan sólo eso, te lo dije antes. De una forma poco delicada, pero tan sólo es sorpresa. —Y dirigiéndose a Inés, Catalina continuó—: Sí, era mi bisabuelo y fue jesuita. Quedó viudo muy joven, dejó a sus hijos a cargo de la familia y se fue. Vivió muchos años en Japón. En casa de mi abuela aún guardamos cosas de allí, de Japón. Máscaras de *kabuki*, tratados de *ikebana*, una colección de *netsuke*… En fin, muchas cosas. Por eso sé que Inés continúa en el período Edo: no ha servido carne; es una purista en esto nuestra anfitriona.

Marta Guzmán susurró a Cristina:

—No sabía eso de tu bisabuelo, Cristina, no lo sabía...

—Ni yo, Marta, ni yo sabía nada hasta hace un minuto, pero ya ves, tengo un bisabuelo jesuita que llenó nuestra casa de objetos japoneses porque pasó media vida en no sé qué sitio, y yo sin enterarme. La vida, Marta, la vida que es así...

Respondió Cristina en el mismo tono de voz que Marta. Nadie pareció escuchar nada.

—Por cierto, Inés, te hemos traído un regalo. Mi hermana y yo. Marta nos ayudó a escogerlo.

Un pisotón de Cristina Béjar impidió hablar a Marta. Catalina se levantó de la mesa, se acercó a Inés y le entregó la bolsa que contenía el regalo. Volvió a su lugar en la mesa y esperó. Inés desenvolvía el paquete con rapidez y cuando terminó de rasgar el papel, su cara tenía una expresión indescriptible. En la mano de Inés, un trapo; para ser exactos una bandera casi sucia, con desgarros, caía hacia el suelo. Con voz derrotada, Inés preguntó:

—¿Qué es esto?

Por supuesto hizo mal en preguntar, Catalina lo explicó:

—*Hi No Maru*; la bandera de Japón. Lo sabes perfectamente, Inés, eres experta en todo esto. El sol sobre la blancura de la nieve. *Amaterasu Omikami*, la diosa del sol, eso representa. Quedará bien en cualquier parte; es muy valiosa, una antigüedad, ya ves en qué estado se encuentra.

Inés no era capaz de componer el gesto, no podía hacerlo. Su cena había sido un desastre, Catalina la había hundido y ridiculizado. Pero la bandera valdría algo si era tan antigua, eso podía merecer la pena. Dio dos palmadas y los criados chinos acudieron.

—Tomaremos el café en el salón.

—Los trata como en las películas, esta tía es imbécil, una pollina... —Un nuevo pisotón de Cristina hizo que Marta aullase de dolor, pero no pudo continuar insultando a la anfitriona.

Las mujeres tomaron asiento y volvieron al tema del rastrillo mientras alababan el saber de Catalina. Todas habían quedado impresionadas, salvo Inés, a ella la habían derrotado en su propio terreno. Marta encendió la televisión, se empeñaba en ver un programa que emitirían esa noche y que según ella no debía perderse. Lo que Martita hacía era fugarse, dejar que su mente se escapase de aquel ridículo salón. Los criados chinos sirvieron el café y se pusieron a mirar la televisión con disimulo. La conversación tomó en unos instantes, sin que nadie pasados los días pudiese explicar el motivo, unos derroteros que trajeron consecuencias para todos los presentes. Unas afirmaron ser testigos de duelo al sol y otras, dos, se batieron en una contienda de la que salieron levemente heridas. Todo fue consecuencia de un gesto de Catalina, en esta ocasión, gesto totalmente inocente por su parte, sin maldad ni segunda intención, pero el destino lo es todo para quien desea creerlo así. Catalina Béjar se derrumbó en el sillón, estaba agotada; su moño tropezó con el hombro de su hermana y las horquillas le rasparon la piel de la cabeza; comenzó a quitárselas, una a una fue dejando las horquillas en el regazo mientras comentaba que le estaban dando la lata, que eran una molestia. Mientras hacía eso, Inés había dejado de hablar. Inés comenzó a mirar a Catalina con cara de incredulidad y odio. Catalina, entretanto, metía los dedos por el pelo y movía la cabeza de un lado a otro. Cuando terminó de hacerlo, cuando se disponía a coger la taza de café, observó cómo todas las mujeres, a excepción de Marta que veía la televisión, la miraban. En realidad miraban a Inés, que puesta en pie miraba a Catalina. Ninguna veía nada raro salvo la mirada de Inés. Pero aun así, miraban a Catalina intentando descubrir qué era lo que Inés observaba con tanta fijeza. Cristina Béjar temió lo que sucedería a continuación, no sabía a ciencia cierta lo que era, pero lo temía.

—Utilizas horquillas. Horquillas rubias, Catalina…

—Sí, Inés. ¿Qué tiene de extraño?

—¿Cuándo viste a Rodrigo por última vez, Catalina?

—Creo que hace un mes, no lo sé; comimos juntos. ¿A qué viene esto, Inés? No entiendo nada.

—Eres una zorra buscavidas, Béjar, eso es lo que eres. A eso viene. Sabes de qué te hablo… Las horquillas…

Catalina Béjar no entendía nada; aquella vez, ella era la perdida en el espacio. Sólo notaba las miradas y la voz de Inés, creía haber escuchado la palabra zorra, pero no podía ser cierto; se equivocaba, no había motivo alguno para que Inés la llamase aquello. Lo de la bandera no había sido para tanto, pensaba Catalina.

—Inés, creo que vamos a irnos ahora mismo, vamos a irnos de esta casa ahora; mi hermana, Marta y yo vamos a irnos. No entiendo qué te pasa ni por qué insultas a mi hermana, pero vamos a irnos.

—Tu hermana comió con Rodrigo hace un mes, eso pasa. Comió y sabrá Dios qué más hizo tu hermana con Rodrigo.

—No continúes, Inés, no continúes por ese camino. Te puede llevar demasiado lejos. Comimos los tres, Inés, comimos los tres juntos en casa de tu suegra, eso hicimos. ¿Qué hay de malo?

Catalina cayó de su guindo, árbol en el que permanecía la mayor parte del tiempo, y se levantó. No gritó, ni siquiera se enfadó.

—*Miegakure*, lo que está oculto a la vista. Eso has dejado salir de ti, de tu interior, Inés. No me doy por insultada, no. *Uchi* y *soto*, interior y exterior; de los míos o contra los míos. Jamás fuiste uno de los nuestros, nunca. Tu mezquindad ha salido a flote. No sabes nada de nada; intuyes pero no sabes; nada, no sabes nada. *Maya*, te fías de las apariencias, de ellas vives. ¿Desconfías de tu marido? Piensa el motivo, búscalo en ti. A mí no me hagas ni cómplice ni culpable. Ramas secas de no se sabe qué en los floreros. Piensas que unas ramas secas son *ikebana*. Todo es igual en tu vida, Inés, todo. Todo es mentira.

Inés no podía responder, había cometido un error. En el instante en que buscaba una manera de salir airosa, en el momento en el que clavaba las uñas con fuerza contra las palmas de sus manos, casi como el día que había encontrado las horquillas en los bolsillos de Rodrigo, en ese instante unas voces la sacaron del trance. Los chinos estaban gritando como locos, hablaban entre sí y gritaban. Se desabrocharon las chaquetillas, las dejaron caer al suelo y señalaban la pantalla del televisor mientras vociferaban. En la pantalla, una mujer hablaba; tras ella la policía ayudaba a unos chinos a subir a un furgón. Los camareros de Inés dieron un portazo al salir de la casa. Marta Guzmán informó.

—Es una mujer de aquí, de un barrio. Dice que hay una mafia china; que la amenazaron por teléfono con torturarla. Y estos chinos tuyos dijeron algo de que los de la tele, a esos que llevan presos, son compañeros de piso de ellos, pero no los escuchasteis, te lo dijeron en inglés, Inés, pero no lo escuchaste.

—No hablo inglés, Marta.

—Peor para ti, yo sí lo hablo. Me voy, no quiero estar en una casa en la que se insulta a la gente, se come pescado crudo porque está de moda y se dan palmadas a los criados, esto ha sido ridículo y tú eres ridícula; que lo sepas, a tu cara te lo digo. A mí me da igual que el memo de tu marido sea eso del gobierno. Trabajo más en el extranjero que en mi país, así que digo lo que quiero del gobierno. Yo también comí con ellos en casa de tu suegra. Insultaste a una amiga y me voy con ella. Zorra o no, es mi amiga. Y no es una zorra. A las zorras les pagan, y no creo que Catalina cobre por eso. A lo mejor tú eres más zorra, seguro que Rodrigo te regaló ese abrigo de piel que tienes en el recibidor; seguro que lo has puesto para que lo veamos, ya no es necesario el abrigo de piel en esta época. Así que tú cobras. Legalizada o no, ¿quién es la zorra?

—Inés, creo que mi madre te ha invitado a merendar a nuestra casa esta semana. Procura estar enferma, ten dolor de cabeza pero no vengas. No serías bien recibida, puedes estar segura de eso.

Dicho lo cual Cristina Béjar se dirigió a la puerta acompañada de Marta y Catalina; al llegar al umbral, preguntó al resto de mujeres:

—¿Os quedáis? Nosotras nos vamos; mi cuñado y Julito nos esperan.

El salón quedó desierto y la señora del subsecretario, sola. En la ciudad tenían claro que un Altapuerca era un Altapuerca y un magistrado un magistrado; los cargos políticos pasaban, el dinero y la magistratura solían ser para siempre.

Marta Guzmán felicitó a Catalina por saber tanto del Japón.

—No sabía lo de tu bisabuelo, la pena es que ésa se quedó con la bandera, Catalina, ésa es la pena.

—Yo no tuve nunca un bisabuelo en Japón, y la bandera es de una tienda de todo a cien pesetas: Bubú y Antonia hicieron que pareciese antigua. Y lo del Japón llevo una semana ensayándolo. ¿Pensabais que ésa se iba a salir con la suya? El que le sirvió la cena es amigo de Mariana; estaba de muy mal humor, al parecer casi le pidió que fuese gratis. Y Marianita me lo contó.

A punto de llegar a su casa el móvil de Catalina zumbó.

—Es Rodrigo. —Informó a hermana y amiga, a continuación le habló al teléfono—. ¿Pero qué hice yo? Sí, le dije que nos habíamos visto, es la verdad, no tengo por qué mentir, nos vimos y comimos juntos… ¿Cómo que soy idiota? ¿Las horquillas? ¿Qué manía es esa de las horquillas, Rodrigo? ¿Que yo humillé a tu mujer y ella está llorando? No sé de qué me hablas, no tengo ni idea y me estás alterando. ¿Que no vas a volver a llamarme? Bien, no me llames, adiós. Dice algo de unas horquillas, está como la otra. Y dice que no volverá a llamarme nunca. No entiendo nada.

Cristina Béjar miró a su hermana con cara de pena y dijo:

—Es que eres idiota, idiota perdida, Catalina.

—No es idiota, es una cabrona retrasada; eso es peor que ser idiota, Cristina. —Marta ponía la guinda.

Y esa noche, Catalina Béjar trató de entender mientras daba vueltas en su cama por qué todos la consideraban idiota; por qué había estado mal comer con Rodrigo y por qué Inés se sentía humillada. Catalina Béjar había olvidado pensar en la siesta con el subsecretario; a su entender, eso sólo le concernía a ella.

Ella, Catalina, era así.

Perro contento; dueña más; cautela

Mi alma se ha empleado,
y todo mi caudal, en su servicio;
ya no guardo ganado
ni ya tengo otro oficio,
que ya sólo amar es mi ejercicio.

San Juan de la Cruz,
Cántico espiritual

Cristina móvil: «Perro contento; dueña más. Cautela». Catalina Béjar estaba sentada ante un plato de ensalada italiana, una hamburguesa de buey y un refresco *light*. Más allá del plato y el vaso, sentada enfrente de ella, Marta Guzmán la miraba. Marta Guzmán esperaba respuesta a una pregunta que no había hecho. Catalina Béjar miraba a Marta, la miraba y sostenía el teléfono móvil en la mano; el teléfono había emitido un pitido agudo; el pitido significaba que había un mensaje en el buzón del correo, un mensaje escrito. Cristina había aprendido a enviarlos hacía un año y desde entonces no desaprovechaba ocasión para martirizar a familia y amigos con los mensajes. Era barato, eso fue lo que los hizo interesantes a los ojos de Cristina; la economía era para ella más importante que cualquier otro estímulo vital. Había pasado algún tiempo desde la velada en casa de Inés y el enfado con Rodrigo.

—Es Cristina. Me envía un mensaje que dice algo de un perro que está contento; del ama del perro que está más contenta que el propio perro y habla de cautela. No entiendo nada de lo que escribe. —Leyó el texto del teléfono a su amiga.

Marta Guzmán miró a Catalina Béjar con cara de fastidio y acto seguido lanzó una carcajada despectiva, carcajada tipo *prima donna* atufada. Después de la carcajada habló:

—Nunca entenderé cómo puedes ser tan lista para unas cosas y tan tonta para otras; nunca lo entenderé, es completamente absurdo; seguramente será algún bloqueo mental. Trato de averiguar lo que es, pero se me escapa.

Catalina Béjar no prestaba mucha atención a las palabras de su amiga, pero mientras pensaba en el perro, en el subsecretario, tema en que aún no había profundizado con Marta aquella mañana, en el ama del perro, en la llamada que había recibido hacía dos horas, de Rodrigo, el subsecretario, en las calorías de la hamburguesa, en que debía de salir con su madre a la prueba del abrigo de visón, en la visita al cole de la nena, al día siguiente a las cuatro, mientras pensaba eso, respondió de forma distraída:

—Siempre dices lo mismo, Marta, y puede que sea cierto, qué le voy a hacer; no puedo evitarlo; iguales palabras escuché de Rodrigo esta mañana, que parezco medio tonta; simplemente soy así y no lográis entenderlo, nadie lo entiende; estaba pensando…

—¿Lo ves? ¡Eres lela! —tronó la voz de Marta Guzmán—. ¡No hay nada que pensar! ¡Te pasas el día pensando para nada! Todo está muy claro. El perro es Rodrigo; el ama eres tú y Cristina te recomienda cautela con Rodrigo. Y, no es que no entienda tu forma de ser, solamente me sorprende. Sorpresa, eso es.

Marta Guzmán era concertista de piano, pero en el fondo de su cerebro ocultaba a un psicólogo frustrado. Analizaba todo desde ese punto de vista, casi retorcido, que la psicología aplica a los males del alma. Escudriñaba los ojos de sus interlocutores con su mirada miope; torcía la sonrisa con gesto torvo cuando una respuesta no la satisfacía; y de manera sutil, sonsacaba palabras y pensamientos de todo aquel que despertaba su interés y se cruzaba en su camino.

—¿Rodrigo es un perro? Francamente, creo que está un poco loco, desorientado y actúa de manera extraña en ocasiones, pero mala persona no es; a mí me quiere. Y de todas formas no entiendo eso de que yo soy el ama de Rodrigo. Diciendo estas cosas hacéis que esta relación parezca algo sucio, la verdad es que hacéis que parezca eso; según estáis planteando todo da la sensación de que es algo turbio. Cualquiera que escuche lo del ama y el perro piensa en algo perverso. Cristina y tú estáis algo alteradas con el tema de Rodrigo.

Catalina había hablado de corrido; sin apenas tomar aire. Marta Guzmán, entretanto, había empleado una técnica de relajación; había respirado profundamente por la nariz y dejaba que el aire saliese despacio por la boca. Con los carrillos hinchados, con el aire aún dentro, no pudo finalizar la relajación que le diese el sosiego necesario para hablar con su amiga. Dejó salir el aire de golpe, escupió levemente la cara de Catalina Béjar y emitió un sonido seco con los labios.

—No seas ordinaria, Marta, esto no es Londres; aquí nos conoce todo el mundo y estás dando un espectáculo.

Marta Guzmán, colorada como un tomate maduro, con la piel de los papos tensa, a punto de estallar, se parecía cada vez más a un tomate en ese estado de cuasi descomposición, ese momento en que el tomate ya no sirve ni para ensalada, apenas para salsa, el instante en que la piel se tensa, estalla y después se arruga dejando escapar la carne granada y las semillas. Catalina Béjar, pensó que en pocos segundos vería la cara de su amiga descompuesta, convertida en salsa encima del filete a la plancha que estaba comiendo. Marta estalló al fin pero no en puré.

—¡Eres imbécil! ¡Es una metáfora! Perro es porque Rodrigo ha vuelto a llamarte, por la fidelidad que demuestra al hacerlo después de todo lo que ha pasado. Ama es otra metáfora: Cristina te está diciendo que haces de él lo que quieres, y cautela es para que no le des las cosas con la facilidad que él pretende. ¿Logras asimilar eso? ¿Logras hacerte cargo de que las palabras no son siempre lo que parecen? ¿De que tienen significados distintos aunque las letras sean las mismas? ¿Entiendes eso? ¡Las palabras son como las notas en un pentagrama! ¡Según el lugar donde se encuentran suenan distintas! ¡Pues con las palabras sucede lo mismo, Catalina, lo mismo!

Catalina hacía rato que había dejado el móvil encima de la mesa; cortaba un trozo de hamburguesa, lo untaba en la salsa de la ensalada y masticaba mientras escuchaba a su amiga. Movía la cabeza asintiendo a las palabras de Marta. No entendía mucho, casi nada, de lo que Marta estaba explicándole, pero desde hacía tiempo encontraba más cómodo el asentir que el esforzarse en entender algunas cosas. De todas las palabras que salían de la boca de Marta, lo único que le había interesado era saber que Rodrigo no era un sinvergüenza. Ella pensaba que no lo era, pero era estupendo que su hermana y su amiga opinasen lo mismo.

—Deja de asentir con la cabeza, Catalina, a mí no me la pegas; no has escuchado nada de lo que dije. Pregunta lo que no entiendas.

Marta Guzmán había dejado de tener aspecto de tomate maduro, ya no estaba indignada. Ahora, era la imagen de una mujer impotente ante una fuerza de la naturaleza que no podía detener. Desolación; eso reflejaba su mirada. La mirada de Catalina Béjar reflejaba resistencia pasiva.

—No soy tonta; quieres decir que Cristina dice que Rodrigo es una buena persona; que a mí me quiere y que se divorciará de su mujer para casarse conmigo; pero que haga las cosas bien para que no se vuelva a enfadar y me deje plantada. No puedo decir las cosas claramente, he de ser más cautelosa. Sí, lo entendí.

Catalina terminó de hablar y plácidamente cortó otro pedazo de hamburguesa, la paseó por la salsa de la ensalada, llevó el tenedor a la boca y masticó. Con asombro y sonrisa zumbona observó cómo Marta Guzmán dejaba caer la frente sobre la mesa y cómo se la golpeaba, suavemente, contra el mantel, cada vez se golpeaba con menos fuerza pero estaba arrugando la tela y eso empezaba a molestar a Catalina; no soportaba las arrugas ni siquiera en aquel mantel de algodón un poco desgastado. Marta nunca debía de haber sido músico, las corcheas y las fusas trastornan la mente, estaba claro. Cuando iba a pedirle, una vez más, compostura a Marta, un camarero se acercó.

—¿El filete no está en su punto, señora Béjar? —preguntó el hombre con una corrección exquisita. Catalina pensó que era extraño, la gente hoy en día no solía ser tan educada.

—Sí, no se preocupe, Tomás, es por culpa de Rodrigo, la carne no tiene nada que ver, está bien, en su punto. Bueno, puede que la carne sí tenga que ver, pero no la del filete. ¿Verdad, Martita?

Marta Guzmán reposaba con la cabeza encima de la mesa; los párpados cerrados; los brazos estirados hacia delante; los dedos plegados sobre la palma de la mano; los puños cerrados. El rodete que antes sujetaba su pelo había desaparecido casi al completo; el cabello caía por el cuello; por la cara; cubría los hombros y algún mechón estaba dentro del plato haciendo compañía al filete y la ensalada. Marta Guzmán, derrotada por tanta, aparente, imbecilidad; cansada de comentarios absurdos, no respondió a la pregunta. Hizo mal, porque Catalina Béjar prosiguió hablando:

—Ya lo decía santa Teresa: *Miremos nuestras faltas y dejemos las ajenas, que es mucho de personas tan concertadas espantarse de todo…*, así que no sé por qué debemos juzgar severamente a Rodrigo, no entiendo el porqué, Marta. Y el refranero, que es sabio, dice: *Este mundo es un fandango y el que no lo baila un asno*, así que debo aceptar el hecho del divorcio de Rodrigo y pensar qué haré yo después de eso.

Marta Guzmán haciendo un esfuerzo sobrehumano; recordando sus años mozos; pensando en la frase tantas veces repetida, patria o muerte: venceremos; consciente de que la imbecilidad era la madre de todas las desgracias que afligían al mundo, y ante ella estaba el ejemplo más palpable. Pensando en todo aquello, apoyó los puños en la mesa, se incorporó cuanto pudo y con voz de agotamiento que intentaba ser enérgica preguntó:

—¿Quién coño dice que Rodrigo va a divorciarse? ¿Cómo

vas a casarte con Rodrigo si tú estás casada? ¿Vamos a eliminar a tu marido y yo aún no lo sé? ¿Por qué coño el camarero te pregunta a ti si el filete está bien? ¡Yo soy quien se lo estaba comiendo! ¿Por qué coño le hablas al camarero de Rodrigo? ¡Le acabas de contar que yo estoy así por culpa de Rodrigo! ¡Le hablas de carne al camarero! ¡Se lo dices con segundas! ¡Tú no eres tonta! ¡Eres una cabrona imbécil! ¡Y deja de recitar a santa Teresa y el refranero de una puñetera vez, me enfermas! ¡Tienes que saber que me enfermas!

Dicho esto volvió a caer desmadejada encima de la mesa. Catalina respondió:

—Pues Cristina y tú; vosotras decís eso; lo decís con metáforas, pero lo decís. Y no sé por qué el camarero me preguntó lo del filete a mí, puede ser porque comí toda la vida aquí con mi padre o porque te vio tan mal que pensó que no podrías responder. ¡Yo qué sé! Sí, Tomás sabe quién es Rodrigo, lo conoce de siempre y hace tiempo comimos los dos juntos aquí, en esta misma mesa.

—¿Sabe quién es Rodrigo?

Por toda respuesta Catalina puso en la mano de Marta Guzmán una píldora de color rojo.

—Toma esto, te sentará bien.

Sin fuerzas para oposición alguna, Marta llevó la píldora a la boca, bebió de un trago el agua de su vaso y mirando a Catalina preguntó:

—¿Diazepán? ¿Era valium?

—¡Por Dios, Marta! No es valium, no necesitamos eso —ella había tomado otra píldora idéntica a la de su amiga—, es una pastilla para las almorranas, para mejorarlas. ¡Valium! ¡Qué ocurrencia!

Mientras Marta Guzmán intentaba recuperar la píldora de su esófago, aún tenía que estar allí. Mientras intentaba escupir la cápsula rojiza, Tomás, el camarero, volvía a mirarla con cara de extrañeza. Marta emitía un sonido gutural en el afán de librarse de la pastilla y ponía caras dignas de película de exorcismo. Mientras ella peleaba con su garganta, Catalina Béjar marcaba un número en el móvil.

—Hola, Cristina, ¿cómo estás? Yo bien, gracias, estoy comiendo con Marta. ¿Qué significa la notita del perro? —Había transcurrido más de una hora desde la recepción de la nota—. Sí, ya sé que me la enviaste hace rato. ¿Bubú? ¿Bubú está feliz? Ya... ¿Cómo sabes que Bubú está feliz? Está contigo, mi perro está contigo; lo llevaste esta mañana al veterinario, y lo del ama es porque yo estaría feliz sin Bubú, ya... y claro la cautela es porque traes a Bubú esta tarde y estará enfadado por las vacunas y meará las alfombras. No me había dado cuenta que te habías llevado a Bubú; me extrañó que al despertarme no estuviese a los pies de la cama, pero creí que Antonia lo habría sacado de la habitación arrastrándolo. Un beso, Cristina.

Miró a Marta Guzmán que apenas veía entre los pelos que le caían por la cara.

—El perro es Bubú, no Rodrigo. Ya ves, Martita. Estás rara, tienes mala cara, y no quiero ser descortés, pero me parece que te cae algo de baba por la comisura de los labios.

Marta Guzmán se puso en pie con dificultad, se limpió la boca con una mano, miró a su amiga, se puso la trenca desmañadamente y dijo:

—Pagas tú. Pagas el filete que no comí; pagas el ardor de estómago que me provocaste; el dolor de cabeza y la rigidez en la nuca; la puñetera pastilla esa para las almorranas que no sé aún por qué coño la tomé; y si tengo que ir al psicólogo te juro que te envío la factura.

Caminó hacia la salida con paso cansino y moviendo la cabeza de un lado a otro. Catalina pidió la nota y mientras esperaba, volvió a marcar un número en su móvil, el teléfono privado de Rodrigo; eran las cuatro y media, él estaría ya en el despacho.

—Hola, Rodrigo. Quiero que sepas una cosa: a mí no me importa nada de lo que Cristina, Marta o cualquiera puedan decir. No creo que seas un perro; creo que eres bueno; no creo que quieras engañarme y te agradezco que te divorcies de tu mujer por mí. Un beso, cielo; tengo que ir a una reunión. Después te llamo.

Rodrigo Álvarez de Seoane sólo pudo responder adiós; colgó el teléfono. Estaba reunido con el ministro y cuatro directores generales. No entendía nada; él no iba a divorciarse; no sabía por qué la pianista loca, a la que nunca había podido ver (era una izquierdista radical), le llamaba perro; no entendía el porqué de la misma afirmación en Cristina Béjar, siempre la había considerado sensata. El ministro tenía los ojos fijos en él; Rodrigo se sobrepuso al desconcierto y continuó hablando:

—No ha lugar al divorcio y es un poco exagerado denominar perros, pero... —Guardó silencio, asustado por las palabras que habían salido de su boca.

—¡Muy bien, Rodrigo, muy bien! En efecto es exagerado hablar de divorcio refiriéndose al nuevo planteamiento autonómico y de perros al referirnos a los separatistas. Tienes razón, comentaré el tema con el presidente, las palabras del portavoz podrían interpretarse en ese sentido. Como siempre, estás acertado, Rodrigo, pronto tendrás una cartera.

El ministro se puso en pie, palmeó el hombro del subsecretario y salió del despacho con los directores generales pisándole los pies; Rodrigo se dejó caer en un sillón, llamó a su secretaria y pidió un gin-tónic. Desde hacía años Catalina Béjar le hacía sudar por motivos diferentes, tenía que poner fin a esa situación, le hablaría claramente. Perro, divorcio; no lograba entender nada.

En ese momento Marta Guzmán, a quinientos kilómetros de distancia del ministerio, pero en similar estado al que atormentaba al subsecretario, tropezó en una esquina con un perro; era Bubú. Tras el perro, caminaba sujetando la correa Cristina Béjar; la saludó con dos besos que Marta ni pudo devolver.

—Vengo de comer con tu hermana; estoy destrozada; me hizo de todo, hasta me dio una pastilla para las almorranas y yo la tomé, Cristina, la tomé sin preguntar. Me da una pastilla para mi culo, al que no le pasa nada, y yo la tomo. Está loca, y tu nota del perro, creí que hablabas de Rodrigo y de un comentario mío ella hizo una película. ¡Qué digo una película, un largometraje de dos horas! ¡Qué comida!

—Marta, por supuesto que hablaba de Rodrigo, del perro y de Rodrigo, pero conociendo a Catalina y por el tono que puso al llamarme no quise entrar en profundidades; no quise tomar un valium o que me diese una crisis nerviosa. Me refería a que Bubú estaba contento; decía que ella lo estaría por la llamada de Rodrigo y que fuese cautelosa hacia él; pero no iba a explicárselo a Catalina, ella entendería lo que le diese la gana y yo me pondría enferma. Parece mentira para ti, Marta, cerca de cuarenta años junto a ella y aún picas. Bueno, ponte bien, adiós.

Cristina Béjar caminó calle arriba tras de Bubú, que movía la cola contento; Catalina Béjar salía del restaurante en ese momento y el perro corría hacia ella.

Marta Guzmán caminó calle abajo arrastrando los pies; un transeúnte la miró y ella, clavando sus ojos en los de él, dejó fluir de su boca:

—¡Sí, soy yo! ¡Marta Guzmán, pero no voy a firmarle ningún autógrafo! Así que ni me lo insinúe.

El pobre hombre pensó en los estragos que la droga hacía hasta en una mujer madura como aquélla; los pelos descolocados; la mirada perdida; el abrigo bajando por los hombros; las gafas torcidas. Pobre loca. El hombre en su vida había ido a un concierto y por supuesto no sabía quién era Marta Guzmán.

Caminando calle arriba, vio a dos mujeres paradas junto a un perro; la mujer que estaba en la acera acariciando al animal, aquella mirada serena, aquella voz templada, el rigor en el vestir, la chaqueta perfectamente planchada, las medias sin una arruga, aquella mujer, a la que otra llamaba Catalina, aquella mujer seguro que era una buena transmisora de paz y de los valores familiares de siempre, los valores eternos.

El hombre había estudiado en los agustinos y recordó una poesía de santa Teresa, «Nada te turbe», sin saber por qué, la mujer que acariciaba al perro le recordó el poema de la niñez y aspiró el aire al pasar a su lado; olía a mimosas, como la primavera. Con ese pensamiento continuó camino hacia su casa. Su mujer, sin drogarse, se parecía a la loca que minutos antes se había tropezado; ella solía llevar rulos, pero la mirada y la dejadez eran las mismas por razones diferentes. Eso sí, su señora no se drogaba.

Las leyes de la alianza

> No vayas tras la multitud para hacer el mal ni depongas en un pleito inclinándote a la mayoría, falseando la justicia... No oprimirás al extranjero, porque vosotros conocéis el estado de ánimo del extranjero, pues lo fuisteis en Egipto...
>
> *Equidad en los juicios,*
> *Éxodo*

LAS COSAS NO IBAN BIEN. Nada bien. Rodrigo Álvarez de Seoane sentía miedo. Altapuerca paseaba por la ciudad en un estado semejante al de Rodrigo; no entendía qué ocurría, pero algo estaba pasando y, fuese lo que fuese, no le gustaba. Catalina apenas le hablaba y aquello no era normal. El miedo de Rodrigo era por todo lo contrario: Catalina no lo dejaba tranquilo. Él la quería, pero en su cabeza se estaba formando un torbellino que le impedía trabajar con eficacia. Una secretaria del ministerio no le habría dado tantos problemas. Y una de ellas, una adjunta a la jefatura del gabinete ministerial, fue quien le alivió de los pesares que Catalina le infligía y de la vida monótona que Inés le imponía. Así que el subsecretario quitaba las manchas de sus dos moras con otra mora. Mora cómplice del adúltero y culpable en grado máximo: la nueva morita empleaba el sexo como arma de promoción. Hecho habitual, pero no por ello menos triste. Si Catalina Béjar hubiese sabido que alguien la consideraba un fruto tan insignificante y la pena se la quitaba Rodrigo con un ser inferior, a ojos de Catalina, se habría enfurecido, así que Rodrigo la trató como a una esposa: mintiéndole. Hecho igual de habitual que el referido anteriormente, e igual de triste y despreciable.

Se acercaba el día de la entrega del premio a la empresa de las

Béjar, un motivo más de sufrimiento para Altapuerca. Y en el despacho las cosas tampoco estaban tranquilas.

Un trabajador extranjero acudió al despacho de Catalina y denunció anomalías en una obra; quería llevar a la empresa a juicio por falta de seguridad. Un amigo de aquel hombre se había caído por el hueco de un ascensor; el constructor decía que se habían tomado todas las medidas de seguridad exigidas por la ley. Cristina no quería el caso, en el despacho tenían como clientes a empresas constructoras y no les gustaría que defendiesen un asunto semejante. Mariana y el resto de los empleados opinaban lo mismo: demasiado riesgo y poco beneficio; la nómina imperaba sobre la justicia. Si era verdad lo que el obrero contaba, saltaría como la pólvora toda una organización de sinvergüenzas, pero con mucho poder y dinero. Catalina insistió y fueron a la obra a comprobar la denuncia del trabajador portugués. Después decidirían si llevaban el caso o no.

Cristina y Catalina Béjar aparcaron el coche entre el barro formado por la arena, el cemento y trozos de escombro. Cristina terminó de ponerse las botas de agua y salió del coche. Lo rodeó y observó cómo Catalina retiraba el asiento hacia atrás y se calzaba unas catiuscas. Las de Cristina eran normales, compradas en cualquier almacén de construcción. Cristina continuó mirando a su hermana. Las botas de Catalina Béjar ni eran normales ni verdes. Color de leche cocida con un chorro de café puro de olla más un poco de miel clara, así era el color de aquellas botas. Finas, con suelas un poco más anchas y altas de lo que suelen tener ese tipo de calzado. Reforzadas en la puntera y en el talón. Unas anillas al final de la caña trasera terminaban en una chapa con un anagrama dorado. Cristina Béjar jamás calzaría unas botas así en una obra, habría estado enferma durante meses pensando en su precio; pensando en el daño que el barro y las piedras podrían hacer a las botas; pensando en cuántos juicios y comparecencias le habrían costado pagarse una cosa como aquélla. Cristina continuaba observando. Las botas, los pantalones de guerrillero, tenía que ir disfrazada, no podía evitarlo, pensó Cristina, la mochila, hasta el gorro; todo era diferente a lo que un ser normal se atrevería a ponerse en el barro grasiento o en cualquier parte. El precio no era lo importante, podía ser caro o barato, lo importante era el conjunto que su hermana ofrecía en ese y cualquier momento del día. Cristina pensaba en aquellas cosas con ternura. Catalina era una mezcla explosiva: agresividad, ternura, ira, poesía, mal humor, pena, alegría y tristeza. Rebeldía y acomodo. Nunca sería feliz, siempre buscaría cosas que no existen ni están al alcance de nadie. Catalina se lanzó al fangal sin pensarlo, saltó del todoterreno al barro sin molestarse en buscar el lugar menos embarrado. Las botas se hundieron en la masa marrón hasta casi los tobillos, Cristina Béjar suspiró y no hizo comentario. Hablaban de Rodrigo mientras caminaban hacia el edificio en construcción. Catalina estaba en uno de esos días en los que la esperanza no la abandonaba, levitaba sobre el barrizal y de las pupilas salían chispas de colores. No sabía qué esperaba ni qué era lo que realmente quería, pero eso no importaba, por encima de todo era feliz. Rodrigo era un bastón al que asirse y ella pensaba necesitar desesperadamente ese apoyo. Altapuerca, su trabajo, nada o casi nada la importunaba, habían pasado a segundo plano. Charlaban las dos hermanas mientras caminaban hacia la obra. Cristina protestaba, ellas no eran inspectores de trabajo ni expertas en seguridad.

—Catalina, mejor sería que viniese Luis, él entiende de esto; nosotras no.

—Mi marido no nos aclararía nada, correría a contárselo al resto de su gremio, Cris; eso haría el buen Altapuerca. Yo tengo un libro, lo compré esta tarde.

Pasearon las hermanas Béjar por la obra y fueron tomando nota de las irregularidades que Catalina observaba. El hueco del ascensor carecía de protección; unas cargas de ladrillos que pendían de una grúa estaban mal equilibradas, saltaba a la vista; los andamios no tenían la medida reglamentaria. Catalina iba provista de una cinta métrica, se la había quitado a Luis Altapuerca. Las redes de protección de materiales brillaban por su ausencia. En algunos lugares de la obra donde se estaban colocando pilares de hormigón armado, los hierros que sobresalían carecían de pivotes; si alguien caía encima de ellos quedaría ensartado sin remisión.

Al regreso, Cristina conducía y Catalina fue tirada en el asiento trasero del coche. A cada bote de las ruedas en el camino, repetía:

—Mañana me voy. Seguro que él puede arreglarlo. Me voy con Rodrigo. Todo es una vergüenza, Cris. Todo lo es. Si el hueco del ascensor hubiese tenido la red de protección a ese hombre no le habría ocurrido nada. Mierda de mundo. Sólo es para unos pocos, el resto son esclavos, es como siempre. No cambiará nunca. ¿Dónde estaban los inspectores de trabajo, dónde?

—Puede que sea lo mejor, un viaje, pero a un balneario, a un monasterio, Catalina; sin ese individuo a tu lado estarías más relajada. El día que quieras irte, te vas sola. Puedes hacerlo perfectamente. Te has dejado engañar por todos los que te venden que no puedes vivir sola. Los que te dicen eso lo hacen por miedo, para que no te marches. Tú siempre fuiste un poco boba, Catalina, muy boba.

Por supuesto, Catalina no se fue a ningún lugar más que a su casa, ese día y los siguientes los pasó en la ciudad escuchando cómo Altapuerca repetía que no sería para tanto lo sucedido con el trabajador portugués. Días más tarde Cristina y Catalina fueron a visitar al obrero que se había herido. Era un hombre joven que aparentaba mucha más edad de la que decía su ficha. Estaba con casi todos los huesos del cuerpo quebrados, pero su vida no corría peligro. Catalina Béjar se enteró de que el constructor no había vuelto a admitir al operario. Pagaba la fidelidad y el celo en el trabajo con una argucia legal que le permitía deshacerse de aquel trabajador por muy pocas pesetas. Catalina Béjar dio orden de paralizar todos los trabajos que tenían de Sampro S.A.; de nada sirvieron los argumentos del resto de los integrantes del despacho, de nada sirvió que le enseñasen la cantidad facturada el ejercicio anterior a Samprosa. Catalina Béjar fue, como tantas otras veces, inflexible. Altapuerca la habría definido como poco reflexiva.

—El que no esté conforme puede irse. Yo soy el jefe, cosa que olvidáis muy a menudo; el despacho es mío y yo no trabajo para delincuentes legales cuando tengo el convencimiento de que lo son. Arcadio González es un sinvergüenza al que todos hacéis la pelota. Yo no iría a tomar con él ni un vaso de agua, vosotros le pagáis los whiskies con mi dinero. Eso se ha terminado desde hoy.

Arcadio González llamó a Catalina Béjar e intentó encontrar una explicación para aquello. Al principio lo hizo con voz educada y aduladora, después el tono fue cambiando hasta hacerse amenazante.

—Eres una imbécil, Catalina, todos los Béjar os creéis algo. Superiores a los demás y no sois más que una recua de tarados; os hacéis los grandes, siempre fuisteis una raza inútil y presuntuosa. Tu marido me da pena, pobre Luis. Pagarás esto que me haces, no voy a poder explicar el motivo por el que tu despacho rechaza a mi empresa. Todo el mundo querrá saber el porqué de esto. Te demandaré por incumplimiento de contrato, mañana mismo lo haré, ¡zorra!

Catalina respiró hondo; era la segunda vez en pocos días que alguien la llamaba zorra; un exceso. Y la frase «pobre Luis» se estaba convirtiendo en algo demasiado habitual.

—No hay ningún incumplimiento; no hay contrato. Espero tu demanda con gusto, Arcadio, con mucho gusto. Nos demandaremos mutuamente, será divertido. De momento encargaré a dos abogados de esta casa que comiencen a revisar el expediente de tu obrero portugués; tengo la sensación de que hay un montón de irregularidades en todo eso, desde la forma de contratación hasta cómo lo despediste, sin tener en cuenta la falta de seguridad en esa obra. Esto será divertido, creo que lo será. Sobre todo cuando los inspectores de trabajo expliquen por qué no hicieron nada de nada al respecto; dos de ellos creo que se fueron de cacería o zorrería contigo la semana pasada; eso me han contado. Lo de zorrería ya sabes por qué lo digo. Y mañana espero verte en la entrega del premio que nos concedió la Federación de Empresas por la Innovación. Francamente desconozco por qué te dan otro premio a ti, lo que tú haces es tan viejo como el mundo: compras voluntades. Mañana será un buen día para concretar cómo nos demandamos. Por cierto, llamar zorra a alguien sin pruebas tiene que ser un delito; tengo que mirarlo. Puede que yo te demande dos veces, pensaré eso cuando tenga tiempo. Adiós, Arcadio, y la próxima vez procura no insultarme por teléfono: grabo todas las conversaciones, es una especie de manía.

Arcadio González sintió el golpe del auricular al chocar contra el teléfono, nada más que eso; después el vacío que deja el silencio tras una tormenta.

Cristina puso cara de pena. Se levantó, abrió una puerta que se escondía en uno de los frontales de la mesa de Catalina y con mucha calma sacó una botella de whisky, se sirvió un buen chorro y lo bebió de un solo trago.

—Yo no tomo ansiolíticos —dijo por toda explicación—. Catalina, esto es demasiado, no tenías que haberle dicho esas cosas. Es, mejor dicho era, un buen cliente del despacho. Y ¡es mentira eso de que grabas tus conversaciones!

—¿Estás segura de que no las grabo? —Catalina abrió un cajón y sacó una pequeña grabadora con un auricular—. Precisamente ésta no… de todas formas se lo merece, merece eso y más que pudiese hacerle. El caso del obrero portugués no es aislado y me da igual que sea un buen cliente, es lo mismo. Ese individuo comenzó trabajando de albañil y ahora que tiene dinero a base de comprar alcaldes, diputados y políticos de cualquier partido, se olvida de sus comienzos. Quien olvida sus orígenes termina por convertirse en alguien como Arcadio. El Cid, seguro que tuvo un abuelo campesino, es lo normal, así que tanta pata suelta de Rodrigo Díaz de Vivar, me enferma. Arcadio es un advenedizo que presume de lo que no es.

Al día siguiente Catalina y Cristina recibieron el premio a la mejor empresa del año. Catalina fue la encargada de agradecerlo.

—Me llamo Catalina Béjar. Tengo cuarenta años, heredé todo lo que poseo y hago lo que puedo por mantenerlo y no creo que eso sea demasiado meritorio. Muchos de ustedes piensan que estoy un poco loca —María del Prado perdió el color en ese instante y Altapuerca sonrió de manera forzada—, pero pocos, fuera de mi familia, se atreven a decírmelo cara a cara: parece ser que doy miedo. Recibo este premio porque sé que lo merezco, mi despacho lo merece, si se me diese por ser mujer, ni habría venido a recogerlo. —María del Prado se abanicaba con el menú y Altapuerca le sirvió un poco de cava—. El importe de este premio lo dono en este mismo acto de su entrega a la Fundación de Integración de Emigrantes que preside mi amiga sor Julia Vélez. Otra novedad que deseo anunciar es la siguiente: nuestro despacho no trabajará para constructores o promotores que no observen las medidas de seguridad necesarias con sus trabajadores, sean o no requisito legal; no cooperaremos con quien someta a sus trabajadores a un régimen de trabajo similar a la construcción de pirámides; no trabajaremos para todos aquellos que sólo quieran enriquecerse y no dejar tras de ellos más estela que la del dinero en su propio beneficio, sin preocuparse por crear riqueza en nuestra región. No trabajaremos en beneficio de quienes deseen manipular la ley a su antojo. Necesitamos una burguesía de verdad, no nuevos ricos paseándose en coches caros y blandiendo Visas Oro; eso es lo que ahora tenemos. Sin inversiones, sin austeridad, no tenemos futuro. Madre, deja de abanicarte, sabes que tengo razón. Gracias a todos.

Luis Altapuerca sonreía. Mataría a Catalina, esa misma noche lo haría. Nadie, ningún jurado, ningún juez podría condenarle por eso; era normal, casi defensa propia. Los constructores, sus compañeros, no perdonarían aquello. Cristina Béjar aplaudió con los brazos más altos de lo necesario; en el fondo de su mente Cristina se arrepentía de no haber ahogado a Catalina cuando eran niñas, nunca cambiaría. Claro que su hermana no era fácil de asesinar, tenía mala salud de hierro y poca fuerza física, pero aun así le daba miedo; de todas formas tenía que haberla ahogado, con ese pensamiento continuó aplaudiendo. María del Prado estaba a punto de sufrir un desmayo. Marta Guzmán gritaba algo parecido a: ¡Viva Catalina! Macarena dio un palmotazo en el hombro de su madre y la besó muy fuerte. Arcadio González subió al estrado. Sudoroso, fatigado, no tuvo más remedio que felicitar a Catalina y anunciar que él mismo revisaría la cuestión de seguridad en sus empresas, por supuesto no se quedó atrás y donó el importe de su premio a la misma Fundación. Fue una velada perfecta para Catalina. Familia y amigos no opinaban lo mismo.

¿Y la vida prometida?

«... la serpiente me engañó y he comido...»
Multiplicaré los trabajos de tu preñez.
Con dolor parirás a tus hijos y, no obstante,
tu deseo te arrastrará hacia tu marido,
que te dominará.

Génesis

El día después, Rodrigo Álvarez de Seoane telefoneó a Catalina.

—Lamentable; ha sido lamentable, Catalina. Creo que no se habla de otra cosa en la ciudad. ¡En toda la región! Nunca cambiarás, Catalina. Eres la comidilla de todo el mundo. Sale en los periódicos, hasta los diarios nacionales se hacen eco de ese ridículo discurso tuyo. Algún periodista imbécil habla de la valentía de la esposa de un hombre vinculado a la construcción; hasta te relacionan conmigo, a nuestras familias. Me estoy poniendo enfermo, el ministro me pedirá explicaciones, eso es seguro. Has insultado y humillado a media provincia con tu comportamiento. Inés está escandalizada de lo que has hecho. Pobre Luis...

Catalina caminaba por la calle cuando recibió la llamada de Rodrigo; pasó de la alegría a la estupefacción. Rodrigo no la estaba felicitando; Catalina creía entender que Rodrigo la insultaba o al menos le hacía reproches. La noche anterior había dormido en la habitación de invitados por algo parecido. Luis, el señor Altapuerca, le gritó, la insultó y la vejó. Todo por culpa de un delincuente: Arcadio, alias el Samprosa, dueño absoluto de la construcción en la provincia y aledaños. Luis repetía una y otra vez que Arcadio era un corrupto, pero, aun así, la insultada era Catalina. Según Altapuerca, la imbecilidad que conlleva la honradez, en ciertos casos, era peor que la corrupción.

Catalina, fiel a su cambio, no discutió con su marido. Decidió abandonarle. Llamaría a Rodrigo y se lo diría, tomarían un nuevo camino juntos. Eso había pensado Catalina Béjar la noche anterior. Y al día siguiente, Rodrigo repetía lo mismo que había escuchado de boca de Luis.

—Rodrigo, esto es injusto. Pensaba llamarte para decirte que me iba de casa; quiero irme contigo, que nos divorciemos, que nos vayamos juntos. No es honesto lo que estamos haciendo, pensé que estarías contento por lo de ayer. Hice lo justo, lo que era honesto. Tú dices que Arcadio es un truhán, te lo he escuchado muchas veces. Lo has dicho, Rodrigo…

A Rodrigo Álvarez de Seoane dejaron de preocuparle los constructores corruptos y la relación directa con la financiación de su partido o el de Catalina. El corazón le dio un vuelco. Catalina había hablado de divorcio; sí, eso era seguro. Y no era la primera vez que Catalina lo hacía. Su amiga estaba más loca de lo que él mismo podía imaginar. Ya era suficiente ser amigo —Rodrigo olvidó la palabra amante— de la inconsciente que se atrevió a insultar a uno de los hombres más poderosos de aquella maldita tierra, como para que aquella inmadura pensase que iba a irse con ella. Si alguna vez esa posibilidad cruzó por la mente de Rodrigo, la actitud de Catalina y la adjunta al gabinete ministerial la habían borrado del todo. La adjunta se conformaba con un ascenso, no pedía nada afectivo. Una mujer práctica, de su tiempo.

María del Prado caminaba en dirección a la iglesia, misa de once. Observó con espanto cómo su hija Catalina avanzaba por la acera de enfrente y hablaba sola. Catalina iba caminando con paso rápido, gesticulaba y hablaba. María del Prado dio media vuelta, la misa podía esperar. Sacó las gafas del bolso y con disimulo, ante un escaparate, se las puso. Caminó detrás de Catalina; gestos con las manos y una conversación. Catalina iba hablando sola por la calle. Estaba loca. El discurso de su hija la noche anterior y lo que estaba viendo lo dejaban claro. A saltos, tratando de acercarse a la espalda de Catalina sin que su hija se diese cuenta, María del Prado cruzó la calzada. Escuchó cómo Catalina decía una y otra vez: «No me entiendes, Rodrigo, eres como todo el mundo, tú no me entiendes...». Y volvía a mover las manos. María del Prado pensó que Dios la maltrataba sin parar, que las cruces tenían un límite y ella lo había superado. La insensata aquella sufría un frenesí, un delirio cuyo objeto era Rodrigo; imaginaba que estaba hablando con aquel demonio, su pobre hija era como Juana la Loca. María del Prado rememoró *Locura de amor* y, con ese pensamiento, cayó al suelo víctima de un síncope nervioso. Entretanto Catalina estaba a punto de sufrir otro. La voz de Rodrigo se transformó. Catalina casi ni la reconocía. Era una voz helada, átona.

—No sé de dónde has sacado la idea de que voy a divorciarme, Catalina. Es la segunda vez que escucho eso; la segunda o tercera vez que me lo dices. Creo que estás en un error. No voy a divorciarme, Catalina. Confundes una situación, algo que nos ha pasado, una especie de asignatura pendiente, con otras cosas más serias. Mañana acudiré a la inauguración del rastrillo, espero que no cometas ninguna tontería, que seas sensata. Si tenemos tiempo, mañana hablamos; si no es mañana, otro día. Descansa, creo que sufres agotamiento nervioso, será eso; trabajas demasiado. Todo volverá a su cauce en el momento en que descanses y te serenes. Mañana nos veremos, Catalina. Adiós.

Catalina arrancó el auricular de la oreja, envolvió el cable en el teléfono móvil y lo metió en el bolso de la gabardina. Hizo eso en el momento en que una ambulancia acudía a socorrer a María del Prado.

La buena mujer no había visto el móvil ni el artilugio para hablar sin manos. Se quedó una vez más, y como muchos, en lo aparente.

Al entrar en la oficina, Catalina saludó levemente. Con el

gesto descompuesto entró en su despacho. Le estaba costando trabajo contener las lágrimas. Le extrañó que Mariana no entrase tras ella. Dio un manotazo en el timbre y esperó. Volvió a dar un golpe al timbre. Nadie acudía a la llamada. Abrió la puerta y preguntó por Mariana a uno de los pasantes.

—Está en el baño, creo.

La puerta del aseo estaba cerrada.

—Mariana, ¿estás ahí?

—Sí, salgo ahora, déjame…

—Abre, haz el favor de abrir, tengo que hablar contigo.

—No tengo ganas de hablar de nada, vete, Catalina; no tengo ganas de hablar, sólo de morir.

—Haz el favor de abrir, Mariana, déjate de hacer el imbécil que no estoy de humor, tengo que contarte algo.

El sonido del cerrojo al correrse de golpe asustó a Catalina. Se abrió la puerta y la voz de Mariana se dejó oír más alto de lo necesario.

—¡Déjame en paz! ¡Déjame! ¡No quiero escuchar nada! ¡No me interesa ninguna historia tuya! No quiero nada…

Catalina estaba a punto de llamar al orden a Mariana, pero algo se lo impidió. La cara de Mariana estaba llena de moratones. Un ojo, la ojera amoratada y macilenta. En unos días estaría amarilla. En la otra parte del rostro varias señales moradas marcaban la piel de Mariana.

—¿Qué es esto? ¿Qué ha pasado? ¡No quiero escuchar que tropezaste con una puerta! ¡No quiero escuchar eso! Ven…

Mariana no se resistió. Caminó junto a Catalina y entraron al despacho, Mariana cerró la puerta. Catalina la abrió de nuevo, preguntó por su hermana y pidió dos cafés.

—Su hermana está ocupada con un cliente, señora Béjar…

—Avísela, que venga ahora mismo; dígale que es urgente, que despache al cliente y que venga, escriba una nota y dígale que venga de inmediato. Gracias. Mejor trae un termo de café y varias tazas.

—¿Qué ha pasado? Eso es una paliza. Marta diría que es una somanta de hostias. —Catalina movió la cabeza a los lados—. Bueno, esa expresión puede ser apropiada aunque yo no sea Marta. ¿Pepe? ¿Ese desgraciado te hizo eso? Contesta de una vez, Mariana…

Mariana comenzó a proferir sonidos extraños y Catalina a perder la paciencia. Entró en el despacho Cristina Béjar y, cuando estaba a punto de cerrar la puerta, alguien la empujó. Marta Guzmán había decidido ir a visitar a sus amigas. Las recién llegadas miraron la cara de Mariana con asombro que tornó a rabia al momento. Todas conocían a Pepe.

Tomaron asiento y Marta Guzmán preguntó:

—¿Por qué te hizo eso, Mariana?

—¿Qué más da el motivo, Marta? Es una pregunta imbécil. —Cristina Béjar estaba de muy mal humor y no había tiempo para florituras.

—Tienes razón, no hay motivo para esto, no lo hay, Cristina.

—Por esto. —Y Mariana extendió unos folios de papel arrugados.

Catalina los cogió y comenzó a leer.

—No es posible… Sírveme un café, Marta, por favor…

—No soy Antonia, Catalina…

Cristina Béjar tuvo ganas de ejercer violencia física contra su amiga, pero se contuvo; sirvió café en las tazas y acarició el pelo de Mariana.

—¿Qué es eso, Catalina, qué dicen esos papeles?

—Mira, léelo tú; es increíble, increíble…

Y Cristina leyó alguna de las frases:

> Curso especial para hombres.
>
> Debido a la complejidad y dificultad de asimilación de los temas, los cursos tendrán un máximo de 8 asistentes.
>
> — La plancha: de la lavadora al armario, ese proceso misterioso.
> — Por qué no es malo regalarle flores aunque ya estés casado con ella (gráficos y montaje audiovisual).

— El rollo de papel higiénico: ¿nace el papel higiénico en el portarrollos?
— Cómo bajar la tapa del inodoro, paso a paso (esquema).
— El lavaplatos: ese gran desconocido.
— ¿Es posible orinar sin salpicar fuera del inodoro? (prácticas en grupo).
— Diferencias fundamentales entre el cesto de la ropa sucia y el suelo (dibujos gráficos aclaratorios).
— La taza del desayuno: ¿levita sola hasta el lavavajillas? (ejemplo en vídeo).
— ¿Se puede seguir siendo «alguien» sin tener el control remoto de la tele?
— Comunicación extrasensorial: cuando se dice que algo está en el «cajón del armario» sólo un torpe necesita preguntar en qué cajón y de qué armario.
— Cómo luchar contra la atrofia cerebral: recordar cumpleaños, aniversario...
— Cómo aprender a encontrar las cosas empezando a buscar en su sitio antes de revolver toda la casa a gritos.

—A mí no me parece increíble: es lo que los tíos suelen hacer; me parece muy real; los tíos suelen ser unos guarros desordenados. Lo de mear fuera del retrete es real como la vida misma.

—Me refiero a que es increíble que le haga esto, que le dé una paliza, a eso me refería, Marta. —Catalina se estaba impacientando.

—A mí no me parece increíble nada. Yo no me caso por eso. Terminaría pegándole a Julito, sería yo la maltratadora.

—Ayer, al abrir el correo electrónico, lo encontré en mi buzón. Es de una chica puertorriqueña. La conocí en un chat, trabaja en una empresa parecida a ésta, nos escribimos desde hace varios meses, es muy simpática. Me envió esto y lo imprimí. Ella se ha divorciado tres veces; yo le conté que Pepe era poco ordenado y al día siguiente recibí esto. Ayer, al llegar a casa, encontré todo revuelto. Pepe buscaba una camisa que yo no había puesto a lavar; así que sacó toda la ropa de los cajones, toda; os juro que todos los cajones estaban abiertos y la ropa tirada, esparcida por media casa. Con la rabia dejó caer un juego de tocador que me había regalado mi madre. Yo no discutí, aprendo de Catalina. Bueno, pues al parecer el que no hablase lo enfadó aún más. Yo metí la mano en el bolso y le di esos folios. Me encerré en la habitación y me senté en la cama. Pegó una patada a la puerta, entró y me mandó recogerlo todo. Dije que no, que no me daba la gana. Hizo una bola con los folios y me hizo abrir la boca a la fuerza, me los metió entre los dientes. Me llamó muchas cosas... Eso pasó ayer.

—¿Y los moratones? —La voz de Catalina era una mezcla de ira y llanto. Sin darse cuenta había comenzado a llorar.

—Se le fue la mano, Catalina. Yo me resistí y a él se le fue la mano; no quiso hacerme todo esto.

Marta Guzmán escuchaba y miraba a Catalina, puede que fuese verdad que estuviese cambiando; lloraba al ver la cara de Mariana, puede que Catalina estuviese haciéndose comprensiva, pensaba Marta. Entre los pensamientos, la pianista escuchó la voz de Mariana y a Marta le pareció que esa voz pronunciaba unas palabras que exculpaban al tal Pepe.

—¡La madre que te parió, Mariana! ¡Eso sí que no! ¡Como mi madre! ¡Haces lo mismo que mi madre! ¡Sois imbéciles perdidas, las tías como vosotras lo sois! ¡Mi padre le solmenaba hostias y ella decía que era sin querer! ¡Una infancia entera, una juventud viendo cómo le pegaban a mi pobre madre y ahora vienes tú con la misma historia! ¡No te jode! ¿Qué tienen, un piloto automático en la mano? ¡Vamos! ¡Venga, vamos todas!

—¿Adónde? Yo no estoy para ir a ningún sitio.

—Sí que lo estás; vamos a urgencias, allí nos vamos. Y parece mentira, coño, las abogadas sois vosotras dos.

Las hermanas Béjar callaron; esa vez guardaron silencio. Marta tenía razón. Mariana comenzó a llorar y a decir gritando:

—¡No puedo ir! ¡No lo volverá a hacer! ¡Me lo ha prometido!

Él mismo me curó; no volverá a hacerlo. No quería que hoy viniese a trabajar, quería que descansase. No volverá a hacerlo...

—Mariana, no es la primera vez. No lo es, las dos lo sabemos. Te curó para impedir que fueses a un hospital. Y el descanso le interesaba, así no veíamos esas marcas. ¡No seas inocente ni burra! Sabes que es así; estás harta de verlo en el despacho. Sí, Marta tiene razón: parece mentira. Nosotras somos las abogadas; todo parece mentira...

Nadie se preocupó de averiguar qué era el todo al que Catalina se refería. Ninguna sabía que su llanto era más por ella misma que por la pobre Mariana. Aquella mañana, todo parecía mentira. Marta tenía razón.

Marta abrió la puerta y dijo a un empleado que estaba cerca de ella, escuchando:

—¡Tú, cotilla! Llama a un taxi, rapidito, y si te pillo escuchando de nuevo detrás de la puerta te vas a enterar de que el despido libre existe.

Volviéndose hacia Catalina, murmuró:

—Espero que no te importe, Catalina; es que el tío estaba escuchando; me parece que tenéis poca disciplina aquí. Si tuviese tiempo vendría unos días a ayudaros con eso. Es porque sois mujeres, por eso no os respetan, estoy segura. En las orquestas eso no pasa, o pasa poco cuando eres una diva como yo. Venga, vamos.

—¡Os he dicho que no voy! ¡Qué fácil lo veis todo! ¡Las tres! ¡Si voy no podré regresar a mi casa! ¡No tengo dónde quedarme! ¡Y el sueldo no me da para pagarme una casa! No es un reproche, Catalina, es la verdad. Vosotras tenéis dinero, podéis iros cuando queráis y a donde queráis. ¿No entendéis que yo no puedo hacer eso? No puedo...

—Sí puedes. La casa no es problema. Estaré fuera de la ciudad seis o siete meses. Te quedarás en mi casa; la semana que viene me voy y tú te quedas en mi casa. De paso me la cuidas, Mariana. Ya no tienes excusa. Si vuelves con ese cabrón, mereces todo lo que te pase o te haga.

La diva musical estaba resuelta a ser tajante aquella mañana.

Antes de que Mariana pudiese discutir, la puerta se abrió y las informaron de que el taxi había llegado. El chaval que servía los cafés a Mariana la miraba con cara de pena. Cristina y Catalina abandonaron el despacho en silencio. Marta llevaba la iniciativa. Al abrirse la puerta del ascensor algo, más bien alguien, les impidió la salida. Pepe, el maltratador de Mariana, estaba en el portal, pegado a la puerta del ascensor. Mariana reculó asustada. Y frente a Pepe se alzaron las tres amigas. Al principio, Pepe bajó la cabeza. A los tres minutos comenzó a levantar la voz y al minuto siguiente vociferaba.

—¡A mí no me acojonáis ninguna de las tres! ¡Sois las culpables de que ésa se crea más de lo que es! ¡Le metéis cosas en la cabeza para que se crea superior! ¿Adónde va a ir esa deforme? ¿Quién la va a querer? ¡Siempre con los putos libros esos del corazón, con esa mierda de novelas rosa! ¡Una tarada mental es lo que está hecha esa zorra!

La palabra «zorra» despertó algo en el cerebro de Catalina; estaba cansándose de escucharla. Estaba cansándose de muchas cosas. Una vez más, Catalina Béjar no pensó; una vez más actuó sin pensar en las consecuencias. Sin que nadie pudiese impedirlo; sin que ni hermana, amiga o secretaria se diesen cuenta, el cuerpo menudo dio un paso al frente y la mano larga agarró al hombre que gritaba por donde dicen que duele mucho a los hombres: los cojones. Pepe gritó aún más, pero no salían palabras insultantes de su boca, aullaba.

—Señor, por llamarle de alguna manera, deje el paso franco, deje el acceso libre; vamos a salir. Hoy estoy especialmente disgustada, mucho. Mi vida, la de Mariana, la de todas, es una mierda. Sí, una auténtica mierda. Creo que por culpa de los hombres, eso creo. Puede que por nuestra culpa, por dejarnos insultar y vejar. Pero la cuestión es que al final siempre hay un hombre; es lo contrario de la frase: *cherchez la femme*... Lo que hay que hacer es *cherchez le cabroné*, a un tío como usted. Así que paso franco, señor. Paso franco o le retuerzo los cojones hasta que me duela a mí la mano.

Mariana escuchaba levantando el pescuezo para ver lo que sucedía; las mataría a todas, Pepe lo haría. Marta y Cristina estaban paralizadas. Catalina se había vuelto loca, aquella vez de veras. El marido de Mariana era un hombretón enorme, una masa de carne. Y allí frente a él, Catalina Béjar daba uno de sus famosos discursos mientras le apretaba los cojones con la fina mano. Pepe había dejado de aullar, por el asombro. Y Catalina dejaba escapar la fuerza por la boca, la mano estaba dejando de apretar. Pepe levantó un brazo, el piloto automático lo dirigió a la cara de Catalina. Otro brazo, menos carnoso pero más fuerte, lo asió a tiempo.

—¡Quieto, cabrón, quietecito! —Y el brazo y la voz retorcieron otro brazo, el de Pepe, y provocaron nuevos gritos de dolor en él.

La policía entró en el portal y sacó a la fuerza al marido de Mariana, que se resistía a salir sin matar a alguien.

El brazo que había impedido que la cara de Catalina quedase señalada se abrió paso entre Marta y Cristina Béjar, avanzó hacia Mariana y le tomó una mano.

—Ya pasó todo, princesa; ya pasó todo. Yo te acompaño al taxi.

Y el chaval, el último mono de la oficina, que le servía café a Mariana, la llevó camino del taxi mientras le atusaba el pelo.

—Éste hace eso de la lucha, *funku*, estoy segura. El animal ese no te partió la cara de milagro, Catalina. Sí que estás loca, endemoniadamente loca. Pero disfruté.

Nadie se molestó en explicar a Marta que el arte marcial al que se refería tenía otro nombre. A Catalina le importaba poco todo; Mariana estaba menos dolorida y pensaba en el tono en que el chaval pronunció «princesa»; nadie le había dicho nada semejante, nunca. Cristina llamaba al móvil de Julito. Había que tomar medidas para que Mariana tuviese alguna clase de protección, al menos durante unos días. Pensando cada una en lo mismo pero de maneras diferentes, llegaron al hospital. Acompañaron a Mariana hasta la puerta de urgencias y caminaron hacia la sala de espera. En el pasillo tropezaron con un médico.

—Hola, lo de vuestra madre no es nada; un síncope nervioso, no os preocupéis...

Tres pares de ojos se dirigieron a la bata blanca. Ninguna de las tres cabezas entendía nada, cosa habitual como hemos visto a lo largo de la historia.

—Hola, Armando. —Cristina Béjar saludó al médico—. Perdona pero no entiendo lo que dices. ¿Qué madre?

—La vuestra, la vuestra. ¿Cuál va a ser? Está en esta sala, podéis pasar a verla.

—¿Qué hace mi madre aquí?

—Voy a creer que tiene razón, Catalina. Porque tu santa madre dice que sufre una depresión aguda por tu culpa. ¡Y las dos me decís que no sabéis que vuestra madre está aquí; será verdad lo de la pobre María! Algo tendrá que ver el espectáculo que diste ayer en la entrega del premio, Catalina, algo tendrá que ver. Mi hijo trabaja para Samprosa, estaba allí y me lo contó. Nunca cambiarás, Catalina, nunca. Vamos a ver a vuestra madre; no tiene nada, agotamiento. Lo de la depresión aguda me ha hecho gracia, es la primera vez que lo escucho, pero podría ser; si mi hijo hace algo parecido a lo que hiciste ayer, a mí me daría, Catalina, me daría una depresión aguda.

—Me está dando otra vez; me estoy quedando idiota: no entiendo nada. —Marta Guzmán movía la cabeza de un lado a otro; era lo habitual, aquella ciudad era peor que cualquiera que ella conociese. ¡Ni en Rusia le había pasado a ella nada tan extraño! Ahora que el comunismo era un recuerdo, cuando las mafias campaban por sus respetos en aquel país, nada parecido le había sucedido. Eran las Béjar, de eso estaba segura. Y ahora la vieja aquella de la madre. Primero Mariana y ahora la vieja. Tenía gana de irse, adelantaría la marcha.

Catalina ni se molestó en responder; caminó detrás del médico sin entender nada ni preocuparse por ello. Se encontraba mal, se estaba mareando y le dolían todos los huesos. María del Prado se había vestido y conversaba con una aturdida enfermera que entendía pocas cosas de la charla de María.

Al ver a sus hijas se dirigió al médico.

—¡Te dije que no las llamases, Armando! Si me tengo que morir, me muero sola. No quiero nada de ellas. No sabes lo que padezco. ¡No sabes qué cruz llevo yo, Armando! ¡Sí, una gran cruz! ¡La enfermedad de un hijo es algo atroz, Armando; no sabes tú lo que es! —Y pronunció las últimas palabras mirando a Catalina fijamente.

—Creo que lo dice por ti, Catalina…

Marta Guzmán se asombraba más y más. En ocasiones como aquélla daba gracias al cielo de estar huérfana y sola en la vida. Catalina, agarrada a una camilla, encontró fuerzas para saludar a un médico que entraba en aquel momento.

—Hola, Arturo…

Y cayó desmayada.

Al regresar al mundo real, sin ningún interés por su parte, Catalina escuchó a su madre.

—Hazle un análisis, Armando; házselo. Tiene algo mental, estoy segura. Habla sola. Y físico tiene que tener algo, escuché en la radio que las enfermedades mentales bajan las defensas, y Catalina tose todo el día. ¡Qué cruz, señor! ¡Qué cruz!

—Quien habla solo espera hablar con Dios un día, madre…

—¿Lo ves? Ni muriéndose deja de hablar. ¡Un *lignum crucis*! ¡Una hija mía muerta antes que yo! ¡Fuma como una descosida, Armando! ¡Morirá antes que yo y otra carga a mi espalda, otra pena! ¡Ay, Armando no sabes lo que es esto!

—Su hijo, el que trabaja en Samprosa, es maricón, así que sabrá lo que es esto, madre, sí que lo sabe. Pero Armando es más listo: no lo cuenta. Y le han abierto diligencias en el juzgado, a su hijo el maricón, así que claro que sufre Armando. Tiene que sufrir a la fuerza; Armando es tan intransigente y criticón como tú, así que tiene que sufrir mucho. Y de morirse, según tú, moriría yo, así que, pena la mía, madre. Deja de quejarte, nos agotas con tanta queja inútil, te gusta ser la más desgraciada, la más abandonada, la más subsidiaria de agradecimiento... Por favor, deja de quejarte, madre... No hay quien te aguante.

La voz de Catalina Béjar era suave, casi sin fuerza, pero las palabras se escucharon nítidamente.

—¿Es verdad eso, Armando? No sabía nada, lo siento...

María del Prado dejó a un lado la voz quejumbrosa; la cara de Armando González tomó el color de la grana. María del Prado, como otras muchas buenas Marías, encontraba consolador el mal del prójimo; hacía llevadero el propio. En cuanto a las palabras de Catalina hacia ella, las dio por no pronunciadas; lo que no le interesaba, María del Prado lo guardaba en el cuarto del olvido. Marta observaba con mucha atención, compondría algo diabólico con todo aquello, cuando tuviese tiempo escribiría una ópera. Cristina Béjar dejaba resbalar la puntera del zapato por la baldosa, costumbre familiar en caso de apuro.

—¿Podrían salir un rato? Me gustaría hablar con Catalina. Terminaremos enseguida. Tan sólo es agotamiento, esta mujercita siempre pensó en muchas cosas, demasiadas.

Arturo Mendiola intentaba aguantar la risa, la cara del doctor González era patética; el doctor Mendiola encontraba deprimente al doctor González y quería mucho a Catalina.

—Mi hija está sin ropa. Yo me quedo.

María del Prado sintió una fuerza extraña en su brazo, la fuerza la arrastraba hacia el exterior a la vez que decía:

—Déjate de decir tonterías, mamá, déjate de hacer el tonto. Por hoy ya está bien de espectáculos.

La fuerza, Cristina Béjar, estaba comenzando a perder la paciencia con su madre y planteándose si Julito Torrevieja no sería un buen sustituto de compañía para ver la televisión cada noche. Pensaría en ello. Su madre la crispaba.

—Tu madre no cambia, Catalina.

—Al parecer nadie cambia, Arturo. Estos días escucho esa frase sin parar: nunca cambiarás, Catalina, nunca cambiarás.

—Tú no cambies, Catalina. Tú no lo hagas. Me gustas así. Que cambien ellos. Hazme caso. Bien, no tienes nada importante, diría que cansancio. Hastío, padeces de hastío. Por lo que oigo, estás lanzada al estrellato, Catalina. Cuentan las lenguas y no paran: todo un subsecretario de Estado, Catalina, eso no está mal. Lo malo de la historia es que sea el canalla de Rodrigo, no creo que de eso salga nada bueno. La semana pasada hablé con Bernardo. Está preocupado.

La cara de Catalina asomaba por entre las sábanas verdes de la camilla. Miró con asombro la cara de Arturo Mendiola. Y del asombro pasó al llanto. Hipaba sin parar y el llanto salía de muy adentro.

—Yo no hice nada malo, Arturo. En serio que no. Nada malo. Sólo quería alguien que me quisiera, sólo eso. Nadie me hace caso, nadie. Y ahora dice que no va a divorciarse... Y yo me encuentro mal, tengo algo malo, seguro que sí. Me duele todo: caderas, espalda, cuello. Seguro que tengo algo malo, Arturo. Y todos dicen que estoy agotada; cuando intento abrazar a Luis, se asusta y me dice que me duerma. Si intento ser honesta me dicen que padezco agotamiento. Yo no soy de este mundo, todos dicen que no cambio, que estoy agotada. No entiendo nada.

—Claro que no va a divorciarse, mujer. Claro que no. Mejor que Rodrigo no se divorcie, mejor para ti. Y malo no creo que sea: tienes cuarenta años, así que todo eso es normal, que te duela eso es lo normal. A los veinte, esos síntomas me preocuparían, a tu edad, no. Y por supuesto que no hiciste nada malo, Catalina. Por cierto, la próxima vez que quieras hacer algo no malo, me llamas; me divorcié hace un año. Y hace tiempo que no salimos a cenar tú y yo.

Catalina se incorporó de golpe. Buscaba algo que lanzar al doctor Mendiola. Arturo Mendiola no dio ni un paso atrás. Miró fijamente a Catalina.

—Los cuarenta aún no se te notan en el pecho, Catalina. Aún no. Puede que tengas las caderas hechas polvo, pero el pecho se conserva bien.

—¡Eres un cerdo! Me llamas vieja y ahora me miras el pecho. ¡Esto es poco ético! ¡Eres médico y yo una paciente!

—Puede, Catalina, puede que sea poco o nada ético. Pero mira, has recuperado el tono de voz, ya no susurras y te levantaste de golpe. Anda, vístete. Y no olvides esa cena. Ni cambies, no cambies nunca, Cata, nunca… El día que cambies estarás moribunda, el cambio sí que me preocuparía. Y soy tu amigo, antes que médico soy tu amigo, Catalina.

Detrás de un biombo, Catalina intentaba ponerse la ropa sin perder la calma. No sabía el motivo, pero Arturo estaba causándole desasosiego; no era nada desagradable, pero las palabras y la voz la desasosegaban.

—¿Tú no me tienes miedo, Arturo? No retrocediste cuando me levanté de la camilla, si tengo algo al alcance te lo lanzo…

—¿Miedo de ti? ¿Miedo de un cachorro? No, Catalina, nunca, nunca te tuve miedo, no hay motivo.

El desasosiego iba creciendo por momentos. Y Catalina decidió cambiar de tema.

—¿Tengo que tomar algo? Alguna medicina.

—A ti siempre te gustó mucho el cine. *Lo que el viento se llevó*, Catalina.

—Sí, ¿y eso qué tiene que ver? Hoy no te encuentro demasiado normal, Arturo. Estás raro…

—La medicina que necesitas es ésta, Catalina.

Y antes de que Catalina Béjar pudiese hacer o decir nada, el doctor Mendiola la agarró por la cintura; le estiró el pelo con fuerza y la besó en la boca.

—Rhett Butler lo habría tenido tan claro como yo, Catalina. Tú necesitas que te besen, ésa es la medicina: que te besen y te abracen mucho. Así dispersarás esa tremenda energía que te deja agotada.

Catalina Béjar padeció un súbito ataque de mudez. Salió al pasillo con la mirada perdida. Mariana estaba con el grupo. Armando, el doctor González, ya no hacía compañía a su madre.

—Recuérdalo, llámame, Catalina, no dejes de hacerlo. Puede que un poco de esa medicina no te venga nada mal. Saluda a Luis, hace tiempo que no lo veo.

Y el doctor Mendiola se despidió con un gesto de la mano mientras caminaba de nuevo hacia la sala de urgencias.

—¿Por qué tienes que llamarlo? ¿Te ha hecho unos análisis? ¡Sabía que estabas enferma, lo sabía! ¿Qué medicina te ha recetado? Algo para los nervios, seguro que algo de eso…

—Para ir al cine, quiere que vayamos al cine. A ver *Lo que el viento se llevó*. Arturo dice que soy como Escarlata O'Hara, madre. Y creo que tiene razón, mucha razón, madre.

María del Prado se rindió a la evidencia. La enfermedad mental de su hija sufría un brote agudo, decidió permanecer en silencio. Y todas las mujeres regresaron a su hogar. Catalina a dormir, soñando con el doctor Mendiola y su bigote. Como Rhett, Arturo tenía bigote. Mariana pensaba en el chaval de la oficina, de qué manera la había llamado princesa, de qué manera había detenido a la mole de Pepe. Marta, en un despacho cercano a la habitación de Mariana, escribía de manera enfurecida notas sobre un pentagrama; la pianista emitía sonidos parecidos a los del trueno; los vociferaba y a continuación escribía las notas. Cristina Béjar pensaba en la forma de abordar el tema con Julito: tendría que ir con cuidado, no quería que Su Señoría pensase que lo de ir a vivir juntos era cosa de ella, tenía que buscar la manera de que él insistiese en ese tema. María del Prado preparaba la quinta infusión de tila de la noche, Cristina le había insinuado que se marchaba de casa con Julito. La buena María estaba segura aquella noche de que de haber nacido en tiempo de los evangelistas, los textos sagrados hablarían de ella. No era para menos, ni la propia madre de Jesús sufrió tanto.

Vanidad de los esfuerzos humanos

Hay un momento para todo
y un tiempo para cada acción
bajo el cielo:
un tiempo para nacer
y un tiempo para morir;
un tiempo para plantar
y un tiempo para arrancar lo plantado
…
un tiempo para buscar
un tiempo para perder;
un tiempo para guardar
y un tiempo para tirar;
…
un tiempo para amar
y un tiempo para odiar;
un tiempo para la guerra
y un tiempo para la paz.

Eclesiastés

El rastrillo benéfico se inauguraba aquella tarde. Catalina pensaba en ello mientras dejaba que su cuerpo flotase en la bañera. No quería ir, sería algo espantoso. Toda aquella gente la miraría. Murmurarían. Y tendría que ver a Rodrigo. Se moriría. Recordaría la cantidad de insensateces que había dicho por teléfono al patán de Rodrigo y seguro que padecería algún ataque, esta vez un ataque de verdad. Todas tenían razón; sexo, había sido sexo y ahora era una mujer burlada y abandonada; eso era ella. Luis Altapuerca entró en el baño.

—Veo que continúas haciendo esfuerzos por el país, Catalina. Son las nueve y estás en remojo.

—Sí…

—¿Sí qué?

—Nada, que sí. Que me esfuerzo por el país. Que hago eso. Se te olvida que ayer estuve a punto de ingresar en el hospital, Luis. Estoy agotada.

—Catalina, sufriste un desmayo, no seas dramática. Y la verdad, no sé de qué estás agotada, no haces nada. Mandar, eso sí...

—Es la presión, todo lo que tengo encima, no puedo más y tú no lo entiendes. Te ríes de mí cuando intento hablar de esto. Y mandar implica esfuerzo, más que hacer, en ocasiones más, Luis. De todas formas no quiero reñir, hoy no.

—Ni yo pienso discutir cuál es esa supuesta presión. Te buscas los problemas a pulso, Catalina. Permanentemente te sales del rebaño, querida, así que no te quejes.

—Ya...

—¿Cómo está Mariana?

—Bien, creo que ya está mejor; me ha llamado desde el despacho.

—Me alegro. En fin, estas cosas no pasarían si las mujeres no se empeñasen en ser de esa manera.

Catalina Béjar sintió un pinchazo en la cabeza. Alguien le estaba introduciendo una punta, un clavo puntiagudo entre los ojos. Luis era el causante del clavo. La pantera puso voz de gata.

—¿De qué manera se ha comportado Mariana?

—Me contó Antonia que su marido se había enfadado; al parecer no le tenía una camisa preparada, y ella, en vez de ser lista, callar la boca y plancharla, se puso a discutir. Normal que el hombre perdiese la cabeza, Catalina. Llegaría cansado de trabajar y la otra se pone borde.

Catalina Béjar se olvidó del dolor de caderas; Catalina Béjar odió a su marido. Catalina Béjar se puso en pie dentro del agua. Ronroneó.

—Si fuese por eso, tú tenías que estar muerto, Luis. Yo tendría que haberte matado con mis propias manos. Nunca sabrás la cantidad de veces que has hecho o dicho cosas merecedoras de la muerte. Según tu teoría, eres el reo perfecto. Siempre estás cansado, de mal humor. Dejas todo tirado al aire. Me desprecias. Minusvaloras cada cosa que hago…

—Catalina, no empecemos, no me provoques…

—¿Qué vas a hacer? ¿Pegarme? Te faltan huevos para eso, Altapuerca. No te atreves. Me tienes miedo. Tú, en el fondo me tienes miedo. Sabes que te destruiría, lo sabes. Tú eres el único que sabes lo perversa y endemoniadamente mala que puedo llegar a ser cuando no grito ni me enfado. Anda, pégame. Déjame una señal. Ya te lo he dicho otras veces, déjame una huella que se vea, Altapuerca. Si yo contase todo lo que me has hecho o dejado de hacer, que tan malo es uno como otro, nadie podría creerlo. Ésa es la perversidad más peligrosa, Altapuerca, la peor. Has pasado años humillándome, lo haces para reafirmarte tú, eso es lo que haces. Te tienes por tan poco que tienes que humillarme para sentirte más hombre o más persona, yo qué sé. Pero lo haces. Hasta ahora te protegió de mí el amor; yo te quería, y puede que aún te quiera. Pero no de esa manera, no como antes. Llevas años culpabilizándome de todo, me has generado sentimientos de culpa durante años, eres peor que mi madre. Pegar, no me pegas pero has intentado matarme, durante años lo has intentado. Macarena me regaló un libro que hablaba de esto. Todo cuadraba a la perfección, Altapuerca. Todo. Mis dolores de cabeza, mis náuseas, la espalda, todo. Empujarme cuando intentaba abrazarte; ironizas sobre cualquier cosa que hago, no valoras mi trabajo. Te ríes de mí y dices que soy incapaz de irme sola a ningún sitio, siempre lo hiciste. Intentas humillarme ante Macarena. Pero con eso no has podido. Es mía, es mi hija. Yo la amamanté y mi savia va en sus venas. Ella no será jamás como yo, nunca. Te has equivocado, Altapuerca, pudiendo haber sido felices lo has echado todo a perder. Ella ha terminado el colegio. En otoño irá a la universidad y yo me voy. Me voy a ir. Así que te quedas solo, Luis, solo. No confíes en que la rubia de tu empresa te haga compañía. No lo creas. En el momento que se huela una batalla legal, esa mujer se cansará. Así que solo te quedas. Porque daré la mayor batalla legal que esta ciudad haya visto. A la mínima incorrección por tu parte, lo haré. Pediré la nulidad, no dudes que lo haré. Tengo motivos y tú lo sabes. A la mínima lata que me des, quedarás con tus vergüenzas al aire. Tú eres el que tiene que ir pensando en ello.

Luis Altapuerca miraba a su mujer; no podía creer lo que escuchaba. Catalina estaba enferma, su suegra tenía razón. Algo habría que hacer al respecto. De momento no darse por enterado de lo que su esposa había dicho. Costumbre habitual en quien no desea razonar sobre sus propias culpas.

—Vístete que cogerás frío, Catalina. Hoy no vendré a comer. A las siete estaré en el rastrillo. No te preocupes, no dejaré que nadie piense que te dejo sola, no lo haré. Estaré a tu lado. Tómate algo, te veo alterada.

Luis Altapuerca salió del baño y Catalina Béjar pensó que todo se habría solucionado con un buen abrazo, con algo afectuoso. Aquello no tenía arreglo. No tenía solución. Como a una perturbada, así la había tratado su marido. Sonriendo, Catalina Béjar se envolvió en el albornoz.

—¿Terminó la batalla, Catalina?

—No te había visto, Macarena. Sí, creo que se ha terminado, todo.

—No tenías que haberle dicho que yo te regalé ese libro, ahora pagaré yo los platos rotos, seguro que me dice algo.

—No, Macarena, a ti te quiere, no te dirá nada. Ya es mayor, pronto será viejo, tiene miedo de quedarse solo.

—No te veo nada disgustada, Catalina. Pensé que estarías mal.

—Agradable no fue, Macarena. Pero es una especie de liberación. No hay arreglo posible, al menos no puedo continuar pensando que lo hay. Me he dado cuenta. Y eso, el saber que ya no puedo arreglar nada, me hace libre.

—¿Vas a irte? ¿Es cierto que te vas?

—¿Te importaría mucho, Macarena? Sería una temporada corta, para pensar. Pero si quieres, me quedo. No me gustaría hacerlo pero si quieres, si crees que vas a necesitarme, me quedo.

—Sé que quieres irte, mamá. Vete. Cuando pienses bien las cosas, decides. Aquí o en cualquier otro lugar sé que estarás junto a mí, del móvil no te separas nunca. Yo me encargo de Luis. Por eso no te preocupes. Si le digo que me voy con la abuela le da un patatús, así que no me dará la lata. Sí, creo que tienes que irte. Piensa y después decides, tienes razón. No me voy a considerar una adolescente abandonada, ya no, madre. Me diste tiempo. ¿Adónde vas a ir?

—No lo sé. Pero creo que al extranjero. Marta se va y puedo ir con ella.

—¿Se lo has preguntado?

—¿A quién y el qué?

—A Marta, si no le importa.

—No, pero si le importa peor para ella, tendría que aguantarme de todas maneras. No le importará, Macarena. Por cierto, ¿cuándo salen tus notas, las de acceso a la universidad?

—Esta semana, creo que esta semana.

—Perfecto, aprobarás, estoy segura.

—Bueno, mami, me voy a pasear un rato con Bubú. Tengo que asimilar el ser hija de una familia destrozada… ¡Es broma!

Y sonriendo hasta la puerta, Macarena Altapuerca Béjar caminó en busca de su perro. Cuando estuvo segura de que su madre no la veía, lloró. De rabia, de impotencia, de miedo. Su padre era un cabrón. Una persona incapaz de demostrar el sentimiento, lo era. Su madre era culpable, lo era por dejarse tomar por tonta durante tantos años. Si desde el principio se hubiese hecho respetar, aquello no habría sucedido. Desde luego, ella no pensaba ir al psicólogo por culpa de aquellos dos anormales, no pensaba hacerlo.

—Me voy a pasear un rato con Bubú, Antonia. Por si no lo sabes: estos dos se divorcian. Tendremos que ir buscando casa tú y yo, amiga mía. Adiós.

Antonia corrió al dormitorio de Catalina.

—¿Cuándo es el divorcio?

—¿Qué divorcio, Antonia? No sé de qué me está hablando.

—La nena dice que os divorciáis. Que tengo que buscar otra casa.

—Ya, la nena dice. Aquí nadie entiende nada o yo me explico muy mal. Me voy una temporada, Antonia. Y de esta casa no se marcha nadie más que yo. Las camisas tienen que estar en el armario y la comida en la mesa cada día. Nadie se va más que yo. Me voy una temporada, unas vacaciones, eso son de momento.

—¡Pues tendrías que divorciarte! ¡Ese cabrón no se merece menos! ¡Y arruinarlo! ¡Eso tenías que hacer, Catalina! ¡Y no le conté nada malo de Mariana, así que lo que te dijo es mentira!

—En esta casa escucha todo el mundo las conversaciones, mala costumbre, Antonia. No sé qué diría santa Teresa de todo esto.

—¡A mí qué me importa qué diría esa santa! A mí me importas tú, así que esa mujer no tiene nada que opinar. Encima era monja, estaría en contra de todo lo que vas a hacer, ésa era de las de aguantar. ¿Qué maleta te hago?

—La que quiera Antonia, la que quiera. Meta lo de siempre. Y ropa de primavera, allí estará frío, aún hará algo de frío. Una gabardina. El resto pantalones, polos y chaquetas de algodón. Lo que necesite ya lo compraré.

—¿Dónde es allí? ¿Adónde vas?

—A donde siempre quise ir, Antonia.

Y con esas palabras, que Antonia encontró misteriosas, Catalina Béjar abandonó su casa camino del despacho. Arregló los asuntos que tenía pendientes, recogió su mesa y repartió trabajo entre el resto de los abogados. Puso al corriente de sus planes a Mariana, llamó a la agencia de viajes, encargó los billetes de avión y regresó a su casa. Necesitaba dormir la siesta. La tarde y la noche serían duras.

A las cinco de la tarde, hora trágica donde las haya, llegaron a casa de Catalina su amiga y su hermana.

Cristina Béjar odiaba los rodeos.

—Mariana me ha dicho que te vas. ¿Por qué no me dijiste nada?

—Tenías el móvil desconectado, para no variar.

—Estaba con Julito.

—Como siempre, Cristina, como casi siempre. Ahora tendrás menos tiempo, el despacho queda a tu cargo, enterito.

—¿Puedo preguntar con quién te vas? —preguntó Marta Guzmán con voz trascendental.

—Contigo, de momento contigo. Me voy mañana contigo.

—¡De eso nada! Y yo no me voy mañana, me voy pasado mañana, Catalina. Y de irte conmigo nada, necesito descansar.

—Bueno, yo me voy mañana, te espero. Me das las llaves del apartamento y te espero, un día puedo estar sola, no creo que me pase nada. De todas formas Macarena tiene razón, siempre tengo el móvil conectado, no como otras, así que podré pedir socorro en cualquier momento.

—¡Yo no soy un hotel, mis casas no lo son! ¡Vete a un hotel! ¡Siempre presumiendo de rica y te metes en mi casa! Primero Mariana y ahora tú, no me da la gana, Catalina, vete de hotel.

—Marta, tú le ofreciste a Mariana tu casa. No seas caradura. Y yo soy tu amiga, no puedes dejarme tirada en la calle, y menos en un momento así.

—Siempre pierdo, siempre pierdo de mis derechos con vosotras.

—Yo nunca te he pedido nada, Martita, y de todas formas compartir es muy apropiado en los comunistas, me parece que pierdes parte de tus creencias.

—Estás simpática esta tarde, Cristinita, mira tú que sí lo estás. ¡No te metas con mis creencias!

—No me llames Cristinita, me enferma.

—Pues no me llames tú a mí Martita…

—¿Las señoritas quieren un café?

—¡Coño, Antonia! Estás muy fina esta tarde, casi me dan ganas de llevarte conmigo de gira.

—Antonia tiene que quedarse a controlar la casa, Marta. Deja de incordiar. No, Antonia, no queremos café; tenemos que irnos.

—¡Yo podré decidir con quién quiero trabajar, digo yo!

—Sí, Antonia, pero ahora tiene que quedarse aquí, no podemos abandonar a Macarena. ¿No le parece?

—Hay que tener morro, Catalina. Tú te puedes ir y no dejas que un trabajador ejerza sus derechos.

—Cállate, Martita, cállate guapa. Mi hermana está pasando un momento difícil, así que no incordies.

—Pues no se nota nada lo del momento difícil. Tiene una cara resplandeciente tu hermana, está más guapa que de costumbre, y mira qué taconazos lleva. Terminará la noche en una silla de ruedas, se romperá una pierna si tropieza.

Recorrieron las calles discutiendo. Las calles no se asombraron. Era lo habitual.

—Ayer me pasó una cosa, no sé si buena o mala...

—A ti siempre te pasan cosas, Catalina, y si no te pasan las inventas...

—Yo no invento, Marta. Bueno, ayer Arturo me besó. En el hospital. Me dijo que era como Escarlata O'Hara. Me besó. Dijo que necesitaba que me besasen. Y la verdad es que siempre pensé que era como Escarlata. Sólo que sin hombres a mi alrededor, sin hombres cortejándome. Siempre lo pensé.

—¿Tendrá razón mamá, Catalina? ¿Estarás loca? Esa frase es de *Lo que el viento se llevó*. Y como Arturo tiene bigote, pues igual piensas que es verdad que te besó...

—¡Tú soñaste! —Marta Guzmán miraba fijamente a Catalina. Su famosa mirada de psicólogo atacaba de nuevo.

—No digas que fue un sueño, Marta. No lo digas...

—¡Eso es una novela! ¡Que tú crees que soy una inculta y no lo soy! Tu madre tiene razón, la tiene: sufres de frenesí. Puede que ahora te dé por los tíos. Lo que nos faltaba.

—Ya sé que es una novela, pero os juro que es cierto. No sé qué pasó. No os miento, me besó. Me agarró por la cintura y me besó. Dice que yo necesito que me besen, que me quieran. Por eso me voy. Para aprender a quererme a mí misma.

—Nada, hombre, que ahora tienes una especie de atracción, de magnetismo. Así que los tíos te ven y se tiran a ti. Sí, hombre, no te joroba. ¡Cristina, dile a tu hermana que deje de decir idioteces!

La entrada del rastrillo era un hervidero de gente. Las chapas que les habían remitido desde la organización les ahorraron la cola. Saludaron a diestro y siniestro y llegaron a la famosa cantina. Era una especie de salón del oeste. Un escenario, una barra y mesas de madera. Nada original. Pero lleno absoluto, el local estaba a rebosar.

—Mirad, ahí viene Inés. ¡Coño! Una tía disfrazada de muñeca rusa, Catalina. Tan gorda como ellas. Mira, y le han puesto coletas. ¿De dónde la habrán sacado? ¿La conocéis?

—Yo de las revistas, es una gran duquesa rusa —respondió Catalina.

—¡Catalina, déjate de soñar! Pero mira que te están dando manías…

Marta quedó con más palabras en la boca. No pudo dejarlas salir. Las mujeres presentes en el salón se levantaban de las mesas y corrían a saludar a la presunta disfrazada. Marta vio con espanto cómo todas doblaban la rodilla en un remedo de saludo a la realeza. La rodilla inclinada no era la correcta; las pantorrillas se enredaban y muchas estaban a punto de caer.

—¿Qué hacen?

—Saludan a la duquesa, Marta. ¿No lo estás viendo? Tú has tocado en algún concierto con presencia real, así que ya sabes lo que hacen.

—Cristina, yo tocar toqué ante reyes, pero nunca hinqué la rodilla. Y si decís que ésta es rusa. ¿De qué es gran duquesa? Allí no hay monarquía. Vencimos nosotros, el pueblo. Qué panda de acémilas. Tengo ganas de irme.

Inés avanzaba orgullosa de la presencia real a su vera. Se acercó a Catalina y sus acompañantes.

—Alteza, quisiera presentaros a unas colaboradoras del rastrillo. Las hermanas Béjar y Marta Guzmán.

—A la señorita Guzmán la conozco, he asistido a uno de sus conciertos, en Londres. Tienen suerte de contar con su presencia. Es una magnífica pianista. Debussy la habría aplaudido, señorita Guzmán, su interpretación de *Claro de luna* fue magnífica.

A Marta, la mujer de las coletas prendidas en la cabeza comenzó a caerle un poco mejor. Decidió ser educada con la representante de aquella decadencia que era la monarquía. Extendió la mano y dijo:

—Encantada de conocerla, su grandeza.

Inés perdió la sonrisa. Sintió ganas de llorar. Marta era una palurda.

La grandeza no se dio por enterada del *lapsus linguae* de Marta y saludó a las hermanas Béjar. Cristina se inclinó ceremoniosamente y Catalina se conformó con un apretón de manos y un seco: señora... Y la grandeza continuó su camino al lado de una orgullosa Inés.

—¡Camarera!

—Eso es a vosotras, yo soy pianista y no camarera, así que ya sabéis: a servir mesas, yo voy a buscar mi piano para tocar esas melodías modernas de Inés. ¡Será garrula la tía!

Mientras Catalina y Cristina se ponían el delantal, Marta caminó hacia el escenario. No veía el piano por ninguna parte. Veía un órgano, pero piano no había. Ella no pensaba tocar el órgano, eso sí que no. Descendió del escenario y buscó a Inés entre la multitud. La vio caminando hacia ella. La acompañaban Rodrigo y dos hombres más.

—¿Dónde está el piano?

—Hola, Marta. Podrías saludarme.

—Rodrigo, perdóname pero tengo motivos para no querer

saludarte. No seré más explícita, pero los tengo, ya me entiendes. Inés, ¿dónde coño está el piano?

Castaño era uno de los acompañantes de Inés y Rodrigo. Sonrió con desprecio el comisario. Una vez más aquella ciudad dejaba salir de sus entrañas lo peor de sí misma. Una despelurciada con gafas redondas preguntando por un piano. Otra burlada por el subsecretario, seguro que sería eso, no quería ni hablarle. Menudo crápula era el Rodrigo aquel, pensó Castaño. Aquel lugar era un nido de infames; un nido de inmundos que hacían caridad una vez al año. No había nada más que mirar alrededor, todas aquellas mujeres llenas de sortijonas enormes, y pulseras y collares. Y los tíos engominados hasta las orejas, vestidos de señoritingos, con las pulseras de los relojes de oro brillante. ¡Qué especie! ¡Qué vergüenza! ¡Lástima de revolución! ¡Lástima de guillotina! Aquello era la clase dominante. Así iba el país.

En lo único que erraba el comisario era en pensar que aquel gentío dominaba algo. La clase dominante en la que Castaño pensaba no solía dejarse ver. Aquello era una exposición de querer y no poder. Medio pelo podría ser su mejor definición.

—Si no hay piano, no toco…

—No puedes hacernos esto, Marta. ¡Por Dios, Rodrigo, ocúpate de ella, que ahora tengo que encabezar el cuadro flamenco, ayúdame!

—Vamos a sentarnos. Marta, acompáñame. Lo del piano tendrá solución, no te preocupes.

Y seguidos de la escolta, Marta y Rodrigo caminaron hacia el salón donde servían las hermanas Béjar; donde Inesita bailaría sevillanas, donde, en la mesa presidencial, por casualidades del destino, esperaba sentado Luis Altapuerca; donde, en una mesa adyacente, María del Prado, su hermana Águeda y sus amigas departían amigablemente.

Catalina vio a Rodrigo y deseó salir corriendo. Su hermana se lo impidió con una mirada. Desde la lejanía Cristina impidió la fuga.

—¿Cómo estás, María? Encantado de verte. —Y besó la mano de la augusta señora.

—Mal; estoy mal, Rodrigo, muy mal. Y no me pidas explicaciones. Tú ya sabes el motivo. —Y el subsecretario inició una prudente retirada después de saludar a Águeda del Prado con otro ósculo tan ceremonioso como el anterior.

Castaño disfrutaba; aquella mujer, algo mayor, era otra víctima; seguro que madre de alguna de las burladas. Algún día alguien mataría al canalla aquel.

La mesa presidencial deparó una grata sorpresa a Castaño. Antes de que Rodrigo pronunciase palabra alguna, Luis Altapuerca se puso en pie y saludó al comisario con un fuerte abrazo. Ante la mala cara de Rodrigo y la estupefacción de María del Prado.

—Alegrándome de verle, don Luis. Usted siempre tan atento conmigo. Ya sabe que para lo que necesite estoy a sus órdenes.

Rodrigo se impacientó e hizo un gesto a Castaño, que se retiró prudentemente. Se saludaron Rodrigo y Altapuerca; Julito Torrevieja se integró en el grupo y junto a una malhumorada Marta se dispusieron a ver el espectáculo.

—Hola, Caty, ¿cómo estás?

—No te había visto, perdona, Ulfo. Bien, gracias. ¿Y tú qué haces aquí?

—Enviaron unas invitaciones al gimnasio. Tu amiga la subsecretaria insistió en que viniésemos; política comercial, ya sabes. Te están haciendo señas, Caty, desde aquella mesa.

—Sí, perdona, es mi marido. Te veo luego, Ulfo.

Catalina deseaba morirse, ahora sí que lo deseaba con todas sus fuerzas. Entre la mesa presidencial y ella se interponía la figura de Arturo Mendiola. Y el doctor Mendiola sonreía. Le sonreía a ella. Puede que Marta tuviese razón, todo era un sueño. No había pasado nada, con ningún hombre había pasado nada. Todo era como el sueño de los limones y el tal Roberto. Un sueño. Quien tiene hambre sueña con pan, y ella tenía hambre de abrazos y besos, ésa era la explicación.

—¿Estás mejor? Creo que sí lo estás, Catalina.

—Sí, gracias, Arturo, creo que lo estoy…

—¡Arturo, ven a sentarte con nosotros! ¡Nos va a atender Catalina, eso no se ve todos los días! Anda, ven y siéntate.

Catalina sintió ganas de ahogar a Julio Torrevieja. Eso era lo que le faltaba. Un altavoz anunció la actuación del cuadro flamenco y Arturo se sentó a la mesa.

—Mira, Catalina, ya están todos juntos, como en una película; me va a dar un despatarre, me dará. Tus hombres están todos juntos. Y que sepas que no voy a tocar, esa bruja no tiene piano.

Marta Guzmán disfrutaba pensando que su amiga soñaba. Aquellos memos sentados juntos estaban poniendo nerviosa a Catalina y eso era motivo de satisfacción para Marta.

—¿Qué vais a tomar?

Catalina tenía la mirada pegada al bloc. Ni se atrevía a levantarla.

—A mí ponme un gin-tónic, Catalina.

Rodrigo tampoco la miraba a la cara, pidió su bebida mirando hacia el escenario.

—A mí otro, cielo…

Luis Altapuerca representaba un papel, no se sabía de qué.

—El zumo del limón que me lo expriman. No quiero una rodaja, lo quiero exprimido, Catalina.

Rodrigo continuaba mirando al escenario. Y a renglón seguido de su petición de limón exprimido, continuó con el relato de un chiste.

—Me lo contaron ayer. ¿Qué tienen en común las mujeres maltratadas? La desobediencia. ¿A que es bueno?

Y antes de que el resto de los ocupantes de la mesa pudiesen añadir algo a la lista, la mutación tuvo lugar. La pantera salió a la superficie.

—Por favor… Y no soy ningún tocinillo…

Cristina Béjar observó desde la lejanía cómo Marta discutía agriamente con Rodrigo y cómo su hermana permanecía con el bloc y el bolígrafo en la mano. Avanzó entre las mesas y escuchó a Julito decirle:

—Yo no me he reído, Cris. A mí no me ha hecho gracia.

—A mí tampoco. —Arturo Mendiola miró a Catalina.

—¿Qué pasa, Julito?

—Nada, que Rodrigo contó un chiste y Luis se rió pero Arturo y yo no nos reímos, te lo juro, Cris.

—Bueno, no es para tanto. Anda, Catalina, tráenos las bebidas, mujer, que para camarera no sirves.

Castaño había visto desde la lejanía cómo la idiota se acercaba a la mesa; el comisario, de forma disimulada, hizo lo mismo; seguro que habría tomate.

—Por favor, por favor, Rodrigo…

—Por favor ¿qué? Catalina, no te entiendo.

—Que lo pidas por favor. Eso. Pídelo por favor. Y mírame a la cara, cuando me hables me miras a la cara, Rodrigo.

—No seas así, cielo. Rodrigo no ha sido incorrecto. Ni pidiendo las bebidas ni con el chiste, sólo era un chiste.

—A ti ya te he dicho que no soy un tocinillo, así que no me llames cielo, Luis.

—Sí ha sido para tanto, ha sido ofensivo, tiene razón Catalina. Y sí, Rodrigo, mira a la cara cuando pidas algo, y pídelo por favor… Todo, tienes que pedir todo por favor, no abusar de la gente…

—Marta, déjate de idioteces. Y por favor, Catalina, tráeme eso que te pedí.

—Hola, Castaño. ¿Cómo le va la vida?

Macarena Altapuerca Béjar hizo su entrada a lo grande. Su padre la miraba sin creer lo que estaba viendo. Macarena parecía una mujer. Eso pensó Luis Altapuerca. Su hija llevaba una camiseta ajustada y escotada que marcaba y dejaba ver su pecho más de lo debido. Y la falda casi no lo parecía. Y las piernas enfundadas en unas medias de malla, y los tacones de vértigo; todos los hombres del salón miraban a Macarena.

—Bien, hija, aquí de servicio. Estás muy guapa, casi no te conozco. Estás muy cambiada desde la última vez que nos vimos.

—Sí, es el uniforme, Castaño. Deforma la realidad.

María del Prado supo que definitivamente era una elegida por Dios. Su nieta, aquella mujerona con la pechuga remarcada, la mujer que había entrado contoneando la cadera, era su nieta. Sacó el abanico y comenzó a agitarlo con fuerza. Su hermana Águeda le pidió calma a la vez que se santiguaba.

—¿Me da fuego, Castaño?

—Sí, hija, sí, cómo no…

Y Castaño encendió el cigarrillo que Macarena empuñaba cual pistola. Luis Altapuerca susurró con voz bronca:

—Siéntate, Macarena, siéntate.

—Parecéis hermanas, Catalina, esta chica es igual que tú de preciosa. Más alta, pero igual de hermosa que tú. Tendrás que cuidarla, mira cómo la observan todos…

—¡Coño, Arturo! Estás hablando de mi hija.

—¡Y de Catalina! ¡Podrías expresarte de otra manera, Arturo!

Altapuerca y Rodrigo coincidieron en el arrebato. Castaño pensó en lo indecente que era todo aquello. El gañán del subsecretario se preocupaba de la gata caliente, y Luis Altapuerca volvía a demostrar su señorío al preocuparse de la pobre bastarda. Otra descarriada, la vestimenta lo dejaba claro. Con aquellos padres era lo normal, pensó Castaño.

—Y lo hago con mucho cariño. Con mucho cariño hablo de madre e hija, no lo dudéis.

Y mientras Catalina besaba a Macarena y se iba a por las bebidas, Marta comenzó a pensar que Catalina no estaba tan loca ni había inventado nada del doctor Mendiola, el tono de voz del doctor era demasiado firme y dulce.

Inés movía las manos encima del escenario presa de rabia. Daba taconazos e intentaba poner sus mejores posturas artísticas para nada. Nadie estaba contemplando el cuadro flamenco que ella encabezaba. Por algún extraño motivo, todos los presentes estaban mirando hacia la mesa que ocupaba Rodrigo. Una mujer había aparecido y sentado junto a su marido; aquella mujer debía de ser conocida de Catalina, se habían besado. Y antes de esa aparición, Catalina estaba hablando de algo con todos los ocupantes de la mesa, hablando demasiado alto y todas las miradas se desviaban del escenario hacia la mesa. Con tanto pensamiento negativo, Inés tropezó varias veces y el cuadro flamenco fue un desastre; las risas se dejaron sentir en la sala. Aun así, el público aplaudió.

Catalina y Cristina convencieron a Marta de que tocase el órgano y la pianista caminó arrastrando los pies y protestando hacia el escenario. En las escaleras tropezó con una malhumorada Inés.

—Espero que sepas llevar el compás con el grupo que hemos contratado, a ver si sabes hacer eso.

Marta no se dejó llevar por la indignación, la Inesita era imbécil y ni su enfado se merecía, pensó la pianista. Y como pudo se integró en la música moderna que cantaba el grupo, poco a poco fue disfrutando y la gente aplaudía sin parar la interpretación. Los aplausos, antes que alegrar a Inés, la pusieron de peor humor, lo suyo había sido desastroso.

Acudió de nuevo al escenario Inés y anunció varias sorpresas. Una de ellas sería la interpretación de canciones por personas presentes en la sala. La primera en hacerlo sería Catalina Béjar.

La aludida servía la mesa de su madre en el momento en el que la voz de Inés anunciaba su actuación. María del Prado se encontró más cerca del cielo, el martirio que estaba sufriendo no era para menos. Águeda del Prado sonreía al aire.

—No serás capaz de hacerlo, Catalina.

—No, madre, canto fatal.

Desde la mesa de al lado Arturo Mendiola observó la cara de Catalina: demudada, a punto de llorar. Lo de Inés era perfidia, lo de Rodrigo una cobardía por no impedir aquello. Lo de Luis

Altapuerca no tenía nombre, no hacía nada, sólo ponía cara de susto y asombro.

Y el asombro sacudió al salón entero y a los directos, que no presuntos, implicados en toda la trama. Para satisfacción de Castaño, un nuevo personaje entró en escena. Un hombretón alto y grande se puso en pie, caminó hacia el escenario, y arrebatando el micrófono a Inés anunció:

—La señora Béjar padece una afección de garganta. No podría cantar aunque sé que lo haría con agrado. Siempre está al lado de los necesitados, durante todo el año, quiero decir. Bien, yo la sustituiré. Cantaré una canción y pagaré por ello. Cien mil pesetas creo que será una cantidad justa por martirizarles con mi mala voz. La canción se la dedico a la que parece ser nuestra anfitriona esta noche; para ti y Rodrigo, Inés, te la dedico.

Y dicho esto, se encaminó al piano donde Marta Guzmán recordaba *Lo que el viento se llevó*, pero al revés, alguien había cambiado la escena. Catalina no mentía. Arturo Mendiola le tarareó una melodía, ella asintió con la cabeza y comenzó a tocar.

Un foco iluminó la figura de Arturo Mendiola. Castaño miraba fijamente, de la mesa al escenario y de allí a la barra. La imbécil con cara de buena estaba apoyada en la barra. Junto a un maricón, un melenudo le hablaba a Catalina al oído. ¡Qué panda!, volvió a pensar Castaño. El que se disponía a cantar era otro asunto, otro tejado por el que la gata caminaba. Aquello no lo superaban ni en el cine.

Tu nombre me lo callo cuando me preguntan de quién me enamoré. Y yo que siempre dije que a la luz del sol los besos tienen más valor, ahora se me exige que a escondidas se realice nuestro amor. Tu nombre me lo callo cuando me preguntan quién duerme junto a mí, no debe haber un fallo pues silencio prometí. Tu nombre yo me lo callo cuando me preguntan qué y ya de tanto ensayo para que no sepan quién siente mi calor, tu nombre me lo callo hasta por las tardes cuando hacemos el amor…

Y unos aplausos atronadores acompañaron el saludo de Arturo Mendiola mientras se despedía. Rodrigo, acostumbrado a los malos tragos de la política, puso cara de póquer y bebió un trago de gin-tónic. Luis Altapuerca aplaudía la actuación de Mendiola, Altapuerca se enteraba de lo que le convenía. Cristina Béjar miró a su hermana con cara de admiración, y Catalina puso cara de pena. Macarena abrazó a Mendiola cuando regresó a la mesa. María del Prado estaba un escalón más cerca de la corona de mártir, pero aplaudió. Sólo una cara dejaba traslucir rencor y mala leche, la de Inés.

De todos es sabido que la maldad, la más simple y por ello la más peligrosa, suele ir acompañada de la estupidez. De las mentes más estúpidas nacen las peores ideas, las más retorcidas y perseverantes. Así que, fiel a su condición de idiota y mala, Inés, señora de Álvarez de Seoane, subió de nuevo las escaleras del escenario. Se acercó al grupo que animaba la velada y a continuación al micrófono.

—Todos agradecemos al doctor Mendiola su actuación y sobre todo el donativo que ha hecho para esta noble causa. Sentimos que Catalina Béjar no pueda interpretarnos nada, pero sé, todos sabemos, que Catalina querrá colaborar con algo. Por eso, la señora de Altapuerca nos deleitará bailando una melodía que le dedicamos. Con ustedes, Catalina Béjar.

E Inesita aplaudió la primera, gesto que secundó todo el salón. Por el rastrillo ya había corrido la voz de que algo raro sucedía en el teatrillo y la gente se agolpaba en las entradas y pasillos.

Cristina Béjar quiso matar a Inés. Nuestra historia está llena de violencia cotidiana. Se lo impidió la cara de su hermana, que como una muerta viviente se encaminaba hacia la mesa adonde Inés había regresado con cara de triunfo. Llegaron ambas hermanas a un tiempo. Y antes de que Catalina pudiese hablar, Luis Altapuerca dio un salto, arrojó la silla de madera hacia atrás y gritó en voz alta:

—Mi empresa da cien mil pesetas para que mi mujer no baile…

—Agua, necesito agua, mejor un poco de licor —susurró María del Prado a su hermana, que, piadosa, le extendió su vaso de whisky.

—Voy a bailar, no hay problema, bailaré, sin problemas… Hay un tiempo para todo, hoy lo tengo para bailar.

Y dirigiéndose a la barra, Catalina Béjar sonrió a Ulfo.

—¿Te atreves, Ulfo? ¿Crees que seré capaz de hacerlo?

—Sí, Caty, y lo harás muy bien, tú déjate llevar. Por cierto, la subsecretaria es una zorra engreída, démosle una lección.

Y la cara de asombro fue en aquella ocasión la de Inés; no lograba entender la decisión de Catalina Béjar; ella esperaba otra cosa, cualquier reacción menos aquélla. Bien, la estúpida de Catalina haría el ridículo.

—¡Catalina, no sabes qué canción ha pedido esa cabrona!

—Hoy puedo con todo, Marta. ¿No ves que esto es una película? Me lo invento todo. Hasta es mentira que Luis ha ofrecido cien mil pesetas para que no baile; es el mundo al revés y, encima, mentira. ¿Qué canción ha elegido?

—*Catalina*, de Danza Invisible, ésa ha elegido.

—Estupendo, tú aporrea ese harmonio lo mejor que puedas y yo a lo mío con Ulfo, es una letra muy apropiada, Marta.

Y la señora Béjar saludó tímidamente con la mano. Y el foco volvió a iluminar el escenario. Y Ataúlfo la enganchó por la cintura. Y la música comenzó a sonar. Y ellos comenzaron a bailar. Un paso adelante, otro atrás, a los lados. Una y otra vez. Y Ataúlfo arrancó el prendedor que sujetaba el pelo de Catalina y la melena bailaba en el aire. Y en una de las vueltas el delantal de Catalina quedó en el suelo. Y las caderas de Catalina se movían al compás de las de Ataúlfo. Y el cuerpo de Catalina se deslizaba por el de Ulfo, hasta los pies, y volvía a subir. Y Ataúlfo levantaba con suavidad las faldas de Catalina y ella bailaba y se reía. Y Marta dejó de ser una pianista de música clásica y les daba a las teclas un ritmo difícil de seguir para el grupo musical. Y Macarena puesta en pie comenzó a dar palmas, la siguieron Arturo, y Julito y Cristina y todo el salón.

Y el vocalista del grupo cantaba una y otra vez:

No quisiera ni pensar que al doblar cualquier esquina te volvieras a cruzar en mi vida, Catalina. Porque el tiempo ya pasó y no puedo darte más na. Yo te vuelvo a recordar cuando como conchas finas pero te quiero olvidar cuando me trago una espina. ¿Y ahora qué te voy a dar si a mi vida te aproximas, Catalina? Ya no puedo darte na, Catalina, ¡na! En la esquina de mi vida no me vuelvas a esperar que a otra calle de otra vida yo voy a cruzar. Ya no puedo darte na, Catalina…

Y así, entre palmas y aplausos terminó su actuación Catalina Béjar. Inés se llevó uno de los mayores disgustos de su vida y Rodrigo Álvarez de Seoane volvió a enamorarse de Catalina. Luis Altapuerca se debatía entre un montón de sentimientos. Y Castaño comprendió el poder de Catalina sobre todos aquellos hombres: el sexo. La idiota era pura dinamita. Aquel pelo al viento, aquella melena girando, y las caderas moviéndose de aquella manera, y las piernas… ¡Era una Jezabel!

Al llegar a casa Luis Altapuerca se encontró con la puerta de su cuarto cerrada. No la aporreó, tan sólo dijo en voz suave:

—No serás capaz de marcharte. ¿Qué ibas a hacer tú por ahí sola?

Y cuando se encaminaba al cuarto de invitados a pasar la noche, una voz surgió de la habitación.

—Bailar, puede que me dedique a bailar, al parecer eso no lo hago mal. Cuida bien de Macarena, Luis.

A punto de quedarse dormida sonó el móvil.

—Gracias, Cristina, no hace falta, iré al aeropuerto en taxi. No te apures, cuida de todo. Un beso.

Y a la mañana siguiente, un taxi aparcó junto al portal de los Altapuerca. Y Antonia ayudó a guardar los bultos en el maletero;

y una mano se asomó en uno de los balcones de la casa de Catalina, Macarena decía adiós con aquella mano mientras con la otra limpiaba lágrimas que no quería derramar. Y una cara barbuda, desde otro balcón frente al de los Altapuerca, miraba, con cara seria. Rodrigo Álvarez de Seoane se debatía en su propia mentira. Deseaba correr a la calle y subir en el taxi con Catalina; no le importaba adónde fuese, quería irse con ella. Y Luis Altapuerca miraba desde los ventanales de una cafetería cercana. No era posible, no se atrevería. Y todos vieron cómo Catalina sonreía al limpiar una lágrima de la mejilla de Antonia y después la abrazaba.

Entró en el taxi Catalina Béjar y con una sonrisa plácida, con voz armoniosa indicó el camino al conductor.

—A París, por favor.

Credo de
Catalina Béjar del Prado

Creo que la imparidad es una opción, no una obligación.

Creo que quien te critica por llevar un abrigo de piel (de granja) no debería comer conejo ni llevar zapatillas deportivas fabricadas por niños semiesclavos. Si tiene alfombras orientales en su casa, mejor dejas de hablarle. Directamente. Por mema e ignorante.

Creo que Vicente Ferrer es un santo.

Creo que un ramo de flores exóticas no está mal. Un ramo de hortensias en un tarro de cristal, maravilloso.

Creo que no jugar al golf no es necesariamente delito.

Creo que si te gustan Ríos de Gloria y Camela no es necesario que lo ocultes como una falta grave ni que pongas el sonido al mínimo cuando vas en el coche escuchándolos y paras en un semáforo. A mí me encantan y los escucho a todo gas, moviendo la cabeza al ritmo de su música. Si tienes oportunidad escucha el andantino del concierto para flauta y arpa de Mozart, te gustará.

Creo que Raphael es un cantante genial. Su *Yo soy aquél* me emociona.

Creo que las mujeres que no se dejan despeinar por sus parejas hacen mal: cualquier día su pareja despeinará a otra.

Creo que si no te gusta la ópera no debes suicidarte socialmente, puedes decirlo tranquilamente y en voz alta. Yo, en la ópera me duermo. Un aria cantada por Maria Callas puede hacerme llorar, pero una ópera entera me dormiría. Otra cosa es el ballet y la zarzuela.

Creo que si en el supermercado se quedan sistemáticamente con una o dos pesetas de la vuelta, debes pedir que te la den, o por cada peseta te llevas una bolsa de plástico, y eso les molesta mucho. A mí que no me den la peseta me molesta más. No es para repartir entre los trabajadores, es para la empresa, así que podemos hacer la guerra a la multinacional de la alimentación con esa peseta que nunca nos dan. A mí me gusta comprar en el pequeño comercio. Los autónomos levantan el país y siempre son los grandes olvidados de todos los partidos políticos.

Creo que no enviar a tu hijo a un internado de Estados Unidos no te convierte en una pobre chica ignorante de las ventajas que esa educación tiene. En Oregón también hay palurdos, no lo dudes.

Creo que si tu hijo quiere ser cocinero, fotógrafo, fontanero, carpintero... es una persona tan maravillosa como su primo que quiere ser ingeniero electrónico. Lo importante es que sea un buen profesional y sobre todo feliz.

Creo que es absurdo escribir por narices los/las. Si dices hola en una reunión no es necesario que grites: «Hola a todos, todas...». No me voy a sentir ofendida, entiendo que todos me incluye. El neutro aún existe. Si coincidimos en una puerta, déjame pasar. No voy a sentirme herida ni vejada. Puedo ser la directora general sin dejar de ser mujer, me gustan esos detalles.

Creo que por enviarme un ramo de rosas no eres un cretino sensiblero ni me convierte a mí en una deplorable mujer sin más horizontes que tus ojos.

Creo que hablar de valores morales no nos convierte en retrasados mentales del siglo pasado.

Creo en la gente, sin distinción de raza, religión o encuadre político.

Creo en la vida, en el amor, en la verdad y en los colores; me gustan los colores que tienen las buenas personas.

Creo que la vida nos estafa y nosotros nos dejamos.

Creo que se puede terminar con la pobreza del mundo sin necesidad de andar pegando tiros. Casi siempre, en caso de no ser posible, en fin...

Creo que las multinacionales quieren sustituir a la democracia y gobernar a los pueblos.

Creo que la pareja y los hijos son algo maravilloso, muy por encima de cualquier trabajo que puedas buscarte.

Creo en el amor verdadero. Otra cosa es encontrarlo, pero existir tiene que existir. La media mandarina está en algún lado, seguro.

Creo que los hombres y las mujeres somos diferentes. Doy gracias por ello.

Creo que a las mujeres nos quisieron estafar diciéndonos que el trabajo fuera de casa era la liberación. No nos contaron lo de la doble o triple jornada.

Creo que frases como: «La píldora es un adelanto para la mujer, gracias a ella se liberó...», son invento de algún hombre que se encontró un día inspirado. Las Castálidas debían estar durmiendo profundamente en aquella mala hora. Sería interesante ver si la pastilla mágica nos la dieron en un momento en que interesó disminuir la natalidad y que la mujer se integrase en el mercado laboral.

Creo que una mujer y un hombre valen lo mismo, que deben tener las mismas oportunidades. Creo que las mujeres no las tenemos.

Creo que ser ama de casa es una profesión tan honorable como cualquier otra. Odio la expresión maruja.

Creo que las mujeres tendríamos que tener derecho a elegir lo que queremos ser y hacer.

Creo que frases en las portadas de las revistas, tipo «Las 100 mejores posturas para el polvo del siglo», son deplorables, rastreras y totalmente fuera de lugar. No hay derecho a que las niñas de 16 años se puedan creer esas cosas.

Creo que el sexo no depende de postura alguna. Puede que sí, depende de la postura que tu cerebro adopte, puede que de una postura mental si se trate.

Creo que el sexo sin amor no vale nada.

Creo que alguien está interesado en que las mujeres copiemos comportamientos masculinos que siempre hemos criticado.

Creo que los escritores que se sienten superiores por serlo son unos mentecatos presuntuosos. Escribir es como tallar madera o ser sastre; no más, no menos. El entusiasmo y el trabajo bien hecho es lo que importa.

Creo que un libro que ha de leerse con un diccionario al lado es un mal libro: no es necesaria la petulancia para escribir bien.

Creo que los que van con un libro de Cicerón metido en el bolsillo trasero del pantalón (rima) y presumen de ello, terminan pensando con esa parte del cuerpo sobre la que nos sentamos: vulgarmente, culo.

Creo que mi padre tenía razón cuando me repetía: «Arroja la parte más amarga de tu corazón y vive más pura con la otra…». Lo intento para no terminar como Ofelia o Hamlet. Resulta difícil, lo reconozco.

Creo que Ramón J. Sender fue un gran escritor. *La tesis de Nancy* es una obra única. Nadie le menciona casi nunca.

Creo que García Montero y Xuan Bello son poesía con nombre de hombres.

Creo que los hombres no son simples. Son cómodos y se escudan en su supuesta simpleza.

Creo que un niño merece estar con su madre a la hora de la merienda. Contarle sus cuitas escolares, lo mal que le cae Pedro o Juan o quién le hizo el chichón de la cabeza. A mí, como madre, me gustaría haber tenido más meriendas con mi hija. La galleta remojada en cacao une.

Creo que un niño prefiere un buen abrazo, un buen revolcón en la alfombra con sus padres, que unas zapatillas de marca.

Creo que nos buscamos necesidades tontas y eso nos hace más infelices y al final nos esclaviza.

Creo que la palabra *fashion* es absolutamente estúpida.

Creo que la comida basura es asquerosa. Unas buenas lentejas, unas buenas sardinas, unos huevos fritos con patatas, una ensalada de tomate y aceite de oliva no los supera ningún paquete de comida prefabricada.

Creo que esa manía de admirar todo lo oriental, de ser minimalista a la fuerza, nada tiene que ver con el zen o la sabiduría de los místicos chinos, hindúes o japoneses.

Creo que las operaciones de estética, las dietas vertiginosas y cosas similares demuestran lo poco que nos queremos a nosotros mismos. Prefiero una tripa mullida para recostar la cabeza. Nunca seremos modelos ni nuestra pareja lo será. Lo que natura no da, ninguna dieta otorga.

Creo que, muchas veces, una caricia vale más que mil palabras. Necesito sesiones de «abrazoterapia». Curan más que los psicólogos.

Creo que sólo se vive una vez y no tenemos por qué ser desgraciados o infelices.

Creo que tendríamos que boicotear a las tiendas que venden una talla 46 y que en realidad es una 38. A mí me provocan depresión estas cosas.

Creo que el balompié (fútbol) no es sólo cosa de hombres. Si tú ves un partido con él, a cambio tiene que acompañarte a comprar esos zapatos que tanto te gustaron, pero de los que no estás segura. Si no lo hace, está claro: es un egoísta.

Creo que quiero creer que después de esta vida hay otra. De no ser así pocas cosas merecerían la pena.

Creo que los hombres deberían decir a sus mujeres lo que quieren en el sexo y en la vida. Las mujeres lo mismo. Hablando nos evitaríamos muchos problemas en ese campo.

Creo que sentencias judiciales tipo la de la minifalda dejan fatal al sexo masculino. Si un día estoy en la playa y veo a un Tarzán en braga náutica, marcando paquete, no se me ocurriría lanzarme a sus brazos, tirarle en la arena y en fin... Eso me convertiría en un ser animal y sin escrúpulos. Retrocedería en la escala de la evolución. Los hombres de bien tendrían que protestar por sentencias semejantes. La verdad es que les dejan a la altura de los monos.

Catalina Béjar del Prado

Índice